異世界転生した
召喚術師は
二度目の人生を
のんびり過ごす
田舎で過ごす召喚ハーレム
＆快適スローライフ
KiNG novels

誘惑好きな召喚獣
ラウネ
心優しい村娘
レベッカ

姉系ツンデレ召喚獣
フローズ
大人しいドラゴン娘
クエレ
かつての英雄召喚師
エルンスト

「うんっ、そうだよ！　セックスじゃなくたって、
抱きしめてもらえるだけでも満足できるんだ。

もうエルンストなしじゃ生きていけないよ」

「うぐっ!?」

「どう？　我慢できないくらい気持ちいいでしょ？」

上ずった声で、フローズが嬌声をあげる。

その声や体の動きから、目いっぱいに
セックスを楽しんでいるのが伝わってきた。

「んっ、あうぅ……、もっと気持ち良くなろうねっ」

異世界転生した召喚術師は二度目の人生をのんびり過ごす

～田舎で過ごす召喚ハーレム＆快適スローライフ～

成田ハーレム王
illust：みこ

KiNG novels

田舎で過ごす召喚ハーレム＆快適スローライフ

異世界転生した召喚術師は二度目の人生をのんびり過ごす

contents

レベッカ：面倒見の良い、美しい村娘
フローズ：索敵に優れる、お姉さん気取りの狼娘
ラウネ：植物を操り、回復魔法を得意とする
クエレ：強大な戦闘力を持つドラゴンだが、性格は大人しい
ライム：好奇心旺盛でいつも元気な、妹系スライム娘

プロローグ

「あーっ！　寒い！」

強い雨が降りしきる中、俺は悪態をつきながら早く家に帰ろうとロードバイクのペダルを回していた。もうすぐ日付が変わるかという時刻だ。

雨とともに冷たい冬の風が袖口から入り込み、全身がじわじわと冷えてきているのが分かる。

少しでも早く家に帰りたいという願望一心で、大雨の車道を走っていた。

「まったく、ツイてないぜ！」

契約社員で、どこにでもいる普通の日本人労働者である俺には、ブツブツと愚痴をこぼすことしかできない。

幸い雨合羽を着ているので体は濡れていないけれど、ハンドルを握る手が冷たさでヒリヒリする。

「突然の大雨のせいで納品のトラックが遅れてこのザマだ！　ちくしょう、朝の天気予報じゃ、小雨が降る程度って言ってたじゃないか！」

心の底から思っていることを雨雲に向かって大声で叫んだが、帰ってくるのは大粒の雨ばかり。

仕方なくペダルを回すことに集中していると、ようやく遠くに自宅のアパートの灯りが見えてきた。

それを確認すると、イライラ続きだった心にようやくホッとした部分が現れてくる。

「ふぅ……帰ったら温かい飯を食って、温かい風呂に入って、温かい布団に入って好きなだけ寝る。

明日は十日ぶりに完全な休日だから、一日中ベッドの上で過ごしてやるぞ……はぁ、ネット環境とアニメの放送とイベントへの交通の便が良ければ、田舎で畑でも耕して暮らしてもいいのに……」

静かな決意をしながらもう一息だとペダルを踏み込んだそのとき、自転車の前輪が急に暴れた。

「ちょ、えぇっ……!?」

とっさにブレーキをかけようとしたが、寒さでガチガチに固まった指は思ったように動かない。

突然のことに思考も停止し、ブレーキを掛けられないままバランスを崩してしまった。

自転車はトップスピードのままにガードレールにクラッシュし、俺も放り出される。

「嘘だろ……ッ!?」

そして頭部に強い衝撃を受けるとともに、意識が暗転した。

◆　◆

案の定、大雨の中で無謀にも自転車を飛ばしていた俺は、盛大に転んで死んでしまった。

しかも、天国へ連れていかれる寸前に多次元なんちゃらの事故みたいなものでブラックホール的な何かに巻き込まれ、なんと異世界で身寄りのない赤ん坊として転生することに!

俺自身なんだかよく分からなかったけれど、ブラックホールに呑み込まれる前に頭の中に直接話しかけてきた神様を名乗る奴がそう言っていたので、そのまま受け取るしかない。

体が全てブラックホールに呑み込まれる直前、手向《たむ》けとか言って頭に矢を打ち込まれたけど、それも一体なんなのか……そのときはよく分かっていなかった。

俺が転生した直後に覚えているのは、これくらい。

そして、そこから俺の異世界での第二の人生が始まった。

精霊も魔王もモンスターもいるファンタジー世界。もちろん魔法だってあった。

生まれ変わった先は、ダルクネヒト王国という国だった。なんでも少し前まで世界を滅ぼそうとする魔王と、その魔王が率いる魔物の軍勢を相手に総力戦の大戦争をしていたらしい。

魔王はなんとか倒したようだが、未だ各地で残党の魔物たちが暴れていて治安は悪い。

とくに、以前は魔王軍の幹部だったアークデーモンが率いている集団は手強く、これまでいくつもの村や軍隊が各個撃破させられているという。

戦争とその後の混乱で身寄りのない子供が多く、俺も自然と孤児院に預けられることになった。

それから数年後、俺は国の方針で適性試験なるものを受け、自分に最適な教育と仕事を与えられることに。どうやらこの国は実力至上主義のようで、幼いころ才能を見出しされた子供を優先的に教育して将来の優秀な戦力としているようだった。

その主な目的は、戦後の混乱の原因であるアークデーモンを滅ぼすことだった。

その試験で俺は、数ある魔術師職の中でも、「召喚術師」というカテゴリーに大きな才能があると言われ、教育を受けることになった。

王都の学校で数年間教育を受け、いよいよ召喚術師の能力の要《かなめ》ともいえる、術師に力を貸してくれるモンスターを探して契約をする旅に出た。このときはまだ、十歳ほど。

そして半年近くに渡る厳しい旅の末、なんとか最初のモンスターと契約を結ぶことができたんだ。

それからは他のモンスターや精霊とも契約を交わし、魔王の生み出した魔物を倒しながら残党軍の首魁であるアークデーモンを倒すために国中を飛び回りまくった。

そして最初に旅に出てから八年ほどの月日をアークデーモン討伐だけに費やし、数多の冒険や死地を越えて、ようやくその目的を達成することが出来たのだった。

◆　◆

……と、ここまでは良かった。

「物語なら、これで円満に解決して終わりなんだがなぁ」

気の抜けたような俺の呟きが部屋に響く。

ここはダルクネヒト王国の王都、その中心にある城に用意された俺の私室だ。

そんな高級ホテルのスイートルームのような部屋で、皮張りの豪華な椅子に力なく腰掛けている。

俺のテンションが絶賛ダダ下がり中なのは、目の前の机に置かれた数十通の手紙が原因だった。

「やっとのことでアークデーモンを倒したら、今度は政争に巻き込まれる……か。俺、過労死するんじゃないのか？」

手紙の送り主は王都の名だたる権力者たち。大商人や政治家、中には王家に名を連ねる者まで。

そしてこいつら全員が、俺を自分の陣営に引き込んで政争に使おうとしているのだ。

元々魔術師の中でも希少性のある召喚術師な俺だが、結果的にたったひとりでアークデーモンを倒したことで、英雄という唯一無二の名声まで背負ってしまったんだ。

確かにアークデーモンは、王国の復興のために是が非でも排除しないといけない相手であり、討伐した俺が英雄と讃えられてもおかしくない強敵だった。

お偉いさんからすれば、俺は喉から手が出るほど手に入れたいカードだろう。囲っておけば自分の陣営に対する民衆の人気や支持は集まるし、いざというときには戦力にもなる。

「前世で事故って死んでから十八年、ここまで全力で突っ走ってきた代償がこれか。頑張るのはほどほどにしておいたほうが、よかったのかなぁ……いや、そうなるとアークデーモンと戦うときに死んでただろうし、今のほうが正解か。それでも、これから苦労するっていうのはなぁ……」

異世界に転生して王都の事情を知り、せめてまともに生きられるようにと必死に勉強した。召喚術師として才能があると言われてからは、その道を究めてやろうと危険な旅にも出た。その後あれこれあって王国のエリート組織である特務機関に所属し、出世街道を突っ走っているのだが……。

「もうアークデーモンもいないしな……散々苦しめられたあいつを倒して、燃え尽きたよ」

最終目標であった奴を倒したことで、それまで続いていた緊張が完全に切れてしまった。

あまりダラダラと生活しているのも悪いと思うが、なかなか気合いが入らない。

そのとき、急に照明の光が遮られる。俺は目を凝らしたが、逆光で何かの影が見えるだけだ。

暗さに慣れると、今度は銀色の輝きが目に入った。

「どうしたんだエルンスト、そんなに暗い顔して！　私がひとっ走りして新鮮な肉でも獲ってきてやろうか？　栄養満点で元気が出るよ。それとも、おっぱいでも揉む？」

座っている椅子の背もたれ側から、俺の顔を覗き込んでいる二十代前半ほどの女性。

美しい銀髪をセミロングにしているが、癖毛でちょっと外側に跳ねている。

ただし、頭に獣の耳が生えており、腰のあたりで毛に覆われた尻尾が揺れていることから、普通の人間でないことは見てとれた。

野性味のある鋭い目つきだが、口元は機嫌のよさそうな笑みを浮かべている。

「フローズか、お前はいつも元気だなぁ……あと、それじゃ俺が召喚術を使うことになるだろ。獲物抱えたまま、町中を走らせる訳にはいかないからな」

彼女こそ俺が最初に契約した召喚獣。フローズヴィトニルのフローズだ。

耳と尻尾以外はスタイルのよい活発な女性にしか見えないが、戦闘時には獰猛な狼の姿となる。この場合は元の体に戻ると言ったほうがいいか。

フローズは俺が開発した特別な召喚術を使って召喚し直すことで、亜人のような姿に変化していた。ちなみに、この世界にも亜人は存在するけれど、人間とは滅多にかかわらない。

おかげで本物の亜人を見たことがある者が少ないので、こうしておけば召喚獣だとバレにくい。

もともと普通の召喚術師は、モンスターの力の一部を召喚するのがせいぜいで、フローズのように本体を完全召喚できる者はごく少数だ。おかげで実際に召喚術師が召喚獣を連れているのを見る機会は少なく、憶測が憶測を呼んで、人々から必要以上に恐れられてしまっているのが現状なんだ。

「なんだか元気がないな、大丈夫かい？」

俺の返事に違和感を覚えたのか、フローズは不審そうな表情になると前に回り込んでくる。

「別に……ちょっと面倒なことになってるだけだ。戦力としての働きは十分だから、次は政治の駒として働けってことらしい」

ため息を吐きながらそう言うと、椅子のひじ掛けに腰掛けたフローズが手紙を手に取る。

普通の召喚獣は文字は読めないが、亜人形態でいる以上は読めないと困るということで俺が一通りの基本を教えた。書くほうも、自分の名前くらいは書けるようになっている。

「ふぅん……これって絶対に受けなきゃいけないやつ？」

「いや、違うよ。正式な命令なら、直属の上司であるトローペ公爵から連絡が来るはずだからな」

トローペ公爵はこの国の宰相である実力者だ。

特務機関の責任者でもあり、最近では召喚術師部隊を育成しているらしい。

俺がアークデーモンを倒したことで、召喚術師の実用性が評価されたようなのだ。

召喚術師は多くの召喚獣を持てば、その数だけいろいろな系統の魔術が使えるわけだから、一つのことに特化した普通の魔術師より圧倒的に汎用性が高い。

「直接的な引き抜きはないだろうが、俺個人に対する勧誘は確実に増えそうだ。マジで逃げたい」

俺は別にちやほやされるためにここまで頑張ったわけじゃない。今の俺の一番の願いはフローズたちとストレスなくまったりした日常を送ることだ。次点として召喚術の普及がある。

うんざりしながら言うと、フローズが持っていた手紙を放り出した。少し怒っているようだ。

「なら、近寄ってくる奴には私が吠えて追い返してやる！」

「やめてくれ。まだまだお前たちに対する偏見があるんだから……顔を覚えられたら、服で耳とか尻尾を隠しても出歩けなくなるぞ？」

「別に、エルンストのためならそうなってもいいよ、今もたいして変わらないし。契約したときにも言ったけど、私たちと人間じゃ時間の価値が違うんだ。エルンストの時間を優先したくなるのも当たり前だろう？　今はもう、あのときの恩だけでエルンストの傍にいる訳じゃないんだから」

そう言いながら俺の頭を撫でると、すぐに機嫌を直して楽しそうな表情になった。

（そこまで言ってくれるフローズや他の召喚獣の為にも、我慢なんてさせたくないんだよなぁ）

この世界の大部分の人間は、未だに召喚獣を偏見の目で見ているのだ。

召喚術師というのは、危険なモンスターを手先にする調教師のように思われているらしい。

とくに知識のない一般市民は、魔王の手先である魔物だけでなく、自然に存在するモンスターや精霊や亜人なども、野生動物以上に危険な存在として一緒くたにしてるところがある。

俺の召喚獣は亜人の姿だからまだマシだけど、街中でモンスターの姿を現そうものなら大騒ぎだ。

「む、エルンストが大人しく撫でられるなんて珍しい、普段は『爪が頭に食い込んだときのことを思い出すから』なんて言って、させてくれないのに……やっぱどこか変なんじゃ……」

なにか言っているフローズを見て、俺はあることを思い出す。

『もし私たちに不都合なことがあれば逃げちゃえばいいんじゃない？』

以前、別の悩みごとがあった俺に、フローズがかけた言葉だ。

よく考えてみても、それほど悪い案に思えない。この世界での贅沢な暮らしと言ってもやはり便利さでは現代日本の暮らしより劣る。だったら田舎のほうにでも行ったほうがいい。

このギスギスした王都よりかは、はるかに落ち着いて暮らせると思う。

そう考えると、今すぐにでも行動したほうが良いような気がしてきた。

「……よし、今の俺なら下手に手を出されることもないだろう。やってみるか」

そう口に出すと、自分の中で決意が漲ってくるのを感じる。

「へっ、なに？　きゃうっ!?」

俺が勢いよく立ち上がると、イスのひじ掛けに腰掛けていたフローズとぶつかってしまった。

彼女は慌ててバランスを取ろうとしたようだが、堪えきれず床に転げ落ちた。

「いたたたっ！　いきなり立ち上がらないでよ、エルンスト！」

「悪い。だが、そんなところに腰掛けてるほうにも責任はあるぞ」

見たところ頭部を打ったみたいだが、こいつの耐久力なら大丈夫だろう。

亜人の見た目になって本来より能力が下がっているが、それでも超人的な頑丈さがある。

「ぬぅ、言い返す言葉もない……」

悔しそうに言うフローズからは、先ほどの余裕の表情がすっかり消えていた。

十年近く一緒に暮らして分かったが、フローズは結構人懐っこい。戦うためのスイッチが入ると恐ろしくなるが、日常では何かと俺にちょっかいを出してくるし、お姉さんぶるところもある。

ただ人間の姿のときは、さっきみたいに妙なところでボロが出たりするポンコツ狼だ。

「いつまでも寝てないで起きろ、フローズ。出かけるぞ」

「……出かけるってどこに？」

「さあ、分からない。できれば王都から目が届かない田舎がいいな」

そう言うと、起き上がったフローズは訳が分からないというように首を傾げた。

見かけによらず子供っぽい仕草に苦笑しながら、教えてやる。

「少し落ち着けるところに行こう。少なくとも、文明の賑やかさがない場所だな」

「久しぶりに任務と関係ない外出？　なら大歓迎だよ！」

「そう慌てるな。何も残さず姿を消したら公爵も困るだろうからな」

アークデーモンを倒したことで、国に対する義理はとりあえず果たしただろう。

召喚術に興味を持ってくれたトローペ公爵は数少ない理解者なので申し訳ない気持ちもあるが、この王都で情に流されることほど危険なことはない。

かなり気が早いとも思うが、現役をリタイアして自由な生活を望んだっていいはずだ。

俺は書斎に行き、公爵に対する退職願いを書きあげる。

そして、封筒に入れた退職願いをリビングのテーブルの上に置いた。

「さて、あとは全員呼び出して確認しとくか……契約に基づいて呼び出しに応えよ、召喚・アルラウネ、召喚・クエレブレ、召喚・スライム！」

簡単な呪文を唱えると、目の前に三つの魔法陣が現れた。

そして、その中に光と共に三つの人型が形作られていく。まずは、上半身に花や蔓を服のように纏った妖艶な女性。ウェーブがかかった深い紫色の髪を腰まで伸ばしているアルラウネのラウネだ。

いつも微笑を浮かべていて、彼女に誘われればどんな男でもホイホイついて行ってしまうだろう。完全召喚できる四人の中では一番年上で、女性にしては長身でメリハリが効いた体型。とくに胸は、普通に大きいと言えるフローズのさらに上をいくサイズだが、あんまり見てるとからかわれる。

次に側頭部から青白い角を生やし、同色の翼と尻尾を持つ少女。クエレブレのクエレだ。

ストレートの金髪を首の後ろあたりで緩く纏めていて、前髪がちょっと長い。もっと短くしても可愛らしくていいと思うんだが、引っ込み思案な性格なので仕方ないかもしれない。

見た目は俺と同じくらいの歳だが、四人の中では一番長寿かも。悠久の時を生きる竜種だからな。

上のふたりと比べて控えめだが、見た目の年齢の割に体の発育はいいと思う。

最後に現れた青っぽいドロドロとした液体を纏った少女は、スライムのライムだ。

頭から足先まで全体的に青っぽく、見た目は俺よりちょっと年下くらいだろうか。

一応髪はツインテールに纏めているが、スライムなので短くするのも伸ばすのも自由自在だ。

こっちはクエレとは真逆で見るからに活発って感じだな。

いつも元気いっぱい無邪気に動き回っているし、俺たちの中ではムードメーカー的な存在だ。

発育のよい三人と違ってこちらは成長期らしい少女の体が見えてしまっている。何せドロドロとした液体を纏っている以外は何もない。柔らかそうな少女の裸体が……って、おいっ！

「ライム！　お前、また部屋の中で能力を使ってたのか!?」

「ふぇ？　今日はちゃんとお風呂場でやってたのですよ！　急に呼び出したのはご主人さまなのです！」

慌てて弁明するライム。彼女は暑いと能力を使って分体のスライムを生み出し、身に纏う。

どうやらタイミングが悪かったようだ。リビングのカーペットがドロドロになってしまった。

ライムは四人の中で最も新しく召喚獣となった相手だ。

見た目どおり一番精神年齢が幼く、感情的に行動することも多い。、暑かったり体が汚れたりするとすぐスライムを出してその中に浸かってしまう。

場所を選んでもらえば問題ないが、過去何度か惨事になったので注意している。

「そうだな、今回は俺が悪かった。普通に呼べばよかったかもな。とりあえず服を着てくれ」

そう言って俺は彼女の部屋から、風呂場に入る前に脱いだと思わしき服を召喚する。

「はーい、分かったのですよ。よいしょっと……」

彼女は先ほどまで怒っていたのを忘れたかのように元気よく返事をする。

着替えるライムを横目に、俺は濡れてしまったカーペットを見て呟く。

「こりゃクリーニングが必要だな。まあいっか、すぐ出ていくんだし」

掃除をする使用人のことを考え、少し申し訳なく思った。

「出ていくってどういうことかしら、エルくん？」

その言葉に反応を示したのは、大人の色気が漂ってくる女性、ラウネだった。

彼女はフローズの次に契約して召喚獣とした相手で、付き合いもかなり長い。

四人の中でも最も精神が成熟しているし気も利くから、普段から助かっている。たまに身に纏っている植物の蔓で俺を捕獲し、無理やりベッドに連れ込もうとしてくるのが玉に瑕だがな。

「よく聞いてくれ、俺は現役を引退して田舎で暮らすことにした。ただ、トローペ公爵は普通に退職願いを出しても受け取ってくれないだろう。だから思い切って王都から逃げ出すことにしたんだ」

「大胆なことを考えるわねぇ……でも、お姉さんは賛成よ。王都だとエルくんと気兼ねなくイチャイチャできないし」

そう言いながら、腕と植物の蔓を俺の腕に絡みつかせてくるラウネ。

穏やかで緊張感のない声音だが、頭の中は召喚獣たちの中でもしっかりしている。

彼女は俺にくっつきながらも真剣な声で聞いてきた。

「でも、エルくんが消えたら必ず大規模に捜索されるわよ。それは大丈夫？」

腕に俺の頭よりデカいと思えるような爆乳が当たり一瞬気が逸れるが、なんとか持ち直す。

「……追跡を撒くことについては大丈夫だ。まず、俺だけがクエレに運んでもらって王都から遠く離れた場所まで一気に動く。そして、移動先でみんなを召喚し直す。それでいいと思うんだが？」

俺の言葉に四人は頷く。この王国に空を飛んで逃げる相手を追跡できる魔術はない。

それに魔術師の飛行魔術は気球レベルの移動能力だが、クエレは垂直離着陸もできるジェット戦闘機みたいなものだ。圧倒的に機動力が違う。

「クエレ、体の調子のほうはどうだ。飛べるか？」

ここまで大人しくしていた最後のひとりに話しかけると、クエレは頷く。

「万全です。翼も魔力も体力も、ひとりだけ抱えて飛ぶには充分すぎるほどです」

竜種はとくに個体数が少なく強い力を持っているが、同時に誇り高く、誰かに仕えるなんてことはめったにない。四人の中で唯一空を飛べるので、移動のときにはいつも世話になっている。

「じゃあクエレ、頼んだぞ。急上昇で雲の上まで突き抜けてくれ」

「はい、エルンスト様のご命令とあらば。ただ、しっかり掴まっていてくださいね」

そう言ってクエレは俺のほうに手を伸ばしてきた。

彼女は俺を窓際に導くと、体に手を回してきてそのまま外に飛び出した。

「うおっ……じゃあまた後でな。騒いで公爵に見つかるなよ！」

俺がフローズたちにそう言うと、クエレは背中に折りたたんだ青白い翼に魔力を流し込み、大きく羽ばたかせて急上昇する。

「エルンスト様、どちらへ向かいますか？」

「とりあえず南へ向かってくれ。あっちはまだ未開発な土地が多いし、気候も温暖だ」

「わかりました。お体をしっかり防護していてくださいね」

そう言うと、また猛スピードで飛翔を開始するクエレ。

こうして俺は、無事に王都から脱走したのだった。

一話　レベッカとの出会い

クエレに抱かれながら飛行して数時間。

俺たちは王国の辺境にある一つの村の近くへ降り立った。

もう日は傾き、夕暮れ時になっている。

ここは王都から直線距離で一千キロメートルは離れているはずだ。そう簡単に居場所を突き止められることはないだろう。改めて竜種の飛行能力の高さを実感した。

そこで改めてフローズたち三人を召喚する。今度はライムも服を着ているようで安心した。

「んーっ！　空気が違う、結構王都から離れたからかねぇ？」

すんすん、とあたりの匂いを嗅いだフローズがそう言う。

「結構飛んだからなぁ、景色もずいぶん変わった」

「はい、わたしも少し疲れました……」

俺の横にいるクエレは表情こそ変わらないが、翼がくったりしている。

大きく美しい翼を持つ彼女だが、実は空を飛ぶのが苦手らしい。

本人曰く、飛ぶより水の中を泳ぐほうが得意だという。

クエレブレは成長すると海に出ていくという話も聞くし、彼女の巣である洞窟は地下水脈にもつながっていた。何度か泳ぐ姿を見る機会もあったが、まるで空中を飛ぶような速さだったな。

それでもあれだけの速度で長距離飛行できるのだから、さすが竜種というべきだろう。

「はいはい、お疲れさま。よくやったな、クエレ」

そう言って頭を撫でると、頬を少し赤くしながら体を寄せてくる。もっと撫でてのアピールだ。

意外と甘えたがりな彼女に苦笑しつつ撫で続けると、それを見たライムが走り寄ってきた。

「むぅ、クエレばかりズルいのです。ライムもなでなでしてください！」

「わかったよ、ほら……それじゃあ近くにある村に行って、屋根のある場所を借りられないか聞いてみよう。時間があれば小屋なんかも建てられるけど、もうすぐ日が暮れそうだしな」

俺はふたりが満足するまで頭を撫でると、近くの村に向かった。

すでに辺りの畑に人影はなく、家の中に入っているようだ。

フローズたちは帽子や上着を使って耳や翼などを隠しているが、人目につかないのはありがたい。

彼女たちを連れて町を歩くだけでも、ちょっとした騒ぎになってしまい面倒だったからな。

降り立った場所から少し歩くと、簡単な塀で囲まれた建物があった。

「ここが、この辺りで一番大きな家みたいだねぇ」

「ああ、物置でも貸してもらえるといいんだが……ここで待っててくれ、聞いてくる」

ラウネの言葉にそう返し、門の中に入る。

するとすぐに、薪を運んでいた少女に出くわした。歳は俺と同じくらいだろうか。

赤い髪を後ろで纏めてポニーテールにしているのが印象的だ。

突然相対したことで、お互いに見つめ合いながら固まってしまう。先に動いたのは向こうだった。

「……えっと、どちら様ですか？」

「旅人みたいなもので……実はこの村で宿を借りられないかと思いまして、伺いに来たんです」

彼女に続いて意識を回復した俺もそう言って返す。

「えっ、大変！　村長、村長！　旅人さんだって！」

彼女は俺の話に驚いた様子で目を丸くし、Uターンして家の中に入っていく。

怪しい奴だと思われてしまったかと身構えたが、少しすると老年の男性と共に戻って来た。おそらく彼がこの村の村長なんだろう。

白い髭を生やして、いかにもという雰囲気だ。一見して敵意は感じられないので少し安心する。

「突然お邪魔してすみません、俺はエルンストといいます」

「これはご丁寧に……儂はこの村の村長を任されているレグリットと申します。話は聞きました、なんでも宿を求めているとか？」

「はい。恥ずかしながら、ここまであてもなく進んできたもので頼りになるものがなく……」

「なら、うちに泊まっていくといいでしょう。幸い今年は豊作で余裕がある。ごちそうしますよ」

「……えっ、いいんですか⁉」

思いもよらないほどスムーズに許可されてしまい驚く。

召喚獣を求めて旅をしているときも、これほど好意的に受け入れられた経験はなかった。

豊作で懐が豊かなら他人に善意を与える余裕もあるかもしれないが、生き馬の目を抜く王都で暮らしていた俺からすると、どうしても裏があるのではないかと考えてしまう。

「あの、本当によろしいんですか？　もちろん、いくらかのお礼はできますが」

そう言って懐から貨幣の入った袋を取り出す。金貨から銅貨まで一通りそろえておいた。

だが、それを見た村長は苦笑いして首を横に振る。

「別にお礼が欲しくてお誘いしたわけじゃありません。まだ昼間は暖かいですが、夜になると冷えますからなぁ。旅の人を外に放りだして風邪を引かせたなんてことになれば、天罰が下る」

村長は至極真面目な口調でそう言うと、もう一度俺を招いた。

本当に俺を歓迎してくれるようだ。けれど、彼にもう一つ言わないといけないことがある。

「……実は、他に仲間が四人いまして。外で待たせているんです」

「四人？　あー、それじゃ村長の家じゃ少し狭いかも。ぎゅうぎゅう詰めじゃ疲れは取れないよね」

唇に手を当て、思案顔でそう言ったのは先ほどのポニーテールの彼女だ。

「そうじゃのう……おぉ、それならば村はずれの家はどうだ？　前の持ち主が町に引っ越してから、使われておらんだろう」

「名案だよ、村長！　五人もいるんなら、広い寝床のほうがいいもんね。すぐ綺麗にできると思うよ。珍しく村にお客さんが来たんだもん、ゆっくりしてほしいからね！」

「あ、いえ、そこまでしていただかなくても」

そう言おうとしたが、すでに遅かった。

ポニテ少女は目の前までくると、俺の手を取る。

「自己紹介がまだだったね、わたしはレベッカだよ！」

「あ、ああ。よろしくレベッカ」

自然な笑みを浮かべて名乗るレベッカに、思わず緊張してしまう。

おかしい。女性に近寄られるのはフローズたちで慣れているはずなのに、なぜか緊張してしまう。

たぶん、初対面でここまで裏表がない善意を向けられるのが、今世では初めてだからだろう。

「うん、よろしくエルンスト……ちょっと長いからエルでいいよね！」

「お、おう」

（なんというか、かなり積極的だな。さっき見せた金を狙ってる？　いや、村長が善意で泊めると言ってくれてるし、この子が悪事を働いたりはしないだろう。彼の顔に泥を塗ることになるし……）

困惑しつつ、レベッカに手を引かれ村長の家を出る。そこではフローズたち四人が待っていた。

「エルくん、お帰りなさい。話はまとまったようね」

チラッとレベッカのほうを見て言うラウネ。

表面上は優しげだが、俺には彼女が少しだけレベッカを警戒しているのが分かった。

フローズは鼻だけでなく耳も良いから、村長たちとの話もきっと把握しているだろう。

「ああ、ここの村長さんのご厚意でな。こっちはレベッカ、泊まれる家まで案内してくれるらしい」

「こんばんは。エルの仲間ってみんな女性だったんだ！　それに凄い美人さんばかりだよ」

ラウネたちを見て、ため息をこぼすように言うレベッカ。

確かにそれぞれタイプは違うが、とびきりの美人ばかりだ。ただ、レベッカも負けてないと思う。

垢抜けていないところがあるけど、フローズたちにも負けないくらいじゃないかな。

「……エル、わたしの顔に何かついてる？」

「いや、何でもない！　それより今日の宿に案内してもらえるかな？」

「うん、そうだね。少し掃除もしないと……こっちだよ！」

俺たちはレベッカに連れられ、村はずれにある空き家に向かった。

木造建築のその家は一見ボロかったが、中に入ってみるとそう酷いものでもなかった。

なにより、五人で泊っても充分な部屋数、広さがあるのが嬉しい。ひとり一部屋は使えそうだ。

「たぶん大丈夫だと思うけど、壁や天井に穴があいてたらごめんね？」

「大丈夫だ、何かあったら自分たちで直す。こんなに立派な家を貸してもらって感謝するよ」

俺は召喚術以外にも多少の魔術の心得はあるし、植物に関しては専門家のラウネがいる。もし傷んでいる場所があれば瞬時に把握できるし、どんな材料で補修すればいいのかも分かる。

「そっか、じゃあ任せちゃうね。わたしは晩御飯の用意してくるから、机だけ片付けて待っててて！」

元気よくそう言うと、家から出ていこうとするレベッカ。俺は思わず彼女を呼び止めた。

「レベッカ！」

「ん、どうかしたの？」

「この村は……どうしてただの旅人に、ここまで良くしてくれるんだ？」

見たところ、自給自足でやっと成り立っている程度の村だ。

こういうところは、俺たちみたいな余所者……それも女を四人も連れてる男なんていう、明らかに怪しい相手は歓迎しないと思ってたんだが。

俺の問いに対し、レベッカは少し考え込んでから答える。

「うちみたいな小さな田舎の村って、いつも助け合いながらじゃないと暮らしていけないの。わたしもその中で育ったから、自然とそんな風になったのかなぁ……とにかく、困ってる人を見ると放っておけないんだよ。それと、めったに聞けない外の話もできるかなって、えへへ」

そう、少し恥ずかしそうに言う。

彼女の言葉からは、王都でよく感じていた建前や誤魔化しみたいなものを一切感じなかった。

おそらく、そういったものが必要ない環境で育ったからだろう。

それを少し羨ましく思いつつ、礼を言う。

「ありがとうレベッカ。もし良ければ、しばらくこの村にいさせてほしいんだけど、いいかな？」

「えっ、もちろん！　村長たちも喜ぶと思うよ」

そう言って笑顔になると、彼女は今度こそ家を後にするのだった。

二話　フローズのマーキング

その日の夜、レベッカの持って来てくれた料理で夕食をとった俺たちは早めに横になっていた。

明日はもう一度村長の元に行き、しばらくここで暮らす許可をもらわなければならない。

「問題は、こっちが提供できるものが何かだな。金は持ってきているけど、店もろくにないんじゃ実用性は薄そうだし、俺が王都の召喚術師ってこともなるべく伏せなきゃいけない」

魔術師のなかでも召喚術師は珍しい分類なので、噂が流れれば王都から公爵の手の者がやってくるかもしれない。

そう考えていると、立てつけの悪い木の扉がギシギシと開いて俺の寝室に誰か入ってきた。

「むぅ、せっかく奇襲しようと思ったのに……これじゃバレバレだね」

「おいおい奇襲って……なにするつもりだったんだ？」

入ってきたのはフローズだった。

彼女は俺にバレたと悟ると、止める間もなく強引にベッドの中に入り込んでくる。

素の身体能力で人間をはるかに上回る彼女の動きを俺は止められない。

「すんすん、ちょっと汗臭い。クエレに運ばれてる途中、ずっと雲の上だったたから汗かいた？」

「そうかもな……って、なんでそんなに引っついてくるんだ！」

部屋は真っ暗だが、体の感触からするに、どうやらすでに全裸でヤル気十分のようだ。

魔術師の体液には魔力が含まれていて、とくに精液はその含有量が多い。最初は魔力を補給する必要に迫られてだったけれど、いつの間にか彼女たちは必要がなくとも俺を求めるようになった。

それにしても、いつもよりずっと積極的なフローズに違和感を覚える。

「フローズ、何か気になることでもあったのか？」

「……今日のエルンスト、ちょっとレベッカに気を引かれてたからね」

その声はいつもよりほんの少しだけ低く、目には嫉妬が宿っていた。

布団を横に退かし、四つん這いになって俺を見下ろしてくるフローズ。

四人の中で最もしっかりした体格と、女性らしい細くくびれた腰つき。それになにより、俺の手には余るほどの巨乳が重力に従って垂れ、目の前で重そうに揺れていた。

「せっかく王都から出てきたのに、いきなり他の女の子にうつつを抜かすなんて酷くない？」

「気を引かれてたのは認めるけど、別に変な気を起こそうなんて思ってないぞ」

誤解を解くようにそう言って、照明用の魔術を使って部屋を少し明るくする。

光に照らされてフローズの銀髪が輝く。荒々しくハネてるのに、髪自体は艶っぽくて滑らかだ。

片手を伸ばして髪をすくようにしながら、もう片手を彼女を頬に当てる。

「でも、不安にさせたならごめんな」

「そういうふうに誤魔化すの、ズルいよ。でも今日は特別に誤魔化されておくから」

そう言いながら、笑みを浮かべてキスしてくるフローズ。

唇同士が触れ、次第に舌を絡ませ合う。時折人間よりずっと鋭い牙が舌に当たる。

お互いの唾液を交換するかのようなディープキスに興奮が高まってきた。

「んちゅ、れろっ、はむ……しっかりエルンストが私のものだって分かるように、マーキングしてやる。レベッカは悪い子じゃなさそうだけど、向こうもエルンストが気になってるみたいだからね」

「レベッカが？　まさか、珍しい旅人で気になってるだけだろう」

「さあ、どうだろうね。案外一目惚れされたかもしれないよ？」

そう言うと、フローズは俺の服を脱がせて肌を擦りつけてくる。

全身で感じるすべすべとした肌の感触と、胸元に当たる暴力的なまでの柔らかい感触。

その二つが否応なく俺の興奮を高めていった。

「ふふっ、気持ちいいかい？　少なくとも、おっぱいの大きさならレベッカに負けてないよ」

「別に大きさが全てだとは思わないけど……くっ、確かに気持ちいいなっ！」

ラウネほどではないが、フローズの胸も俺の手では覆い切れないほど大きいのだ。

「んはっ、ふぅ……全身でギュッとしてると、エルンストがいっぱい感じられて安心するよっ」

覆いかぶさるような形で俺の首元に顔を埋めているフローズから、甘い声が聞こえる。

「あんまり嗅ぐなよ……」

自分の体臭で興奮されているというのは何だかむず痒い。嫌ではないんだけど、恥ずかしかった。

けれど、俺はまるで大型犬にじゃれつかれた子供みたいに身動きが取れない。

おかげで、興奮で硬くなった肉棒が彼女の体に当たってしまう。

「あっ、お腹に硬いのが当たってる。もう興奮してくれたんだ……エルンスト、どうしてほしい？」

嬉しそうに笑みを浮かべながら、少し腰を動かしてお腹で肉棒を擦るフローズ。

引き締まったすべすべのお腹の感触だけでも気持ちいいが、フローズに頼めばもっといやらしいこともしてくれる。欲望を口に出すのは気恥ずかしいけれど、その魅力には抗えなかった。

「……じゃあ、口でしてほしい」

「ふふ、了解だよ。エルンストのを、私の熱い舌でトロトロに蕩けさせてあげるっ！」

お姉さんぶりたいのか、俺からお願いされるのが嬉しいらしい。

彼女は笑って一度体を離し、俺の腰のあたりへ頭を移動させる。

そして、肉棒に手を添えると先端を口で咥えた。

「はもっ、むふん……んる、れるるっ！」

フローズは宣言どおり、熱い舌で肉棒を舐め始める。

口内の温かさと包まれる感覚、それに舌のザラザラとした刺激で性感が高まっていく。

「んぐっ、あぁ……いいよ、フローズ」

気持ちよさに我慢できずそう言うと、こちらを見上げた彼女がいつもどおりにっこり笑う。

それと同時に、フローズは肉棒を吸い上げるようなバキュームをしてきた。

「んぐっ、じゅるる、じゅずずずっ！」

「がぅ、あっ！　それ……くぅっ！」

奥から精液を吸い出されるかのような感覚に腰が震える。

先走りが漏れ、フローズの舌がそれを美味しそうに舐め取った。

「んくっ！　エルンストのちんぽ、すっごいドクドクいってるよ。今にも射精しそう」

震える肉棒を感じて嬉しそうに微笑むフローズ。

最初こそ鋭い牙で傷つけられたら……と不安になったが、今ではこっちが恥ずかしくなるくらい丁寧に、愛おしそうに奉仕してくれる。

「このまま、最後まで私の口のなかで気持ちよくするから……あむ！」

再び肉棒をがっつり咥えてフェラを始める。

さんざん繰り返した奉仕で、俺の弱点も分かり切っているようだ。

「あむっ、ちゅるっ、んぅ……！」

一生懸命に舌を這わせて、射精を促してくるフローズ。

俺は彼女の奉仕顔を見ながら、頭に手を置いてゆっくり撫でる。

くしゅくしゅと髪を掻き分けながら撫でると、彼女は気持ちよさそうに目を細めた。

「はふっ、んっ、じゅるぅ！　じゅぷっ、じゅれろっ、じゅるるるるっ！　エルンストを気持ちよくしなきゃいけないのに、私まで一緒に気持ちよくされちゃってるよう……」

「いい顔してるぞフローズ、最高に興奮するっ！」

肉体に与えられる快感と、いつもは活発なフローズが従順に奉仕している精神的興奮。

二つの刺激で俺の限界は近かった。

「もう我慢できない……」

「んうっ！　出してエルンスト、全部飲んであげるからっ！」

俺の絶頂を感じ取り、じゅるじゅると絡みついてくるフローズの舌。

先端に絡みついたそれのザラザラとした感触にトドメを刺された。

「あぐっ、出る！」

熱いものが込みあげてきて、堪えきれずそのまま放出する。

送り出された精子がフローズの口内にまき散らされた。

「んっ、んんっ!?　ごくごくっ、えぶ、んぐっ！」

あまりの濃さに喉に詰まらせながら、それでも宣言どおり精液を飲み下していく。

少し涙目になったフローズに申し訳なさを感じつつ、最高に気持ちいい放出を味わう。

さらに彼女は射精中の肉棒に舌を這わせ、精液を搾り取ろうとしてきた。

「んぐっ、んちゅううううっ！　じゅれっ、はもぉおっ！　らしてっ、全部口の中にっ」

「うっ、あぁ……出てるところも舐められて……まだ出るっ！」

「んぢゅううううっ！　んくっ、ごくっ！　最後まで吸い出してあげるからね！」

ようやく長い射精が収まっても、残り汁を吸い出すように奉仕を続けるフローズ。

敏感な肉棒を刺激されて腰が逃げそうになるが、彼女に押さえつけられていて動けない。

「うはぁ……はぁ、はぁ、ようやく終わった……」

「んむ、じゅる……最後の一滴まで吸い出したからね。気持ちよさそうな顔してる。ふふ」

その言葉どおりすべて飲み干してしまったようで、口の中にまったく精液は残っていなかった。

自分の出したものがすべてフローズの胃に収まったかと思うと、下卑た征服感が湧いてきた。

まだ俺はやれるし、フローズもフェラだけでは満足できていないだろう。

興奮冷めやらぬ彼女と目を合わせ、俺は自分の考えが正解だったと確信するのだった。

三話　フェンリルの甘やかし方

「はぁはぁ、エルンストォ……」

フローズが俺の足元で膝立ちになりながら、熱い息を吐いてこっちを見下ろしている。

その目は完全に発情していて、冷静さは感じられなかった。

こうなったら、彼女は満足するまで大人しくならない。

とはいえ、このままやられっぱなしではご主人様としての威厳に関わるな。

「俺もまだまだやれるぞ。一度してもらったから、今度は俺がやってやる！」

そう言って体を起こすと、そのままフローズを抱き寄せて額にキスした。

「頑張ってくれたお返しだ……んっ」

「んっ、はぁ、はぁ、エルンストッ……ひゃうっ!?」

少しボーっとしていたフローズの体に手を回し、後ろを向かせる。

そして、押し倒すようにしてベッドの上に四つん這いにさせた。

「こ、この格好はっ！」

「恥ずかしがるなよ。フローズがこの姿勢で一番感じるって知ってるんだからな」

俺のほうを向いた彼女は、少し不安そうにしながらも期待が隠しきれていなかった。

やはり獣の本能が刺激されるのか、こうして四つん這いで後ろから犯されるのが好きらしい。

目の前に晒されている肉好きのよい尻の間からは、すでに愛液が零れ落ちていた。

尻の少し上から生えている銀色の尻尾も、期待にユラユラと揺れている。

「さてと、じゃあ始めるか」

俺はフローズの後ろで膝立ちになると、再び硬くなった肉棒を秘部に押し当てる。

それだけでグチュリといやらしい音が響き、彼女の体が反応した。

「あっ、うぅ、エルンストのが当たってるっ！　早くっ、早く入れてぇ！」

懇願しながらも自分から腰は動かさないフローズ。

俺は犯されたがっている彼女の尻に手を伸ばした。引き締まった尻肉は揉み心地がいい。

そして、彼女の腰を引き寄せるのと同時に思い切り腰を突き出した。

その衝撃でフローズが背筋を震わせる。

「あうっ!?　きっ、きてるっ！　エルンストのが私の中にぃ！」

肉棒が彼女の中を割り裂き、奥まで進んでいく。

よく濡れた膣内は歓迎するように蠢き、思い切り締めつけてくる。

「はぁっ、はぁっ、くふぅ！　エルンストのがっ、全部入ってきてるよぉっ！　熱いの奥までハマってるっ……あひっ、あぁっ！　気持ちいいよっ、もっと動いてっ！」

「そう言われても……くっ、そんなに締めつけられちゃ、動けないぞ……」

肉棒を離さないような抱擁は嬉しいけれど、こうもキツいと腰を振るのも一苦労だ。

俺は少し前かがみになると、彼女の体に覆いかぶさるような体勢になった。

「うっ、エルンスト……どうしたんだい？」

「フローズの中が落ち着くまで、こっちのほうを楽しませてもらおうと思ってな」

「え……あっ！」

さすがにフローズも気づいたようだが、もう遅い。

俺は下に手を伸ばすと、フローズの大きな胸をすくい上げるように揉んだ。

「む、胸はっ……あぅ、んくっ！　ぎゅうって、エルンストに掴まれちゃってるっ！」

指が柔肉に沈み込むほど揉むと、フローズの中が反応して蠢く。

大きいと鈍感になるなんて言われるけど、彼女のは胸だけでもイけるくらい敏感だ。

「やっぱり柔らかいなぁ、揉んでると落ち着く気がするよ」

まだ余裕のある俺と違い、フローズの声は切羽詰まっていた。

「上も下もなんて、ズルいよ！　あうっ、ひゃんっ！　奥まで突かれてるっ」

「フローズが締めつけすぎて動けないから、こうしてるんだぞ？」

「だからって、こんなことしたら余計に……ああん！　揉んじゃダメだってぇ！」

嬌声を上げ、腰をくねらせるフローズ。

刺激を受けてさらに愛液が分泌され、動きやすくなり始めた。

「うっ、くうぅ……エルンスト、もういいだろう？　これ以上弄られるとおかしくなりそうだよ！」

「仕方ないなぁ……じゃあ、こっちのほうで可愛がってやるさ」

たっぷりとした巨乳の感触は名残惜しいけれど仕方ない。

俺は彼女の体から起き上がると、再び膝立ちの体勢で腰を動かし始める。

今度は締めつけもそこまでキツくなく、慣らすようにしながらピストンしていった。

「んっ、あっんぅぅ、ゴリゴリって中から削られているみたいな感じがする！」

膣内をかき回す肉棒の感触に感じているらしい。

両手でしっかりとシーツを握りしめ、快感に耐えているのが分かる。

だが我慢されると、耐えられなくなるまで責めたくなるのが男の性だ。

「フローズ、もっと勢いよくするぞ」

「えっ、やっ、ダメだってぇ！　あうっ、はうっ……ひぐっ、わふぅん！」

彼女の嬌声を心地よく聞きながら、腰の動きは休ませない。

そのまま続けると、フローズも刺激に慣れてきたのかこっちに振り返った。

ちょっと涙目になりながら俺を睨んでくる。

「はぁはぁ……ダメだって言ってるじゃないか……エルンストの馬鹿っ！」

「悪かった、でもフローズの中すっごい気持ちいいよ、最高だ」

「そ、そう？　次からはちゃんと優しくしてよね……」

恥ずかしそうに目を逸らす彼女。

嬉しいくせに、年上のプライドがあるから素直に喜べないみたいだ。

実際はクエレやライムでさえ前世を含めた俺より年上……というより、だいたいの人間よりずっと長く生きてるんだから、気にしなくてもよいのにな。

まあ、精神が肉体に引っ張られることはある。俺も転生したてはそうだった。

「ほら、恥ずかしがってる余裕なんかあるのか？　思いっきりいくぞ！」

彼女の痴態を目にして興奮が抑えられなくなってきた俺は、腰の動きを激しくする。

「ひゃんっ、またいきなり……！　でもこれぇっ！」

「気持ちいいか？」

問いかけると、フローズは一瞬躊躇したが頷いた。

「エルンストのが奥まできて、子宮トントン突かれるのいいよぉっ！」

蕩けるような甘い声でそう吠えるフローズ。

吠えるといっても外敵に向けるものとは百八十度逆の、好きな相手に向けた甘えた声だ。

「よく言えたな、俺も気持ちいいぞ！」

「はぁはぁっ、もっと腰振って、一緒に気持ち良くなって！」

完全に振り切れた様子で、俺の動きに合わせて腰を押しつけてくる。

ほどよい締めつけになった膣内が激しい動きによって肉棒に絡みつき、興奮を高めてくる。

ここまでずっと動いていただけに、そろそろ限界も近かった。

「うぅっ、そろそろイクぞ！」

俺はスパートをかけながら、フラフラと力なく揺れている彼女の尻尾に触れた。

「えっ、待っ……尻尾は敏感だからっ！」

「知ってる。一度スイッチが入るとめちゃくちゃ敏感になるもんな！」

「ダメダメッ！　あっ、あああああっ!!　尻尾はダメッ、ダメだったら……ひぃぃぃぃぃぃぃいっ!!」

指で触れるだけでぞわぞわっと毛が逆立ち、膣内がぎゅうぎゅうに締まる。

ここまで堪えていた俺は限界を迎えた。

「出すぞっ、ぐっ、うぅ！」

最後に思い切り腰を叩きつけ、溜め込んでいたものをフローズの奥で吐き出す。

同時に彼女も絶頂に達した。

「わうっ!?　奥に熱いのがっ、エルンストの精子きてっ……イッグゥゥゥゥウウウウ!!」

お互いに全身を硬直させながら絶頂の快楽を享受する。

そのまましばらく固まって、数十秒後にようやく崩れ落ちた。

うつ伏せに横になったフローズの、さらに上に覆いかぶさるように倒れ込む。

「ふぅ……ごめん、重い？」

「ううん、大したことないから気にしなくていいよ。ただ、そのまま……ぎゅっとしてほしいね」

「もちろん」

お願いされたとおり手を回すと、フローズは少し恥ずかしそうにしながらはにかんだ。

俺は素直に甘えてくるフローズと事後の時間を楽しみながら、眠りにつくのだった。

四話　初めての料理

翌日、俺はフローズたちを連れて村長に滞在の許可を願いに行った。

俺たちがこの村に滞在したいというと、彼は大歓迎だと言ってくれたのだ。

引き続き今の家を使わせてもらうことになったのだが、安心してばかりもいられないのだ。

「まずは自分たちで食糧を調達しないといけない……というわけで、ふたりとも頼んだぞ！」

そう言って前にいるフローズとクエレに呼びかける。

「こういうのは得意だよ、エルンストはここで待っててな！」

「ご期待に添えるよう、頑張ります」

フローズは得意そうに、クエレは淡々と答える。

俺たちが今いるのは、村から少し離れた森の中だった。

恵んでもらうばかりでは悪いので、まずはできそうな方法で食べ物を調達しようとしている。

ちなみに、ラウネとライムは家の修繕の続きだ。

木造住宅なので、植物に強いラウネと意外と器用なライムのふたりに任せてある。

「フローズ、召喚し直さなくて大丈夫か？」

四人の召喚獣たちはいつも亜人の姿だが、戦闘のときには本来の姿で召喚し直す。

亜人状態では彼女たちの能力が半減してしまうからだ。

「……この森は魔物の臭いが薄いから、危険も少なそうだ。今のままでも充分だよ、ねえクエレ？」

「はい、むしろわたしたちの気配で獲物が逃げないか心配です」

「その辺りは任せといて、これでも狩りは得意なほうだよ。すんすん……ふむ、西のほうに猪がいるね、クエレは上空から監視を頼んだ。私は風下から静かに接近する」

真面目な表情になったフローズはそう言い、音もなく森の中へ進んでいく。

「……では、エルンスト様。わたしも行ってきます」

「ああ、気を付けてな」

俺が手を振ると、背中の翼を展開したクエレが羽ばたき、上昇していった。あとは待つだけだ。

それから十分ほど経つと、前方の草むらがガサガサと揺れる。

「むっ、もう終わったか？」

立ち上がると、奥から丸々と太った猪を一頭ずつ担いだフローズたちが戻って来た。

「エルンスト、お待たせ！」

「無事に獲物は手に入れました、エルンスト様」

自慢するように獲物を見せてくる。ふたりとも擦り傷一つ負っていないな。

「凄いな、さすがだ！　この量はうちだけじゃ食べきれなさそうだ……」

見ると、どちらの猪も首元を一撃されて仕留められている。見事な狩りの腕だ。

「一頭は村長さんの家に持っていこう。貰いっぱなしじゃ悪いからな」

タダより高いものはない、という言葉もある。

まだこの村を全面的に信用できていないので、一方的に借りを作るのは避けたかった。

もしこの村が、俺と召喚獣たちにとって心休まる場所になるなら嬉しい。だが、まだ完全に判断できるわけではない。

ただ、村長やレベッカと接していると、この村で暮らしたいという気持ちも素直に湧いてくるが。

新鮮なうちにと猪を運んでいくと、村長夫妻や、その手伝いをしているレベッカに驚かれた。

「ほう、これは立派な猪だぁ。エルンスト君がやったのかい？」

「いや、こっちのふたりが仕留めたんですよ。彼女たちは優秀な狩人なんです」

「なんと、これはたまげた！　一撃で仕留めている。とても立派な腕をお持ちなようで」

そう言ってフローズたちを紹介すると、素晴らしい狩人だと褒めたたえてくれた。

ちなみにふたりとも昨日と違って、上着やフードで耳や翼を隠してはいない。

しかし村長もそれほど驚いていないようだ。レベッカがすでに説明していたんだろう。

王都では亜人は敬遠されていたが、やはりここでは意識が違うようだ。

今のところ正体を明かす必要もなさそうだし、フローズたちのことはこのまま、亜人で通すことにしよう。

「しかし、こんなに立派な獲物を貰っていいのかい？」

「もちろんです、ここに来てからお世話になりっぱなしですから。少しはお返ししないと」

「ははぁ、若いのに立派だな。フローズさんたちが君を慕ってついてきたというのも分かる」

感心したように頷く村長。

称賛の言葉は王都で聞き飽きるほど言われたが、不思議といやな感じはしなかった。

そんなとき、猪を調べていたレベッカが立ち上がる。

「村長村長、わたし他の人たちにも知らせてくるよ！」

「そうだなぁ、狩人の爺さんが死んでしまってから大きな獲物は久しぶりだ。儂と婆さんでは食べきれんし、今晩は猪鍋にするか。これだけ立派な猪なら、みんなにも行き渡るだろう」

「うん、それがいいよ。エル、猪ありがとう！　それじゃ行ってくるね！」

そう言って元気よく飛び出していくレベッカ。

それを見送りながら、この村に適応するにはもう少し時間が必要だなと思うのだった。

◆　◆

村長の家から帰った俺たちは、さっそくもう一頭の猪を夕飯にすることに。

だが、ここで問題が発生した。

俺たちは誰ひとりとして、まともに料理をしたことがないのだ。

召喚獣たちは元々料理など必要としない生活だったし、王都では城の料理人任せだった。

俺はひとり旅の経験もあるが、食事は保存食か適当に肉や芋を焼いて食べたくらいだし……。

「まあ、仕方ない。なんとか頑張ってみるか」

まさか生肉にかぶりつくわけにもいかず、古い記憶を呼び覚ましてなんとか料理することに。

「フローズ、ここの肉を切り分けてくれ。ああそうだ、ちゃんと手は洗ったな？」

「子供じゃないんだから大丈夫だよ。この部分だね」

俺の指示どおり彼女が爪を走らせると、スッと肉が切り分けられていく。

慎重に解体しながら、引き出した内臓をどうするか悩む。

新鮮な動物の内臓は柔らかく栄養豊富だが、上手く処理しないと人間にはキツい。

「……ライム、内臓いるか？」

「えっ、いいのですか！」

「ああ、人間の舌でも美味しく感じられるよう料理するのは、今の俺には無理だからな」

そう言って容器に入れた内臓を渡すと、ライムは腕からスライムを生み出して吸収してしまう。

「はぁ、久しぶりの味なのです！　調理したお肉もいいですけど、これも好きなのですよ」

十秒と経たず跡形もなく吸収し、満足そうに息を吐くライム。

素直で元気のいい性格なのはいいが、ちょっと素直すぎるので王都なんかじゃ外を出歩かせることができなかった。果たしてこの村ではどうなるのか、期待と不安が胸の中で渦巻いている。

そんなことを考えながら、俺は切り分けた肉の調理へ取り掛かる。

今日使わない分の肉は、家の隣に建てた倉庫に置いておく。

倉庫の中は、契約している氷の精霊の力を使って低い温度を保ってある。冷蔵庫みたいなものだ。

「ラウネは香辛料だ、いくつか用意してもらいたいものがある」

「はいはい、何が必要かしら？」

「そうだな、塩は召喚できるから、いつものスパイスと……」

俺が要求すると、ラウネの体を包む植物のいくつかが成長し、香辛料の元になる実や種となった。

普通のアルラウネには不可能だが、王都で様々な植物の種を取り込んだラウネだからこそできる技だ。

材料が整えばあとは下味をつけて焼くだけだ。

王都に隠して所有している倉庫から、鉄板やら何やらを召喚し、加減を調節しながら火を通す。

ステーキが焼き上がれば、つけ合わせにラウネ製の新鮮な野菜を添えて完成だ。

皿を並べ、全員で食卓を囲む。

「よし、じゃあ食べよう。いただきます」

俺がそう言うと、みんなも続いて食べ始めた。

「おぉ、ちょうどいい焼き具合だね。いただきます！」

真っ先に肉へかぶりついたのはフローズだった。

大雑把に切り分けながら、次々に口へ運んでいく。

「みんな、ちゃんと私の野菜も食べないさいよぉ？」

そう言いながら瑞々しいトマトを口に入れるラウネ。

「むぐ……エルンスト様の料理、とても美味しいです。とれたては歯応えがありますね」

「うん、生も良いけど、焼いたお肉も美味しいのですっ！」

クエレやライムも美味しそうに食べている。

反応を見る限り、どうやら彼女たちも満足してくれたようだ。

久しぶりの料理で緊張したが、どうやら合格点をもらえたようで安心する。

俺も食欲をそそる匂いの肉を次々に口へ運んだ。

「はふはふっ……エルンスト、明日はどうするつもりなんだい？」

「もう次の夕食の心配か、フローズ？　そうだな、次は魚にしてみるか」

そう言うと、クエレが露骨に反応する。クエレは肉よりも魚料理のほうが好きだからな。

「魚……水の中なら得意です！」

「ああ、期待してる。お前たちの採ってきてくれる食材に見合うよう、俺も料理の勉強をしなくちゃいけないいな」

食いしん坊なふたりの反応に嬉しくなりながら、俺はそう言うのだった。

五話　責められ好きなアルラウネ

食事の後、満腹になったのかフローズたちはすぐに寝てしまった。

俺も歯を磨き、自分の寝室に戻ると椅子に座って一息つく。

「とりあえず衣食住はこの村でもなんとかなりそうだな、良かった」

始めは不安が大きかったが、懸念していたような騒ぎも起こらず平和に暮らせている。

「このまま、出来るだけ交友関係は狭く保ちつつ、静かに暮らせればいいんだが……」

村長たちは友好的だが、村人の全員が全員そうではないだろう。

なにせ、俺たちは突然やってきて住み着いた怪しい存在だろうからな。

そう思っていると、部屋の扉がノックされた。

「私よ、入っていいかしら？」

「ああ、ラウネか。入ってくれ」

扉が開き、花や蔓など植物を纏った妖艶な美女が入ってくる。

「今日の夕食は助かった。この辺境じゃ香辛料なんかは貴重だろうからな」

香辛料だけじゃなく、ラウネは果物や野菜までそれなりに用意できる。彼女が居ると居ないとじゃあ食卓の彩《いろど》りがまったく変わってくるだろうな。

「よいのよ、私もエルくんの役に立てて嬉しいもの」

そう言うと、俺の前にある机に腰掛け足を組む。

「……ところで、夕飯のときに植物を生み出して魔力を使っちゃったの。エルくんに補充を手伝ってほしいなぁって。ねえ、いいでしょう？」

そう言って体から蔓を伸ばし、俺の体に巻きつけていくラウネ。どうやら逃がす気はないらしい。

「そこまで使ってないはずだが……本当はしたいだけだろう？　いいよ、今日はラウネの番だ」

苦笑してそう言うと、蔓が動いて俺はベッドに運ばれ中央に腰をおろす。

ラウネ本人も後に続いて、俺の体に寄りかかるようにしながら舌なめずりをした。

「ふふふ、昨日はフローズとしてたんでしょう？」

「あぁ、聞こえてたか……広いのはいいけど、少しボロい家だから仕方ないか」

付き合いの長い彼女たちを相手に今さらだが、改めて言われると少し恥ずかしい。

「ちょっと顔を赤くしてるエルくん、可愛いわぁ。いじめたくなっちゃう」

そう言うと、再び彼女の蔓が蠢いて服の中に入ってくる。

何本かは下着の中にまで入り込み、肉棒を愛撫し始めた。

「うっ、くぅ……ラウネ！　いきなり……うぐっ！」

「エルくんの、もう硬くなってるわ。もしかしておっぱい押し当てられて興奮しちゃったかしら？」

図星だった。さっきから俺の頭ほどもある巨大な柔肉が押しつけられているのだ。

「こ、こんな状態で煩悩を抑えろってのは無理な話だろう!?」

触手みたいな蔓にしごかれ、爆乳を押しつけられて、なお冷静でいるには悟りでも開かないと。

「別に我慢しなくてもいいのよ？　私の体で興奮してくれるの、すごく嬉しいわ」

耳元で甘くささやかれ、脳まで痺れるような快感が生まれる。

アルラウネはマンドレイクの近縁種とも言われるが、叫び声で人を死に追いやる向こうとは大違いだ。彼女の甘い声は聴いているだけで気持ち良くなってきてしまう。

「あん、またビクビクってしてる。今度はこっちもいじめちゃおうかしら？」

笑みを浮かべながら、今度は胸に蔓を伸ばしてくるラウネ。

片方の乳首を蔓で弄りながら、もう片方に顔を寄せて舌で舐めてくる。

「んじゅ、れろ……男の人も、こっちでも気持ちよくなれるのよねぇ？」

「うっ、こんなのどこで……あうっ！」

「王城のメイドたちの会話で聞いたたのよ。下手な本よりいろいろ学べて面白かったわ、けっこう脚色も混じってたみたいだけれど」

「余計な知識まで吸収しやがって……あぐぅ！」

言った途端に肉棒が蔓で締め上げられる。

膣内とは違った感覚で気持ちいいが、このまいいようにされるのは少し癪だった。

「エルくんのおちんちん、先っぽから気持ちいいお汁出してる……このままイっちゃってもよいのよ？　私が優しく受け止めてあげるから」

ラウネ自身も今の状況に興奮しているようだ。やるなら今だった。

俺は体内の魔力を練り上げ、魔術を発動させる。

「……奉仕するのはいいが、あんまり調子に乗るなよ！　呪縛からの解放！」

「えっ、きゃあっ⁉」

俺が呪文を唱えると、抱きついていた彼女が引きはがされ、仰向けにベッドへ倒れ込んだ。

そして、拘束から逃れた俺はそのまま彼女の体に馬乗りになる。

しかし、それでもラウネの余裕の表情は崩れない。

「あんっ、逆転されてしまったわね……これからどうなっちゃうのかしら？」

「よく言うよ。好きにやってくれたお礼はたっぷりさせてもらうからな」

俺はラウネを見下ろしながらそう言うと、まずは胸元をはだけさせる。

辛うじて服に収まっていた大きな柔肉が解き放たれ、その反動でぷるんと揺れた。

遠慮なく両手を伸ばし、鷲掴みにしてその感触を楽しむ。

「……こんなに大きいくせに、信じられないくらい張りがあって触り心地も最高だっ」

「抱きしめたら、エルくんの顔も埋まっちゃうかも……んっ、あぁん！」

先ほどの余裕のある声とは違い、今のは間違いなく嬌声だ。

自分の興奮が盛り上がっていくのを感じながら、さらに動く。

ラウネの愛撫で硬くなっていた肉棒を、彼女の胸の間に挟み込んだのだ。

「うぅ、それは……」

「揉んでるだけじゃもったいない、使わせてもらうぞ」

「あっ……うん。して、私のおっぱいでおちんちんしごいて……」

使うという言葉に反応し、さらに興奮したような、上ずった声でそう言うラウネ。

ラウネは性癖的にMで、強引に責められるのが好きなんだ。

なので遠慮することなく、肉棒を爆乳に挟んだまま腰を動かし始める。

「んぁっ、あん、エルくんのすごい熱い……」

うっとりとした表情で、自分の胸に挟まっている肉棒を見ている。

それを見下ろしながら、俺は柔肉の感触を堪能していた。

「うぅ、突けばどこまでも沈み込んでいくみたいだ……しっとりしてて気持ちいい」

膣内ほどの刺激はないものの、柔肌と圧倒的な乳房の締めつけで快感は充分だ。

「そんなに力強く……まるで私の胸でセックスしてるみたい」

確かに、どんどん勢いが強くなって、爆乳に腰を打ちつける度に乾いた音が鳴っている。

まるで、昨晩フローズの尻にしていたときみたいだ。

「お尻よりこっちのほうがずっと柔らかいけどな……ぐ!?」

そう言っていると、突然、胸の谷間に何かの液体が流れ込んできた。

「なんだこれ、俺のに絡みついてっ！」

「花の蜜を使った特製ローションよ、これでもっと気持ちよくなったでしょう？」

情欲に染まった目でそう言ってくるラウネ。どうやらもっと責めてほしいということらしい。

「なら、遠慮なくやってやる！」

俺は谷間をぎゅっと押しつけながら、猛然と腰を動かす。

蜜が広がって甘ったるい匂いが部屋いっぱいに充満し、余計なことが考えられなくなる。

「んぁ、素敵よ。その獣みたいな眼で見つめられるとドキドキして、濡れてきちゃう……んぅ！」

俺に馬乗りになられているラウネは、自由に体を動かすこともできない。

胸を犯され、見下されることで支配される興奮を感じているのだ。

「胸の中でおちんちんビクビクしてる……エルくん、出ちゃいそうなのね？」

「うぐっ、はぁはぁ……」

全力で責めている俺には、それに答える余裕もなかった。

だが、ラウネはしっかりと感じ取ったようだ。

「きて、出してぇ！　そのまま全部私の胸の中でっ！」

「ぐぁっ、ラウネッ……！」

最後の瞬間、俺は思い切り腰を胸に押しつけて欲望を放出した。

深い谷間に発射された精液だが、そこには収まらずラウネの綺麗な顔まで汚す。

「んぁ、熱い……こんなところまで飛ばしちゃうなんて、凄い元気ねぇ」

うっとりした表情でそう言うラウネも、どうやら満足したらしい。

「はぁ……はぁ……ふぅ……」

全力で動いていた俺は息を整え、ようやく腰を退かすのだった。

六話　ラウネに魔力補給

行為の後、一休みするために俺は彼女の隣へ横になった。

「凄かったわエルくん、私、燃えちゃいそうなくらい興奮したもの」

そう言いながら、横にいる俺のことを抱きしめてくるラウネ。

蜜と精液で酷い有様になっていた胸は、葉っぱをタオル代わりにしてすっかり綺麗になっていた。

同時に、吐き出した精液から俺の魔力も吸収し、目的どおり補給も完了したらしい。

魔術師の体液のなかでも、精液は一番魔力が含まれているからだ。

「ラウネだってあんなに煽ってたじゃないか」

「だって、エルくんは優しいから、ああでもしないと強引にはしてくれないでしょう？」

俺を見つめながら、彼女は妖艶に微笑む。

「せっかく自由の身になったんだから、もっと激しい感じでもいいのよ？　例えば何日も縛りつけて、限界まで焦らした上で屈辱的な命令をしながら犯したり……」

「勘弁してくれ、俺の体力が持ちそうにないよ……」

こうして抱かれているだけでも、ラウネの豊満な肉体の感触で性欲が蘇ってきそうなんだ。

ふたりっきりで何日も……なんて、こっちが干からびてしまう。

「むぅ、残念だわ。でも、もう一戦くらいはできるわよね？　お腹の奥が疼いて仕方ないの」

ラウネは俺の手を取り、そのまま自分の秘部に導いた。

指先が触れると、それだけでドロッとした濃い愛液があふれ出きているのが分かる。

「これは確かに辛そうだ」

「そうでしょう？　さすがの私も、このまま放置なんてされたらおかしくなりそうよ」

彼女はそのまま俺の頭を抱き寄せ、キスしてくる。

「んちゅ、ちゅる、んんっ！」

始めから舌を絡ませ合う、興奮を高めるためだけのような淫靡なキス。

しかも、どうやら俺の口に蜜を流し込んでいるようだ。甘い味がする。

「……少しだけ体力回復の蜜を混ぜたの。あまりやり過ぎると、眠れなくなっちゃうものね」

「さすが、パーティーの回復を担当してるだけあるな。少し元気が出てきた」

唇を離すと、俺はまた彼女の上になる。

そのまま魅惑的な脚に手を置き、左右に押し広げた。目の前の秘部は蜜を垂れ流している。

「本当によく濡れてる。準備も必要なさそうだな」

「もう……好きな相手にじっと見られるのは、私でもさすがに恥ずかしいわよ？」

そう言うが、ラウネの興奮した表情は変わらない。

もっと彼女が乱れる姿を見たくなって、俺は腰を前に進めた。

秘部に肉棒を押し当て、中へ挿入していく。

「んくぅ……エルくんの入ってくるぅ……っ！」

大きく息を吐き、力を抜くラウネ。

それによって膣内の締めつけも緩み、肉棒が一気に奥まで進んでいく。

「ラウネの中、凄く気持ちいいよ。愛液でとろとろで、入れてあるだけで蕩けそうだ！」

「エルくんにそう言ってもらえると嬉しいけど……んっ、こんなに奥まで入ってこられたら私も感じちゃうわ。ねえ、もっと動いて、たくさん犯してっ！」

すでに俺は一番奥まで腰を進めていた。

ラウネの膣奥まで入り込み、抱擁されている。

これだけでもう充分に気持ちいいが、本番はこれからだ。

「あひっ、あひゅううううう！　体の中、エルくんに削られてるぅ!!」

肉棒が前後するたびに、壁を刺激してラウネを善《よ》がらせる。

俺はそれを見てますます興奮し、彼女への責めを強めていった。

「いきなり激しいっ！」

「お望みどおりだろう？　うぅ、中が絡みついてくる」

奥へ入れると、それまで大人しかった彼女の体が牙をむいてくる。

逆に腰を抜こうとすると、逃がさないとばかりに締めつけてきた。

「くっ……！」

「ひゃううっ、んんっ！　エルくんのが私の中で暴れてるわぁ！」

大きな嬌声を上げながら乱れるラウネ。このままだと少しマズいかもしれない。

あれだけ言っておきながら、先にギブアップするなんて情けない。

俺はラウネの脚を持ち、そのまま前に持っていく。

マングり返しの姿勢にさせて動きやすくなったところで、思い切りピストンを始めた。

「ひぎゅっ!?　い、いきなり激しいっ!?　でもっ、気持ちいいっ！　あきゅっ、はぁんっ！」

突然の激しい責めにラウネの悲鳴が上がる。

「こうやって激しくされるのが望みだったんだろう？」

俺はそう言って彼女の体をベッドに押さえつけ、責め続けた。

少々強引だが、そこは彼女の性癖でカバーしてもらおう。

「どうだ、望みどおり強引にしてやるぞ！」

動きやすくなったことで俺の動きの激しさも数割増しになった。

肉棒で勢いよく奥を突き、中を引きずり出すような勢いで抜く。

よく絡みついてくるだけに、その刺激は抜群だった。

「めちゃくちゃになっちゃう、蹂躙されてるっ！　あっ、くふっ、うぐぅぅ！」

ラウネの声も、嬌声というより唸り声と言ったほうがいいだろう。

強く激しく突いているせいで、横隔膜が刺激されてそういう声が出てしまうのだ。

だが、こんな状況でも感じているのは間違いない。

ラウネの膣からはいくら掻き出しても愛液が溢れてくるし、頬は気持ちよさで緩みっぱなしだ。

普段妖艶な雰囲気の彼女が、ここまで乱れている姿はなかなか見られない。

「エルく、んっ！　すごいよ、こんなに激しいの初めてっ！」

「気に入ったか？」

なおも腰を動かしながら聞くと、ラウネは頷く。

「奥までズンズン突かれて、エルくんが動く度に中がかき回されちゃってる！　気を抜いたら気絶しちゃいそっ、んうぅぅううっ!!　ああっ、イクッ！　ほんとに凄いのきちゃうううっ!!」

むろん、気持ちよくなっているのはラウネだけではない。

極上の女体を無理やり責めた俺に反動がこないはずがなかった。

「くぅっ、うっ！　マズいなこれは……」

普段は自分の興奮具合を調節しているのに、無視して思い切り腰を動かしたんだから当たり前だ。

今は必死に堪えながらやっているが、それもそろそろ限界だった。

「ラウネ……」

絞り出すようにそう言うと、彼女も気づいたようだ。

「エルくん、私も！」

これまでの激しい責めで、ラウネも絶頂一歩手前まできていたようだ。

そのとき豊満な体が震え、膣内の肉棒が一際強く締めつけられた。

「イクッ、イっちゃうよぉ！　エルくんに犯されてっ、イックゥゥウウウ!!」

「ぐっ!?　あぐぅ！」

ラウネの手が俺の首に回され、引き寄せられる。

俺は前のめりになりながらラウネの一番奥まで突き込み、そこで射精した。

ドクドクと解き放った欲望が子宮を穢し、彼女の体がゾクゾクと震える。

「ひぃ、はぁはぁっ！　ドクドクって、お腹に精液がいっぱい……燃え尽きちゃうかと思ったわぁ」

俺を抱きしめながらそうこぼすラウネ。こっちも息が上がっていた。

「はぁ、はふっ……俺も、ちょっと頑張りすぎたかもしれない」

「ふふ、ご苦労様。とっても素敵だったわよエルくん」

少し落ち着いたのか、いつものラウネに戻った彼女が頭を撫でてくる。

俺はそのまま抱きしめられながら、湧き上がる眠気に身を任せて意識を失うのだった。

七話　レベッカの提案

この村に来てから十日近くが経っていたが、俺たちの暮らしは非常に順調だ。

昼は食糧調達に向かい、それ以外は召喚獣たちと自由にゆっくり過ごす。

数日前に見つけた湖から魚を調達できるようになったので、食事のレパートリーも増えた。

狩りでは賄《まかな》えないパンなどの主食は、村長との物々交換で補給できている。

村にも一軒だけ商店があるようだが、あまり目立ちたくないのでそこでは買い物はしていない。

それでも余る時間は、以前のように召喚魔術の研究に当てていた。

「さて、夕飯の仕込みは済んだ。後はフローズたちが帰ってくるのを待つだけだな」

今日はクエレとライムのふたりが加わった三人で森に入り、狩りと採集をしているはずだ。

肉はフローズとクエレが担当で、ライムは山菜やキノコが担当だな。

ライムは少し危なっかしいところがあるが、器用なので迷子にはならないだろう。

そう思っていると、玄関がノックされた。この元気のいい音は……たぶんレベッカだな。

「はいはい……やっぱりレベッカか。いらっしゃい」

扉を開けると、赤いポニーテールを揺らした少女と対面する。

「こんにちはエル！　様子を見に来たんだけど、またお邪魔していいかな？」

「もちろんどうぞ。ちょうど暇になったところだ」

彼女を中に通して着ていたエプロンを片付けると、レベッカの視線がそれに向いた。

「やっぱりこの家の料理ってエルが担当してるの？」

「曲がりなりにも料理経験があるのは俺だけだからな。その代わりフローズたちは食糧調達だ」

女が稼ぎ、その代わり男が家の仕事をする。前世で言う主夫ってやつだな。

「実はエルがどんな料理するのか興味あったんだよ、見ていい？」

そう言われて、俺は今日の料理に特別な素材を使う予定がないと確認する。

俺の料理のレパートリーが少ないため、たまに召喚術で保存しておいた食材を用意するのだ。

俺が召喚術師なのは隠したままなので、見たこともない食材があると怪しまれる。

「……ああ、大丈夫だ。レベッカにはいつも世話になってるからな」

「本当!?　やった！　ふふふ……さあ、エルの台所はどうなってるのかな？」

喜ぶ彼女に、俺は少し後ろめたい気持ちになる。

この村に来てからというもの、レベッカには世話になりっぱなしだ。

何か礼をしたいと思ったが、彼女は物欲がないのかプレゼントとかも欲しがらない。

飢えないくらいは食べられて毎日が過ごせれば幸せ、と言っていたし、華美な王都で暮らしていた俺からすれば信じられない無欲さだ。

まぁ、だからこそ損得勘定抜きで協力し合うなんてことができるのかもしれないが。

「ほうほう、けっこう片付いてるね……うん」

「じゃあ、俺の料理を紹介しよう……と言っても、簡単なものしかないけどな」

うちの食事はだいたいが焼き肉か焼き魚、それに簡単な汁物だ。

調味料のおかげで味は変えられるが、王都の食事と比べれば月とスッポン。

この現状を見たレベッカは、少し難しい顔をしていた。

「うぅん……たしかに少し種類が少ないような……」

その指摘に調理担当としてのプライドがズタボロになる。

「ははは……手厳しいがそのとおりだな。俺自身、自分の料理に飽きてきたところだ」

「えっ……いや悪いって言ってるわけじゃないよ!?　毎日これだけ新鮮な肉や魚を食べられるのは狩猟してるエルたちならではだし！」

「あぁ、フォローありがとう。でも、レパートリーは本当にどうにかしなきゃな……」

そんなとき、何か思いついたようにレベッカが声を上げる。

「そ、そうだ！　よければこれからは、わたしがご飯を作りに来ようか？」

「え？　いや悪いよ、レベッカにはいろいろと世話になってるし、これ以上は……」

彼女だって村で仕事があるのは知っている。これ以上負担させるのは申し訳ない。

だが、レベッカはそうは思っていないようだった。

「遠慮なんかしなくていいよ、困ったときはお互いさまだもん」

「いや、うぅん……頼んでいいのかなぁ」

彼女の厚意は嬉しいし、料理の種類が増えるのはありがたい。

断る理由はないし、レベッカのことだから見返りを求めてくることはないだろう。

しかし、俺としては貰いっぱなしというのは少し気まずい。

「じゃあレベッカ、代わりに俺たちにやってほしいこととか、あるか？」

「エルたちに？　いや、そんな！　別にそういうつもりで言ったんじゃないよ？」

少し慌てて手を振るレベッカ。やっぱりこういう反応をされてしまったか。まあ仕方ない。

「ここに来てから世話をかけっぱなしだろう？　借りを作ったままだと落ち着かない性分なんだ」

「うーん、そういうことなら……」

顎に手を当てて考え込むレベッカ。

そして、何か考えついたのか再びこちらを見る。

「じゃあ、何を作るかはわたしが決めていいかな？　これだけ肉や魚があれば、いろいろな料理が作れるよ。せっかく覚えた料理も材料がないと作れないから、個人的な練習をさせてほしいなって」

「ああ、それはもちろん構わないよ」

彼女の料理の練習も兼ねるというのなら、気負うこともない。

俺が頷くとレベッカも嬉しそうな表情になった。

「よし、約束だよ？　じゃあ、わたしは家に帰って準備してくるからね」

そう言うと、道具を取ってくると小走りで家から出ていく。

その後ろ姿を見ながら、俺はこれからもレベッカが訪ねてきてくれることに対して安心している自分の心に気づいた。

「……こんなふうに他人と交流を続けるなんて、今までなかったからな。そのせいかも」

今はそう考えることにしたが、やはりレベッカが戻ってくるのを待ち望んでいる感情は、もはやただの知り合いに対するものではないと自覚すべきだったかもしれない。

◆　◆

家のリビングで掃除をしていた私は、台所でエルくんとレベッカが話しているのを聞いていた。

どうやら、今日は彼女がご飯を作りに来てくれるみたいねぇ。

「彼女の料理は美味しいし、楽しみね……おっと、でもこんなことエルくんの前じゃ言えないわ」

私たち召喚獣のことを一番に考えてくれているのは彼だもの。万が一にも悲しませるようなことはしたくないわ。エルくんの料理も美味しいし。そう思っていると、誰かに後ろから肩を叩かれた。

「あらライム、フローズたちと森に行ったんじゃなかったの？」

「充分に取れたから、先に帰って来たのです！　ちゃんと食べられるものかラウネに確認してもらえってフローズが言ってたから持ってきたのですよ」

そう言って手に持ったカゴを見せてくるライム。

確かに、その中には山菜やキノコがぎっしり詰まっていた。

「あら、大収穫ね！　これならひとり増えても大丈夫そう」

「ひとり増えるのですか？」

「レベッカが夕食を作りに来てくれるみたいよ」

そう言うと、ライムの表情が嬉しそうに変わる。

「レベッカが？　やったのです！　レベッカの料理は特別おいしいですからね！」

ライムは本当に素直ね。時々それが羨ましくなっちゃうわ。

私は何をするにもまず頭で考えちゃうし、感情のままに動くなんてできるか分からないもの。

「ふふ、そうね。カゴは洗い場のほうに持っていってくれるかしら？　後で私も行くから、レベッカが来る前に選別してしまいましょう！」

「分かったのですよ！」

ライムはそう言うと、カゴを持って台所の横にある洗い場に向かった。

その姿を見ながら、私は今の生活を振り返った。

「……少し前まで戦闘続きの日々だったのに、こうも変わるなんて思わなかったわ」

アークデーモンを倒すための血なまぐさい戦いから一転、のどかな田舎でゆっくり暮らしている。

エルくんが正体を隠すと決めたから私たちも能力を持て余し気味だけど、でも以前の生活では絶対に見られない彼の姿を発見できたのは嬉しいわね。

フェンリルやクエレブレを従えるような、召喚術師として最高峰のエルくんが、料理の前ではあんなに悪戦苦闘するなんて思わなかった。

「……私もレベッカに料理を習えばエルくんと一緒に料理出来るかしら。今度聞いてみましょう」

そう心に決め、掃除用具を片付けるとライムの後を追って洗い場に向かったわ。

八話　六人で食卓を囲む

その日の夕方。フローズたちが帰ってくるのを待ってから、俺たちは調理を始めた。

あらかじめ用意しておいた食材や今日採ってきたものを使い、何種類かの料理を作る。

俺やラウネも手伝いながら、レベッカに新しい調理法を教わっていく。

始めてから一時間ほどで、食卓をいっぱいにする料理が出来上がった。

「ふう、こんなにたくさん作ったのは久しぶりだよ」

料理を並べ終わったレベッカがそう言って汗をぬぐう。

「六人分だからな。でもフローズやクエレは結構食べるから今日中になくなるかもしれないぞ」

「えっ、ほんとに!?　もうちょっと作っておいたほうがよかったかな……」

「大丈夫だ。調理法は覚えたし、足りなかったら俺が作る」

そう言って彼女を席に座らせ、俺も自分の椅子に座る。

すでにフローズたちは食卓を囲んで目の前の料理を品定めしていた。

「さて、じゃあレベッカに感謝して、いただこうか」

俺の言葉で全員が食事を始める。

「いただきます。んっ、この肉おいしいよ！　どうやって料理したらこんなに柔らかくなるの!?」

真っ先に肉料理を口に入れたフローズが満足そうに言う。

二切れ三切れと次々に口に運び、美味しそうに頬を緩めた。

「はむ、はむはむ……むぐっ、ごくんっ！　はむっ、はむはむっ！」

一方、もうひとりの食いしん坊であるクエレは煮魚を夢中になって食べている。

しかしさすが竜種というべきか、骨ごとバリバリ食べて、手先が不器用なことをカバーしていた。

見る見るうちに一匹の魚が食べつくされてしまう。

「絶妙な味付けです。生も焼き魚も良いですが、煮魚も最高です」

「いつも食事のときは元気だけど、今日はとくによくしゃべるなクエレ。そんなに美味いか？」

「……はい」

知らず知らずのうちにテンションが上がっていたことを自覚したのか、頬を赤くしている。

「俺もレベッカから教わって今度はもっと美味しく作るから、楽しみにしてくれ」

「もっ、もちろんです！　エルンスト様の料理ならいくらでも食べますっ！」

そう言って魚の頭にまで食いついているクエレに苦笑しつつ、前のほうを向く。

テーブルの向かい側では、ちょうどライムの口元についたソースを、ラウネが拭いてやってるところだった。種族は違うけれど、歳の離れた姉妹みたいだな。

こうやってみんなで食卓を囲んでいると安心する。

王都での生活でも、誰かの部屋に集まってみんなでテーブルを囲んで食事してたからかな。

「……エル、食事のときはいつもこんなに賑やかなの？」

隣で座っているレベッカが少し驚いたように聞いてくる。

「ああ、だいたいこんな感じだ。みんな気心知れた仲だからな」

一番新しく仲間になったライムでさえ、もう三年近くは一緒にいる。家族も同然だ。

それを教えると、レベッカが珍しく少し黙り込んだ。

「羨ましいな、わたしの家はひとりだけだから」

「……そうか、大変なこともあっただろう。悪いことを話させちゃったかな」

彼女がひとり暮らしだろうということは、フローズから聞いていた。

曰く、他の人間と一緒に暮らしているような匂いがしないらしい。

「ううん、気にしないで！　わたしにとっては村のみんなが家族だからっ！」

「そっか。そういえば、村の助け合いの中で育ってきたみたいなことを言ってたな」

「両親は魔物に襲われて小さいころに死んじゃって、それから村のみんなに育ててもらったんだよ」

それで、困ったときはお互いさまっていうのが口癖というわけか。なるほどな。

「わたしが生まれたときぐらいが、ちょうど魔物が多かった時期だから同年代の子がいなくて、周りは大人か、もっと小さい子供だけだったの。だから、エルのことも必要以上に注目しちゃってたかも、ごめんね？　でも、こうやって気兼ねなく賑やかにご飯食べるのは新鮮だなぁ」

そういうレベッカの表情は本当に嬉しそうだった。

その顔を見て、やっと一つ借りが返せたのではないかと思って安心する。

「ひとりで夕飯を食べるのが嫌なら、毎日うちに来たっていいんだぞ」

「本当？　でも、さすがに毎日は迷惑なんじゃ……」

俺の提案に少し遠慮するレベッカ。

いつもの積極性はどうした？　らしくないぞ。

「じゃあみんなにも聞いてみるか……レベッカがうちに来るとしたらどうだ？」

そう問いかけるが、反対する声は出ない。

「私は賛成だよ！　こんなに美味しい料理が食べられるなら、こっちから行ってもいいくらいだ」

真っ先に声を上げたのはフローズだった。

最初はレベッカを警戒していたが、数日で人となりを知ってからは友好的な感情を抱いたようだ。

積極的な性格同士で、相性もよさそうだしな。

「私も賛成よ、レベッカにはもっと料理法を教えてほしいし」

次はラウネだ。今日一緒に台所に立ったときには、まるで魔術のように次から次へと料理を作るレベッカのことを尊敬の念が込もった目で見ていたからな。

知識の吸収には貪欲なほうだし、今後も一緒に料理すれば関係も良好になるかもしれない。

「わたしも、レベッカに料理してもらえるなら、もっと頑張って獲物を獲ってきます」

「ライムもレベッカのことは好きなのですよ！　料理は美味しいし、たくさんお話ししてくれるし！」

残りふたりもそう言って手を上げた。クエレとライムもレベッカを歓迎するようだ。

当のレベッカのほうに視線を戻すと、彼女は嬉しいような恥ずかしいような表情をしていた。

「ま、真正面からこんなこと言われたの初めてだよ……少し恥ずかしいけど、嬉しいな」

その顔を見て、今日は一緒に食事できてよかったと思う。

最初はできるだけ他人と関係せずに自給自足で生きていこうと思っていたが、今回の一件で自分たちだけでは、そう簡単にはいかないことがあることも分かった。

今でも交友関係は狭いほうがいいと思うが、レベッカには仲良くしてほしい。

「よし、フローズたちも賛成だ。これでいいよな?」

「うん、ありがとう。じゃあご厚意に甘えさせてもらおうかな!」

ああ、何か悩んでいるより、そうやって笑っていたほうがレベッカらしい。

少し安心した俺は、再び料理に手をつけ始めた。

それからフローズやクエレの活躍もあり、食卓に並んだ料理はすべて食べきってしまった。

本当に一晩で食べきってしまったことに驚いたというレベッカだが、どことなく嬉しそうだ。

その後は、完全に日が暮れてしまったということで彼女を家まで送っていくことになった。

フローズたちは四人で洗い物をするというので、ふたりきりだ。

「エル、今日はいろいろとありがとうね。すごく楽しかった」

「そう思ってくれたならよかったよ」

レベッカはこの村でも特別……というか、フローズたち以外で俺が初めて打ち解けたいと思った相手だ。彼女をこんなに優しい人間に育てた村なら、俺たちも上手くやっていけるかもしれないという希望が持てた。

まだまだ借りは返しきれていないが、いつか完済できるときがくればいいと思う。

「ここでの生活にも少しずつ慣れてきた、レベッカのおかげだ」

「いや、そんな! わたしは何もしてないよ!」

「そんなことはないぞ。レベッカがいなきゃ、もっといい加減な生活をしていたかもしれない」

生活も召喚術の利用と、狩猟に頼り切りることになっていただろう。

フローズたちは気にしないかもしれないが、そんな生活が続けば俺が気まずい。

責任ある主人なのに、王都を飛び出した途端に生活レベルをガクンと落としてしまうんだからな。

でも、今はレベッカの協力もあって、徐々に改善する兆しが見え始めている。

「とにかくレベッカにはいつも助けられてる、ありがとう。よければこれからも仲良くしてくれ」

そう言って手を伸ばすと、彼女は一瞬首をかしげてようやく理解したようだ。

少したためらいがちに俺の手を握ってくる。そのとき彼女の顔は赤くなっていた。

「う、うん、わたしのほうこそよろしくね！　それじゃあまた明日！」

そう言うと手を放して、突然家のほうへ走りだしてしまった。

「あっ、おい……仕方ないな」

本当は家の前まで送るはずだったが、残り百メートルもないので大丈夫だろう。

最後に慌てた様子だったレベッカに首を傾げつつ、俺は自宅に戻るのだった。

九話　クエレの発情

レベッカを送って家に帰ると、洗い物はすでに終わっていたようだ。

仕事が終わった四人は、思い思いに過ごしている。

俺も自室で狩猟用の罠を作ろうと思っていたが、そこにクエレがやってきた。

とりあえず手招きし、ベッドの隣に座らせる。

「どうしたクエレ、なにかあったか？」

そう問いかけると、彼女は躊躇《とまど》いがちに切り出した。

「あの、実はわたし、レベッカに料理を習ってみたいんです」

「へえ、料理を？」

クエレは頷くと続ける。

「今日の料理はすごく豊かな味がしました。材料が同じでも料理法によってこんなに変わるんだと思って……あっ、エルンスト様の料理が悪いというわけではなくてですね！」

「ああ、分かってる。クエレは正直だからな」

少し慌てた彼女を落ち着かせると、俺も答える。

「クエレの希望は叶えてやりたいんだが、実はラウネに先に覚えてもらおうと思ってるんだ」

「それは、わたしが不器用だからでしょうか……？」

そう言って、翼と尻尾を垂らして不安そうに俺を見るクエレ。

戦闘では四人の中で断トツの火力を持つ彼女だが、昔から細かい作業が苦手だった。

「確かにそれもあるが、役割分担の意味が大きいな。フローズとクエレが狩猟と漁で、ラウネと俺が家事。ライムは器用だから、人手が足りないときの応援になってもらうようにするつもりなんだ」

「……確かに、そうしたほうが効率的なのは分かります」

「だろう？　それに、生活が安定すればクエレが料理を勉強する時間も作れるさ。今の俺たちはもう、突然の任務とかで予定が中止になることもないしな」

そう言って彼女の頭を撫でて慰める。

「エルンスト様がそう言うなら、今は我慢します」

すると、代わりとばかりにクエレは俺に抱きついてきた。

意外と勢いがあり、そのままベッドに押し倒されてしまう。

「すぅ、んん、エルンスト様ぁ……」

俺に抱きつき、胸元に顔を押し当てるクエレ。

時折硬いものが当たるのは、彼女の角だろう。

いつも落ち着いた様子のクエレだが、スイッチが入るとこうして甘えてくるのだ。

「よしよし、クエレは良い子だな。いつかちゃんと料理を覚えたら、俺に一番に食べさせてくれよ」

そう言って彼女を抱えながら頭を撫でると、鱗に覆われた尻尾がユラユラと動く。

「エルンスト様、今日はわたしにご奉仕させていただけますか？」

顔を上げ、すでに発情し始めている目で俺を見つめる。

ふたりっきりの部屋で思いっきり抱きついて、堪《こら》えられなくなってしまったらしい。

「ああ、もう我慢出来なさそうだしな。料理を待たせる分、こっちは満足させてやる」

「んっ、その言葉を待っていました」

クエレは俺の唇にキスすると、そのまま服を脱ぎ捨てる。

その肢体はしなやかながら、要所にはしっかり肉がついていていて魅力的だ。

彼女は露にした胸と翼を揺らしながら、俺に跨る。

そして俺の服も脱がせると、さっそく肉棒に秘部を押しつけてきた。

「んくっ……エルンスト様のここ、どんどん硬くなってますね、このまま……」

クエレは素股をする要領で自分のものを押しつけ、興奮を煽ってくる。

美少女が自分から腰を振っている光景に、俺も高まりを抑えられない。

「クエレ、今日はいつにも増して積極的だな？」

「ここのところ忙しかったので、久しぶりだからです……あんっ！」

彼女の動きで肉棒の先端が膣に引っかかり、中に入りそうになった。

刺激を受けたクエレがさらに興奮し、愛液を吐き出す。

「はぁ、はぁ、もう我慢できません……エルンスト様、入れさせてもらいますっ！」

そう言って一度腰を上げると、片手で肉棒を立てて挿入し始める。

文字どおり棒のように硬くなったものが膣内にもぐり込んでいった。

「んきゅっ、はぁっ！　入ってくるっ、エルンスト様のがっ……きゅうっ、あんっ！」

「うっ、クエレの中が熱い！　入り口から俺のを熱さで溶かそうとしてるみたいだ……うっ！」

彼女の膣内は、熱でもあるかのような温かさだった。

「うあぁっ！　エルンスト様もすごく熱くてっ！　気持ちいいっ、気持ちいいですっ！」

一気に膣奥まで肉棒を咥えこんだクエレは、そう言って笑みを浮かべる。

「エルンスト様のものを受け入れただけで、お腹の奥がきゅうきゅうして辛いんです。もっと欲しくなって我慢できなくなっちゃいます！」

俺の胸に手を置き、上下に体を動かして肉棒をしごく。

タンタンとリズムよく動きながら、彼女の口からは嬌声が漏れ出ていた。

「ふっ、んくっ、あんっ！　エルンスト様のに……内側から削られちゃいますっ！」

乱れているクエレにいつもの冷静さはない。ただ肉欲に従って体を動かし続けるだけだ。

「うぐっ、キツッ！　あぁ……っ！」

ぎゅっと締めつけられながらしごかれ、俺もほうも大きな快感を与えられていた。

中のヒダが動きに合わせて絡みつき、最奥を突き上げるたびに肉棒の先端が刺激される。

それに、いくら感じてもクエレは動きを止める気配はない。

このままでは、先にイかされてしまいそうだった。

「これはヤバい……あぐっ！」

悠長に体勢を立て直している暇もない。

クエレは腰を動かすスピードを上げ、こっちから搾り取ろうとしてくる。

欲しいものを手に入れようとする姿は、まさに竜族の貪欲さそのものだ。

「ああ凄いっ、わたしのお腹の奥まで届いてます！　これ、これが欲しかったんですぅ！」

いつもなら決して出さないような大声を上げて、俺を求めるクエレ。

その熱い吐息は炎のようであり、甘い嬌声は俺の脳を侵す毒だった。

「くあっ、ぐ……クエレッ！」

「あんっ、あんっ、エルンスト様のがビクビク動いて……もうすぐですね!?」

俺の射精の前兆を感じ取ったようだ。

クエレは最後のトドメだとばかりに膣内を締めつけてくる。

「んはぁっ！　エルンスト様、わたしの中にお情けを！　ひゃうっ、ああんっ!!」

最後に思い切り腰を叩きつけ、肉棒を根本まですべて飲み込むクエレ。

中で先端から根元までをぴったり締めつけながら、牡の吐精を促す。

その刺激に耐え切れず、俺は限界を迎えた。

「出すぞっ、ああっ、ぐぅぅぅ!!」

クエレの腰を両手で掴みながら、彼女の奥の奥に精を吐き出す。

同時に彼女の体も喜びに打ち震えた。

「ひぁっ、精子きましたっ！　エルンスト様の子種、奥にたくさん……っ!!」

歓喜に腰を震わせ、待ちに待った精液を受け止めていることに感動しているようだ。

さらに、追撃するように締めつけて、肉棒の中に残ったものまで吐き出させようとしてくる。

「くあっ、まだ出したばっかりだぞ……」

「はぁ、んふぅ、最後まで気持ちよく吐き出してください。エルンスト様！」

結局、腰が震えるほどの快感とともに最後まで搾り取られてしまった。

ようやく一段落すると、クエレが締めつけを緩める。

「わたしも気持ち良すぎて少しイっちゃいました……でも、エルンスト様の子種はしっかり中で受け止めましたよ。こんなに、お腹がいっぱいになるまでたくさん……ふふっ」

うっとりした表情でつぶやきながら、自分の下腹を撫でるクエレ。

その胎の中に精子を吐き出したのだと実感させられ、早くも興奮で復活しそうになる。

「……あっ、すごい。出したばかりなのに」

反応した俺のものを中で感じたらしい。

まだ続けられると思ったのか、クエレの頬が緩んだ。

「エルンスト様、もっと、もっと子種を恵んでください……」

そう言いながら、クエレは甘えるように首に手を回してキスしてくるのだった。

十話　引っ込み思案な竜の甘やかし方

俺の上に跨り、精を絞ったクエレ。

そのときに少しはイったようだが、竜種ゆえに無尽蔵の体力を持つ彼女は、それくらいで治まらない。だが一旦は落ち着いたのか、セックスより俺に甘えたい気持ちのほうが強いようだ。

膣内に俺のものを入れたまま、積極的にキスを求めてくる。

「エルンスト様、はしたなくて申し訳ありません。でも気持ち良くて抑えられないんです」

俺の首に手を回し、至近距離からキスの雨を降らせてくる。

「んっ、好きです。強《したた》かなところも優しいところも、ちょっとエッチなところも全部大好きです」

「ふぅ……普段大人しいだけに、スイッチが入ったときのクエレは本当に積極的だな」

髪や頭を撫でながらそう言うと、彼女は感極まってもう一度キスしてくる。

完全にキス魔と化していた。

「んちゅ、はぁ、ちゅむっ！　だって、冷静な頭じゃ、こんなに恥ずかしいこと出来ません」

「クエレは元々奥手だったからな。初めて会ったときも洞窟の奥に引きこもっていたし」

いや、あれはもう洞窟というより迷宮だったな。フローズとラウネがいなきゃ絶対に死んでた。

「あのとき連れ出してもらわなければ、ずっとあのまま洞窟の中で暮らしていたかもしれません。エルンスト様と一緒にいると、岩盤に作った巣にいるより安心するんです」

クエレはそう言いながら、俺の体を抱きしめてくる。

俺もそれに応えるように腕を回し、少女の体を抱いた。

「これ、これですっ！　地熱みたいに温かくて、ずっとこうしていたくなるんです」

「変わらずそう思ってくれてるのは嬉しいよ。でも、ずっと独り占めしてる訳にはいかないからな？」

「はい、だから今は、その……目いっぱい甘えさせてください……ふぁひっ!?」

再び甘えてくるクエレ。俺はその隙をつくように回復した肉棒で彼女を突き上げる。

予期せぬ刺激にクエレの口から驚いたような悲鳴が上がった。

「んくっ……エルンスト様？」

「さっきはいいようにやられたからな。ここからは俺の番だ」

まだ発情が治まらぬクエレに向け、容赦なく突き上げていく。

一度した後だけに膣内は充分すぎるほど解れていて、腰を動かすのには苦労しなかった。

「あうっ、いきなりぃ!?」

突然の反撃に動揺しているクエレ。

その間にも俺は彼女を突き上げ、新しい快感を与えていく。

「クエレの中、凄いぞ。体液で全体が溶けだしているみたいだっ！」

腰を動かす度にいやらしい水音が響き、膣内から愛液と精液の混ざったものが掻き出される。

それでも後から後から愛液は泉のように湧き出てくるので、その気持ちよさは変わらない。

一度出していなければ、満足に動けないまま限界を迎えてしまうことだろう。

「くぅ、エルンスト様のがわたしのなかで暴れてますっ！」

「ああ、俺も止められないよ」

クエレの体と腰をしっかりと掴み、腰で突き上げる。

密着した彼女の肌から、体温と汗をかいてしっとりとした感触が伝わってくる。

さらに強めに抱くと、心臓の音まで聞こえてくるようだった。

「ひぃっ、はぁはぁっ！　はぁ、ふぅ、うぐっ、んあぁぁっ!!」

クエレの呼吸が大きく乱れ始める。

突き上げてくる動きに合わせて息をしたほうが、楽だからだろう。

まるで彼女の呼吸まで支配しているような気分になり、興奮が高まった。

「はぁっ、くぅ……最高だっ！　もっと喘げクエレッ！　俺が全部気持ち良くしてやるっ！」

元々が少数な召喚術師の中でも、強力な竜種を従えられる者など片手の指で足りるほどだ。

しかも俺のクエレは目を見張るほどの美少女で、こんなにも甘えてくれている。

幸福感と優越感でもう興奮が破裂しそうだった。

このまま抱きしめながらでもいいが、やはり最後はクエレの顔が見たい。

そう考えた俺は胸元で喘いでいる彼女に話しかける。

「クエレ、動けるか？」

「はぁ、はぅ……はいっ！」

問いかけると、彼女は潤んだ目をしながら頷いた。

「じゃあ、最後は一緒に気持ちよくなろう。それに、イってるクエレの顔も見たい」

「そんな、そんなの恥ずかしすぎます……ううっ……」

シーツをぎゅっと握り顔を羞恥に赤くするクエレ。

だが、顔を上げると小さく頷いてくれた。

「……こんなお願いを聞くのは、エルンスト様だけですよ？」

そう言って恥ずかしそうに笑う彼女がたまらないほど可愛くて、自然と腰が動いてしまう。

「あんっ、ひゃあっ、倒れちゃいそうです！　これじゃ動けないっ……あひっ、ひゃあぁぁっ！」

なんとか体を起こして騎乗位の体勢になったが、快楽に呑まれ気味のクエレは激しく動く俺の上で不安定になっていた。

「仕方ない、支えてやる！　最後まで倒れるなよ！」

見かねた俺はそう言って、体の大きさに対して発育のよい胸を下から揉み上げる。

フローズほど大きくはないが、手で掴むと少しだけ柔肉がはみ出るちょうどいいサイズだ。

そのすべすべとした肌触りと、弾力のある掴み心地を楽しむ。

「ひうっ、あんっ！　これっ、支えるって言いながら、エルンスト様が楽しみたいだけですっ！」

「はは、バレたか。でもしっかり支えてはいるから好きなだけイキ続けていいぞ！」

「あひゅうっ!!　ま、また強くなりましたっ!?　ダメッ、イクッ、イキますっ！」

限界まで膨れ上がった肉棒で、クエレの膣を突き上げる。

俺だけに見せる蕩けた表情で、嬌声をあげてくれていた。

快楽は膨大なものだろうし、我慢するだけ無駄だろう。

やがて一線を越え、膣内がビクビクと痙攣し始めた。

「ああイクッ、イっちゃ……あぁぁぁ!!　エルンスト様ッ、エルンストさまぁぁぁぁっ!!」

膣奥を思い切り突かれ、背筋を伸ばしながら絶頂するクエレ。

「くっ、すごい吸いつきだ！」

絶頂に合わせて雌の本能をむき出しにしたクエレの膣が、精液を搾り取ろうと締めつけてくる。

一度吐き出したにもかかわらず、強烈な射精感が蘇ってきた。

俺は遠慮することなく腰を動かし、自分の絶頂に向けて突き進む。

「ひゃ、うぅっ！　イってる最中にダメですっ、そんなの感じすぎちゃ……あうううぅうっ！」

悲鳴とも嬌声ともつかない叫び声を耳にしながら、俺は腰を動かす。

絶頂直後の彼女の中は、これまでにないほど蕩けきっていて、最高に気持ち良かった。

敏感になっているのか、俺が動く度に細かく震えながら締めつけてくる。

こんなのを相手に我慢しようとしても、できるわけがない。

「クエレッ、出る！　イクぞ！」

「はぐっ、あぁ、きてくださいっ！　わたしのお腹の中いっぱいにしてくださいぃ!!」

感極まったように叫ぶクエレに導かれるように、そのまま中に射精する。

シャンパンの栓が抜けたような勢いで吐き出された精液は、クエレの望みどおりに、子宮の中まで犯していく。

「いひっ、ひきゃあああっ!!　精液でいっぱいっ、お腹の中、温かくて幸せですっ……」

うっとりしたように呟いたクエレだったが、感じすぎたのか体から力が抜けてしまっていた。

俺は彼女を抱きとめ、そのままベッドに横になる。

そして、快楽と幸福感で微笑むクエレの表情を見て、俺も心を満たされた気分になるのだった。

十一話　レベッカの悩みとフローズの願い

フローズさんたちと一緒に食事をし、エルに送ってもらった夜からしばらく日が経った。

だけど、わたしはあのときから少しだけおかしくなってしまったみたいだ。

「おーいレベッカ、レベッカ？」

「はっ、はい!?」

突然村長に話しかけられ、驚いて声をあげてしまった。

「大丈夫かね？　少しボーっとしてたようだか」

「だ、大丈夫です！」

そう答えながら、気を取り直して作業に取り掛かる。

今日は村長の家の裏にある倉庫で、麦の在庫管理の仕事をしている。

お父さんとお母さんが遺してくれた畑は、ひとりじゃ管理できない。だから、そこはみんなに貸して、村の人手が足りないところをいろいろと手伝うのがわたしの仕事だ。

畑の収穫や雑草取りはもちろん、村長や商店の手伝いをするときは文字の読み書きや簡単な計算なんかも教えてもらったから、今ではどんな仕事でも手伝えるようになった。

たぶんわたしが独り身だから、どこにお嫁に行っても恥ずかしくない人間にしようとしてくれたのかもしれない。そう考えると、村長や育ててくれた人たちには感謝しかないね。

何年か前から大人と同じように働くことができるようになったので、恩返しをしようと毎日張り切っていたんだけど。

「……やっぱり少し身が入らない。エルたちと会ってから、だよね」

思い出すのは、最近この村にやってきた男の子と、彼と一緒にいる亜人の女の子たち。

今はお客さんだけれど、もしかしたらこの村に腰を落ち着けてくれるかもしれない。

村長なんかは是非そうしてほしい言って言ってるし、わたしもそうなってくれれば嬉しいな。

「村の一員が増えるのは嬉しいけど、このモヤッとした気持ちはなんだろう？」

初めて感じる感情にわたしは戸惑っていた。

嬉しいような、困惑するような、複雑な気持ちが入り混じっている。

今までは、一度もこんなものを感じたことはなかったのに。

「うーん、そりゃあエルは初めてできた年の近い友達だし、興味はあるよね」

ちょうどわたしが生まれたころは、魔物の動きが活発で子供を作っている余裕がなかったらしい。

だから、村には私と歳の近い子はいない。もちろん、結婚相手にちょうどいい男の子も。

「一度、村長からお見合いを勧められたこともあったけど……」

他の村の男の子とのお見合い、わたしはそれを断ってしまった。

理由は単純で、この村から離れたくなかったからだ。

今のわたしには、ここで暮らせる以上の望みはない。

それ以来、村長がお見合いの話を持ってくることはなくなった。

わざわざ縁談を用意してくれた村長には申し訳なかったけど、やっぱりわたしはこの村にいたい。

そう言うと村長も笑っていいよと言ってくれたから、本当に周りの人に恵まれていると思う。

「……ふぅ、なんとか終わった。一休みしよう」

遅れていた作業も終わり、近くの木陰で休憩をとることにした。

その最中でも思い浮かぶのは、エルと周りの女の子たちのこと。

最近では食事を作りに行くことも多くなって、以前よりぐっと交流が増えた。

そして、彼の家にいると胸の中のモヤモヤした部分が強まってしまう。

「そういえば、あの五人の関係ってどういうのなんだろう。家族同然なのは見ていてわかるけど」

エルは人間だけど、他の女の子たちは全員亜人だ。

この村では、亜人の存在は風の噂で存在を知っていただけなので、初めて見たときは驚いた。

野性味があるけどその分頼り甲斐もあって、狼の耳と尻尾を持つフローズさん。

見る者を魅了するような、美しい花や植物を身に纏っているラウネさん。

素直で大人しいけど、頭の角に背中の翼、大きな尻尾がちょっと怖いクエレちゃん。

そして、無邪気だけど時折どこからかドロドロとした液体を生み出すライムちゃん。

全員個性的だけど、誰もがビックリするほど綺麗だ。

そして、みんなエルのことが大好きなんだと思う。近くで見ていて、それはよくわかった。

「でも、夫婦ってわけでもないみたいだし、うぅん……」

よく分からないけれど、フローズさんたちがエルのことをとても信頼しているのは事実。

それに、エルのほうだって彼女たちと一緒にいるときはよく笑顔を見せる。

わたしと同じくらいの歳のはずなのに、エルはすごく落ち着いている。

まるでわたしより十歳近くも離れた、村の兄さん姉さんたちみたいだ。

「初めて村に来たときも村長相手に臆せず話をしていたし……。わたしが他の村の村長に挨拶に行っても、絶対に緊張して固まっちゃうよ。凄いなぁ」

そんな大人っぽい彼でも、フローズさんたちの前では年相応というか、緩んだ表情を見せる。

わたしも彼の笑った顔は好きだった。

できればわたしとふたりのときにも、あんな笑顔を見せてほしいなぁ……なんて。

「……あーもう、何考えてるんだろう、わたし！」

どうもエルたちに対する感情は、まだわたしの中で整理できないみたい。

でも、今日も彼の家にご飯を作りに行く約束をしているのだ。

「よし、みんなを困らせるような顔はしてられないよ。頑張れわたし！」

そう言って頬を叩き、気合いを入れ直す。

午後からはもっとハードな仕事が待ち構えている。

わたしは立ち上がると、昼食をとるために歩き出すのだった。

◆　◆

村の近くの森に入って少し走れば、そこには多くの生き物の気配があった。

とはいっても、私が以前相手してたような魔物じゃない。普通の動物だ。

この森ではめったに魔物を見かけない。たぶん、アークデーモンを倒したのが原因だろう。

あいつは魔王復活のために魔物を集めていたから、この辺りからも連れていったに違いない。

そして、残った雑魚も私やクエレの強い魔力を感じ取れば、尻尾を巻いて逃げていってしまう。

逃げないのは、魔力を感じ取れない普通の動物だけだ。

「……さて、今日はどんな獲物を狩るとしようかね」

匂いを嗅いで探ると、この付近にいるのは猪と鹿、それに鳥、他にはウサギなんかもいる。

天敵の魔物が少ないからか、この森の動物は丸々と太っていて美味そうだ。

それをエルンストやラウネ、それにレベッカが料理すればもっと美味しくなる。

「じゅる……いつもは猪や鹿が多いから、今日は鳥肉にしようか」

狙いは百歩ほど離れた距離にいるキジだ。

念のため風下から接近し、気配を殺して近づくとその辺にあった石を投げて気絶させる。

近くにいた他のキジは驚いて飛び上がったが、それは上空で待機していたクエレが捕獲した。

私が気絶したキジを持ち上げると、上から両手にキジを抱えたクエレが降りてくる。

「そっちも上手く捕まえたようだね」

「ええ、フローズに襲撃されて驚いていたようで、簡単に捕まえられました」

そう言うクエレの表情は変わらないけど、口元が少し緩んでいて自慢げだ。

クエレはちょっと不器用なところがあるけど、私が狩り方を教えるとどんどん獲物を捕まえる腕を上げていった。このままじゃ私も、うかうかしてられないね。

「よし、近くの小川で血抜きをして帰ろうか！」

「分かりました。今日もレベッカが来るんですよね、楽しみです」

「そうだね。さて、今日はどんな料理が出てくるのか……待ち遠しいよ」

クエレとそんなことを話しながら川で獲物の血を抜き、軽く解体して家に帰った。

この方法も、レベッカに教えてもらったものだ。こうしたほうが美味しく食べられるらしい。

家に着いたのと同じころにレベッカもやってきて、私たちの獲物を美味しく料理してくれた。

この村に来てから初めて知ったことはたくさんある。王都じゃ身の回りのことはすべて使用人がやってたから、まだまだもっと勉強しなくちゃいけない。

でも、今は王都にいるよりずっと幸せだ。

外を歩いても指をさされたり、悪口を言われたりすることもないし、急な仕事が来ることもない。

戦うのは好きだけど、エルンストとの時間を邪魔されるのは嫌いだ。

その点、ここではずっとエルンストといられるし、あいつもリラックスしているように感じる。

王都にいたときより、笑顔を多く見られるようになったからね。

「ずっとこの村で暮らせればいいんだけどね……」

私は、食卓を囲みながら笑顔を浮かべているみんなを見ながら、そう思った。

十二話　ラウネとクエレの胸奉仕

ある日の夜、少し珍しいことが起こった。

俺の寝室にラウネとクエレが、一緒に入ってきたのだ。

「ふたり一緒なんて、こっちに来てからは初めてだな」

四人の召喚獣たちの仲は良好だが、セックスのときは俺と一対一になることが比較的多い。

俺との時間を独り占めしたい、と思ってくれていることは素直に嬉しい。

少しだけ気恥ずかしさもあるけどな。

「今日は、その、偶然かち合ってしまいまして……」

「どっちかが譲るのも面倒だし久しぶりにふたりで、ということになったのよ」

ベッドに座っている俺にふたりが説明してくれた。

「そっか、俺もふたりが奉仕してくれると思うと嬉しいよ。さて、どんなことをしてくれるのかな？」

そう言うと、彼女たちは笑みを浮かべて俺の近くに寄ってくる。

右にはラウネ、左にはクエレを座らせ、ふたりの腰に手を回した。

まさに両手に花状態だな！　ふたりとも美人だし、こんな幸せな状況はそう味わえない。

思わず口元がニヤけてしまいそうになる。

「ふふ、エルくんも嬉しそうねぇ。もっと好きにしていいのよ？」

ラウネがそう言いながら、俺の手を持ち上げて自分の胸に導く。

「そうか？　じゃあ、遠慮なく楽しませてもらおうかな！」

彼女の爆乳に指が触れると、反射的に鷲掴みにしてしまった。

「あんっ、いきなり大胆！　待ちきれなかったみたいね？」

「ふたりと出来るとわかってから、ずっと興奮しっぱなしだよ」

そう言いながら、がっつくように柔肉の感触を楽しむ。

吸いつくような肌の感触と、指が沈み込んでしまうほどの柔らかさが最高だった。

この寝室は完全な俺たちだけの空間だ。レベッカでさえ中には入れていない。

この中に立ち入れる彼女たち相手なら、自分の欲望に素直になってもいいのだ。

「はぁ、んふっ……私のおっぱいがパン生地みたいにこねられちゃってるっ！」

「ラウネ、痛くないか？」

「あふんっ……エルくんも知ってるでしょう、私たちはちょっと掴まれたくらいじゃ痛くないわ」

そう言って慈愛を込めた目で見つめながら、俺の頭を撫でてくるラウネ。

その母性的な雰囲気と、右手で味わっている爆乳の感触に屈しそうになる。

このままラウネに甘えていたい……そんな思考から俺を引き戻したのはクエレだった。

「エルンスト様、わたしをひとりにしないでくださいっ……」

少しだけ寂しそうな声でそう言った彼女は、俺の意識を自分に向かさせるべく行動を開始する。

と言っても、胸の大きさで勝てない彼女が向かう先は一つだった。

「エルンスト様の、ズボンの上からでも分かるくらい大きくなっています。ラウネのおっぱい握って、頭をなでなでされて、こんなに興奮されたんですね？」

その責めるような、俺の興奮を煽るような言葉に肉棒が震える。

「ク、クエレ……」

「恥ずかしがらなくても大丈夫です。今日はいつも頑張っているエルンスト様のために、ふたりでご奉仕しますので、ただ気持ちよくなってください」

クエレの口から紡がれる免罪符のような言葉。

今日はだらしなく快楽を貪ってよいのだと言われ、腰の奥から熱い欲望が昇ってきた。

「うっ、ぐ……っ！」

一刻も早く外に出たいと暴れる肉棒。それを見たクエレが笑みを浮かべた。

「すごい勢いです。早く出してあげないと可哀そうですね」

下着まで脱がされると、天を突くように立ち上がった肉棒が露《あらわ》になった。

「まぁ、もうこんなに……私で興奮してくれたんでしょう？　とっても嬉しいわ」

俺の愛撫を受けていたラウネが、艶っぽい声で言う。

余裕があるように見えるが、先ほどから胸を刺激されっぱなしでかなり感じているようだ。

「わたしもエルンスト様を気持ちよくして差し上げますっ」

ラウネに負けじと、クエレも奉仕を始める。

白くて綺麗な指を肉棒に絡めながら、俺の服を捲り上げて乳首にキスしてきた。

「ちゅ、んちゅ、ちゅぱぁっ！　男の人も胸で気持ち良くなれるってラウネに聞いたんです」

チロチロと舌を出して胸元を刺激しながら、大胆に肉棒をしごいてくる。

普段の大人しい彼女とは違う大胆な責め、どうやらすでにスイッチが入っているようだ。

「クエレッ、それ凄い気持ちいい……っ！」

「んぁ、れろっ！　喜んでもらえて嬉しいです。もっと気持ち良くなってくださいっ！」

ラウネの爆乳の感触と、クエレの手コキ奉仕で俺のものは限界まで膨れ上がっていた。

先端からは先走りが漏れ出し、奉仕しているクエレの指をドロドロにする。

彫像のように美しい指を汚す背徳感と、滑りのよくなった手の感触に腰が震えそうだった。

耐えられないほどの快楽が昇ってくる。

「はぁ、はぁ、もう無理だっ！」

我慢できずそう告げると、次の瞬間、ふたりの動きが止まった。

「あ……えっ？」

突然のことに驚くような声しか出ない俺。

ふたりは無言で俺の前に跪《ひざまず》くと、自分の服を脱いで胸元を見せつけてくる。

「ダメよエルくん、もったいない。今日は私たちふたりのおっぱいで気持ちよくしてあげるわ」

「エルンスト様の大好きな胸の中で、好きなだけ果ててください」

「……そういう趣向か、参ったな」

思ってもみなかった提案に俺はため息を吐く。

確かに、ふたり同時に胸で奉仕してもらうなんて考えもしなかった。

お預けされた俺のものは涙を流しながら刺激を望んでいる。

その刺激がふたりから同時に与えられるものなら、これ以上のことはない。

「最高だ、待ちきれないよ……」

そう言うと、ふたりは顔を見合わせて笑い合い、同時に胸を押しつけてくる。

圧倒的な質量を持つ爆乳が右から。

大きさでは負けるが触り心地では劣らない胸が左から肉棒を襲った。

「うぐっ、あぁ！」

肉棒が四つの柔肉に呑み込まれた瞬間、その気持ちよさに思わず声が出てしまった。

ラウネのほうが上手く力加減を調整しているからか、クエレの胸の圧力も存分に味わえる。

「エルンスト様の、すごい。さっきよりドロドロがたくさん溢れてます」

「これじゃ私の蜜も要らないくらいね。さあ、動くわよ？」

そう言うと、ふたりは息を合わせて胸を動かし始める。

二対の乳房が同時に押しつけ合いながら、真ん中に挟み込んだ肉棒をしごく。

あふれ出た粘液が潤滑剤代わりになり、とてもスムーズな動きだ。

いやらしい水音を立てながら快楽を与えてくる。

「ダブルパイズリがこんなに気持ちいいなんて！　ぐっ、胸の中で溶けそうだっ！」

四方から別々に押しつけられたら、その分圧迫感が低下するかと思ったが、そんなことはなかった。ラウネとクエレは戦闘時もかくやな連携ぶりで、俺の肉棒を責めたててくる。

「こんな奉仕、高級娼婦相手でもそう簡単にしてもらえないわよ？」

「エルンスト様のためを思ってこそ、ここまで出来るんですから」

ふたりが俺を見つめながら恥ずかしげもなくそう言ってくる。

そうまで言って奉仕してもらえて、主人としては喜びの極みだ。

だが、礼を言っている余裕はない。一度お預けを食らった肉棒が今にも爆発しそうだったからだ。

どうあってもこれ以上我慢できないことは、俺が一番感じ取っていた。

「ラ、ラウネ……クエレッ！」

名前を呼ぶと、ふたりも悟ったようで柔肉による締めつけを強めてくる。

「ふふ、もう出るみたいねぇ……いいのよ、思いっきり気持ち良くなっておっぱいを汚して？」

「はい、エルンスト様。わたしたちの胸の中でたくさん気持ち良くなってください！」

ラウネとクエレが息を合わせ、ギュウッとお互いを抱きしめるように体を寄せた。

「うぐっ、ああっ！　出すぞっ、ふたりで受け止めろっ！」

激しい締めつけと胸の柔らかさを同時に感じながら俺は果てた。

締めつけられて精液の通り道まで狭くなっているからか、いつまでも続くような長い絶頂だ。

「ああっ、凄いわ！　こんなにドクドク続いて……おっぱい真っ白でドロドロになっちゃうっ」

「エルンスト様、とても気持ちよさそう……それに、すうっ……臭いで頭がクラクラしますっ」

ふたりはうっとりした表情をしながらも手を休めることなく、互いに胸を押しつけ合った。

おかげで射精はなかなか終わらず、いつまでも内と外から快楽の波に襲われてしまう。

「うっ、ぁぅ……巨乳と爆乳にまだ絞られるっ……！」

そのまま最後の一滴までふたりに搾り取られた俺は、長い絶頂の疲れでベッドに倒れた。

「はぁ、はぁ、めまいがするくらい気持ちよかった……」

ふたりは胸元の汚れを拭うと、そのまま俺に添い寝してくる。

「喜んでもらえたみたいで嬉しいわ。またしたくなったら、いつでも呼んでね？」

「今日はこのままわたしたちがお布団がわりになりますから、ゆっくり休んでください」

ふたり揃ってご奉仕されて、その上自分から抱き枕代わりになってくれるなんて……幸せすぎる。

温かい体に包まれながら、俺はそのまま眠りにつくのだった。

十三話　相互理解を深めよう

「レベッカ、ご苦労さん。今日の仕事はこれで終わりだ」

「はいっ、お疲れさまです！」

ちょうど太陽が真上に昇るころ、早朝から行われていた野菜の収穫作業がようやく終わった。

農家のおじさんからお礼として野菜が山盛りにされたカゴとお金を貰うと、急いで家に帰る。

「ふぅ、今日はラウネさんに料理を教える日だもんね。どんなものを一緒に作ろうかな？」

作業服から着替え、カゴの中から野菜をいくつか見繕うと、それを持ってエルの家へ向かう。

すると、ちょうど家からエルとライムちゃんが出てくるところだった。

「エル！　それにライムちゃんも。これからお出かけ？」

「ああ、ちょっと買い物にな。ついでに何か買ってくるものはあるか？」

「ええっと……じゃあペンのインクをお願いできる？　あとでお金は払うから！」

「了解した。任せてくれ」

彼はそう言って請け負うと、ライムちゃんを連れて歩いて行った。

「大丈夫かな……まぁ、エルも子供じゃないし心配する必要もないよね」

ちょっとだけ後ろ髪を引かれる思いはあったけど、ラウネさんとの約束が優先だもん。

そのまま家の中に入り、見慣れた台所に向かう。

「ラウネさん、こんにちは！　約束どおり来ましたよ」

「あぁ、レベッカ、いらっしゃい。今日はいろいろ教えてちょうだいね？」

そう言って笑みを浮かべるラウネさん。

元々魅力的な容姿だけど、こうされると女のわたしでもクラッとしそうな色気がある。

呆けそうになったところでなんとか気を取り直し、さっそく料理に取り掛かった。

「さあ、レベッカ先生。今日はどうしましょう？」

「せ、先生なんてやめてくださいよ！　そんなガラじゃないし！　ええと、今日はお魚があるみたいなので包み焼にしましょうか」

「包み焼？　あぁ、何となく覚えがあるわ」

「それなら話が早いですね！」

わたしは材料を選び、ラウネさんと一緒に調理を進める。

彼女は覚えが良くて、わたしが一度説明すれば大抵のことは習得してくれている。

難しいものも、何度も失敗しながら成功するまで繰り返すんだよね。

一見すると上品なだけに、これほど努力家だったと知ったときには驚いたよ。

「ここまでやって、後は用意した生地に包んで焼くんです」

「なるほど、こうするのね……レベッカは教え方が丁寧だから助かるわ」

うんうんと頷きながら、上半身に纏った蔓を動かしてメモを取るラウネさん。

その姿を見ながら、わたしは気になっていたことを問いかけてみる。

「ラウネさんたちって、料理自体は知っていることが多いんですね」

「ええ、エルくんは元々……大きな都市の主《あるじ》に雇われていたから」

少しだけ言葉を濁すように言うラウネさん。

そこはたぶん触れちゃいけなかったのかなと思いつつ、料理の話に戻す。

「じゃあ、都会の料理をたくさん食べたことがあるんですね。凄いなぁ」

「そうね。料理人が作ったものがほとんどだったから、外で食べることは稀だったけれど。そのときの料理と比べても、レベッカの作る食事はとても美味しいわ」

「ありがとうございます。それにしても、料理人がついてるなんてエルは凄い人だったんですね」

そう言うと、ラウネさんは嬉しそうに頷いた。

「ええ、エルくんは凄いのよ。小さいころに自分の才能をひたすら磨いて、あの若さで一つの分野を極めたんだもの。相当一生懸命に頑張らないと、ここまではたどり着けなかったわ」

「へぇ……私も数年前からようやく働かせてもらえるようになったけど、まだまだだよ」

「まぁ、でもちょっと頑張りすぎちゃって、今はお休み中なの。本人は『もう一生分働いたから後は隠居する』なんて言ってるけれどね」

「……うぅ、凄いことは分かるけど、想像力不足でよく分からないです」

頭を抱えると、ラウネさんが苦笑した。

「ふふ、ごめんなさいね。でもエルくんは富や栄光よりも私たちとの生活を選んでくれたの。それだけで充分すぎるほど幸せだわ」

そう言うラウネさんの表情は、本当に幸せそうだった。

まるで、以前に見た花嫁さんのような……。

「あっ、レベッカ。そろそろ焼き加減を見たほうがいいんじゃない？」

その言葉でモヤモヤしていたものが吹き飛び、料理のための思考に切り替わる。

せっかくの食材を無駄にしちゃったら大変だからね。

「うん、ちょうどいい焼き加減。さあ、最後の仕上げだよ！」

こうして私は、少しだけエルの過去と、ラウネさんたちの彼に対する厚い信頼を知ったのだった。

◆　◆

家の玄関でレベッカとすれ違ってから、俺はライムを連れてこの村で唯一の商店へ向かった。

なんでも月に一度程度の頻度で行商人がやってきて、商品を卸していくそうだ。

そのときに、この村からも都会付近ではなかなか育たない野菜を輸出しているらしい。

村人にとっては、貴重な現金収入の機会だ。

そんなことを思い出しながら歩いていると、服を引っ張られる。ライムの仕業だ。

「ご主人さま、村人に会うのにライムは隠れてなくていいのです？」

「それについては……たぶん大丈夫だ。村長やレベッカから話は通してくれているらしい」

俺の家は村の外れにあるので、普段は片手で数えられる程度の人にしか接触しない。

だが、商店のある中心部は人も多い。必然的に人目に晒されることになる。

「王都とは少し事情が異なるようだし、心配はいらない。万が一何かあっても、俺が守るよ」

「そ、それはライムの役目なのです！　ご主人さまが守られる側ですよ！」

「ははは、そうだったな。悪かった。まあでも、人間相手のことは俺に任せてくれ」

魔物相手ならともかく、話の通じる人間相手なら俺が対応したほうが良い。

せっかく居心地よく暮らせている村で騒ぎを起こしたくはなかった。

この村でも、俺が行動するときは誰かひとりが護衛についている。

一見、背も低くて頼りないライムだが、スライムとしての能力を使えば耐久性はかなり高い。

地形をも変える竜種のブレス相手だって、援軍が到着するまで耐えられるだろう。

直接に攻撃してきても、逆に強酸性のスライムに絡めとられて溶かされてしまう。

それに、レベッカの話どおりならライムが能力を使うようなことにはならないはずだ。

俺たちも、もうこの村のことを信用し始めてもいいだろうし。

「あれが商店だな、行くぞ」

「はいです！」

俺はライムの手を引き、店の中に入る。

「らっしゃーせー……ん、見ねぇ顔だな。さては村長の言ってた客か！」

店の奥で構えていた中年の男性がズシズシと近づいてくる。

「えっ、あ、はい。エルンストと言います、どうぞよろしくお願いします」

「ようやく顔を見せてくれたな！　俺はこの店の店主だ。それで、こっちの子が連れのひとりか？」

「ライムです。ちょっと分かりにくいですけど、スライムの亜人で。ほら、挨拶して」

そう言って彼女の背中を押すと、恐る恐る挨拶を始める。

「えっと、ライムです……よろしくです」

「はっはっは、なかなか可愛いじゃねえか。それで、うちの店に用があるんだろう？」

店主は一瞬驚いた顔をしたものの、後はとくに気にする様子もなく注文を聞いてくる。

どうやら見知らぬ亜人に対する驚きはあるものの、偏見はないようだ。一安心した。

その後、無事に商店で買い物を済ませた俺たち。

どうせなら、と村の中心部を少し歩いてみることにした。

するとどうだ、あちこちから見ない顔だと話しかけられ、行く先々で立ち話になり、挙句の果てにお土産まで貰ってしまった。

「参ったな、何もしてないのにお土産まで貰うとは……」

「ご主人さま、重いならライムが持つのですよ！」

彼女は重い買い物袋やら野菜籠やらを軽々持ち上げ、それを見ていた村人から歓声を受けていた。

どんな環境にも対応できるスライムだからか、早くもこの村に慣れたようだ。羨ましい。

「ご主人さま、ここって王都よりずっと楽しいのです！」

「そうだな……」

そう返事をしながら、俺は村人のひとりから言われた言葉を思い出す。

「『どうせなら本格的にこの村へ腰を据えちまえよ』か、まさか正体を明かしてもいないのに、あんなことを言われるとは思わなかったな」

せめて俺が召喚術師と知っていたなら理解できるが、彼らは俺が魔術を使えることさえ知らない。

だが、村人たちの言葉はどれも善意に溢れていたように感じた。

こんなに言葉をかけられても面倒に感じないというか、嫌な気分にならないのは初めてだ。

やはり王都を出て最初にこの村へたどり着いたのは幸運だった。

そのことを実感しながら、今後のことを考えようと真面目に思う。

「ご主人さま！」

「ん、なんだ？」

「買い物、また来ましょうね！」

「そうだな、今度は他のみんなも連れてくるか」

そう言ってふたりで荷物を持ちながら、夕飯の匂いが漂ってくる家へ帰るのだった。

十四話　レベッカへの贈り物

俺とライムが家に帰ると、レベッカとラウネが夕食の用意を終えていた。

すぐにフローズとクエレも合流し、全員で食卓を囲む。

それからいつものように六人で食事を楽しんでいたが、ふと思い出したようにレベッカが呟く。

「エルの家って食卓にお肉やお魚が絶えないよね。いつも栄養たっぷりの材料で羨ましいよ」

それに対して、狩猟担当のフローズが誇らしげに胸を張る。

「まぁ、私たちにかかれば森の動物くらいはね。というか、あの程度の森ならこの村の住人でも出入りできるんじゃないの？」

彼女の後半の言葉に、レベッカが険しい顔をする。

「ちょっと難しいと思う。少なくなったとはいえ魔物もいるし、魔物じゃない動物も十分危険だよ。それに、少し前に猟師のおじいちゃんが死んじゃってから、狩りの知識を持ってる人もいないし」

「確かに少ないとはいえ、万が一にも魔物と出会ってしまったら危ないな」

たとえ低級の魔物でも、ただの農民には手に余るし、群れるゴブリンなどが相手なら村ごと壊滅してもおかしくない。アークデーモンを追っている最中はそうやって壊滅した村をよく目にした。

「フローズの見立てでは、数少ない魔物は森の奥に引きこもって出てこないんだろう？」

「ああ、森の浅いところには私たちの魔力が残ってる。本能的に避けるだろうね」

「なら魔物はいいとして、あとは熊や猪か。そっちはどうしようもないな」

大人の熊は下手な魔物以上の戦闘力を持っているし、猪の突進も大怪我をさせられるには充分だ。

確かに知識がなく魔術も使えない農民が森に入るのは難しそうだ。

そう考えていると、レベッカがある提案をしてきた
「えーっと、これはあくまで提案なんだけど。もし獲物が多く採れるようなことがあったら、村のほうにも回してもらえないかな？　みんな喜ぶと思うし、もちろん報酬も用意するよ」

その言葉に少し考え込む。レベッカの口から初めてまともな交渉らしい言葉が出てきたのだ。

ここまで彼女たちには土地や家まで貸してもらっているのに、ろくに対価を要求されていない。

となれば、これは借りを返すチャンスだ。

「あ、もし忙しいようなら別に……」

「待ってくれ。フローズとクエレはどうだ、今より余分に獲物を狩れそうか？」

俺はひとまず狩猟担当のふたりの意見を聞くことにする。

「狩る分には問題ないよ。ただ、獲物が干上がらないように加減する必要がありそうだけど」

「わたしもフローズと同意見です。家畜ではないので、そう簡単に増えませんから」

どうやら、ある程度セーブすれば問題ないようだ。

「……と、いうことだ。全部の家庭に毎日は無理そうだが――」

「いやいや！　頷いてもらえただけで嬉しいよ、ありがとうね！　村の人たちも絶対に喜ぶよ！」

レベッカは俺たちに礼を言い、嬉しそうに話す。

「いや、こっちこそ家まで用意してもらって世話になりっぱなしだから。とくにレベッカには」

「えっ、わたし？　そんなに気にしなくていいのに、好きでやってることだもん」

「だとしても、借りは返さないと気分が悪くなる」

「へえ、エルは律義なんだね」

そう言って苦笑するレベッカ。

まあ、正直に言うと王都での感覚が残っていて借りを作ったままなのが嫌なんだ。

借りを作った相手からは、後で何を要求されるかわかったもんじゃないからな。

ここの村人が王都の人間と違うというのは理解しているけど、長年の生活で染みついた習慣はそう変えられない。

「村の人たちには肉を用意できると思う。その他にもレベッカ個人に何か贈り物をしたいな」

「えっ、わたしに!?」

「ああ、これは俺だけじゃなくて、みんなもそう思っている」

そう言って召喚獣たちを見回すと、みんな頷いている。

「い、いやぁ、でも悪いよ……」

「気にするな。言ってなかったが、俺は魔術師なんだ。物によっては元手もかからずに用意できる」

そう言うと、俺以外の全員が驚いたような顔になる。

「まっ、魔術師!?　魔術師って、あの不思議な力が使える凄い人のことだよね!?」

「エルンスト……どういうつもり？」

レベッカはもちろん、フローズたちも秘密にしておくんじゃなかったのか……って感じだな。

「本当は黙っているつもりだったんだが、レベッカには言ってもいいかと思った。村の人たちにはまだ、俺から打ち明けるまであまり言いふらさないでくれると嬉しいんだが」

「わ、分かったよ。でも、そうか、魔術師かぁ！　どおりで持ち込んできた道具とかが普通の旅人とちょっと違うなと思ったんだよ。荷物も少なかったし」

そう言いながら、彼女は食卓の食器や照明を見る。

食器は隠し持っている倉庫から召喚したものだし、照明は炎の精霊の欠片を利用した魔術品だ。

「できるだけ地味なものにしたつもりだったんだが、バレてたか……」

そう言って頭に手を当て、反省する。

「前からちょっと怪しいところがあると思ってたけど、これで少し謎が解けた感じ！」

「ははは、そうか。それより本題だ、何か要望を言ってくれれば大抵のことは叶えられるぞ？」

真剣になってそう言うと、レベッカもこっちの気持ちを察してくれたようで悩む様子を見せる。

そして、天井につり下がっている照明を見ると、それを指さした。

「じゃあ、これがいいかな。普通のろうそくより凄く明るいし！」

「分かった、レベッカ用に新しいものをここで用意しよう」

「えっ、今すぐ作れるの!?　へぇ、やっぱり魔術師って凄いねぇ……」

「俺の場合は召喚術師っていうんだけどな。まぁ、不思議な術が使えると思って貰えばいいかな」

俺たちはリビングに移動すると、机を片付けてスペースを確保。

召喚術で倉庫からランプを取り出し、あとはそこに炎の精霊の力を宿すだけだ。

「さあ、始めるぞ……大陸に名をとどろかすマグーヌ火山のイフリートよ。契約に基づき、我が魔力を糧にしてその身の欠片を遣わせよ」

呪文を唱えた次の瞬間、体内の魔力が持っていかれる感覚と共に床に置いたランプへ火が灯る。

「わぁっ、種火も無いのに火が灯った！　すごいっ、すごいよエルッ！」

初めて魔術を見るだろうレベッカは驚いたようで、目がランプに釘付けになっていた。

こんなに新鮮な反応は久しぶりで、少し嬉しくなる。

「ほら、これがレベッカのランプだ。精霊の欠片は燃え続けるから、使わないときは蓋をしてくれ」

「わ、分かった！　うん、よく見ると普通の炎とちょっと違うね、すごくたくましそう」

「そう言って貰えればイフリートも喜ぶだろう。契約ありきの関係だが悪いやつじゃない」

壊れ物を扱うように持ちながら、ランプを観察するレベッカ。

そんな彼女にもう一つ、懐から取り出したものを渡す。

「こっちはおまけのライターだ。ランプと同じように精霊の欠片が入ってて、ここを押すと小さな火が出る。一から火を熾すのは大変だからな」

「ええっ!?　おまけだって充分すごすぎるよ！　これがあれば雨の日だって火をつけるのに困らないもん！　はぁ、なんだか大変な物を貰っちゃった気がするなぁ……大切にするね！」

「そう言ってもらえると嬉しいな」

喜んでいるレベッカを見ると俺も気分が良くなる。

すると、それまで横で見ていたライムが前に出てきた。

「ねぇねぇレベッカ、どうせなら一緒にお風呂も入っていくのです！」

「え、お風呂？　今から沸かすのは大変じゃない？」

「大丈夫なのです。その手に持っている物が何か、思い出すですよ」

「あっ、そうか……精霊さんを本当にいろいろなことに使ってるんだね」

レベッカは感心したように頷く。

まあ、俺にとって精霊の力は、元の世界のガスや水道といったライフラインみたいなものだ。

精霊も、契約された量の魔力を受け取れれば、用途には関知しないスタイルだしな。

「ご主人さま、ライムはさっそくお風呂を沸かしてくるのです！」

「ああ、気を付けろよ。間違って浴槽の中に転んだら、ライムも一緒に沸かされちまうぞ。前に一度、それで体がとろけちまって大変だっただろう。たとえ無傷でも見ているほうは心臓に悪い」

「ひどーい！　ライムだって、いつまでも同じミスは繰り返さないのですよ！」

そう言って浴室に向かうライムを見送り、風呂が沸くまで洗い物をすることになるのだった。

十五話　ライムのマッサージ

全員風呂にも入り、ホカホカになったレベッカがランプを片手に帰るのを見送った。

あとは、もう夜遅くなので寝るだけだ。寝室に戻り、ベッドで横になる。

「ふぅ、ちょっと疲れたな」

疲労の原因は、さっき召喚した炎の精霊の欠片だ。

明かりを灯すだけなら下級のファイアエレメンタルでもよかったが、わざわざ最上級のイフリートを使ったのはお守り代わりにするためだった。

あれならば小さい炎でも強い魔力を持っているので、弱い魔物は気配を察して近づかない。

「ちょっとお節介だったかな……まあ良いか」

気だるい体を休ませようと目を閉じると、いつの間にか何者かの気配が近くにあった。

目を開けると、そこにいたのはライムだった。

「ライム、いつの間に……？」

「ふふふ、ライムは足音も立てないし、立てつけの悪いドアもスライムを滑り込ませてスムーズに開けられるのです！」

自信ありげに、無邪気にそう言うライム。

「確かに出来るだろうが、なんでわざわざ？」

そう問いかけると、ライムはベッドに上がりながら答える。

「ちょっとお疲れみたいなので、こっそりマッサージしに来たのです」

「マッサージって、お前の得意技のあれか？」

「そうですよー、凝り固まったところをドロドロで解すのです」

何度か経験したことがあるが、オイルとかローションを使ったマッサージに近いと思う。

確かに今日は疲れているし、俺はライムの厚意を受け取ることにした。

「じゃあ、頼んだ。ベッドをグチャグチャにしないようにだけ、気を付けてくれ」

「むぅ、ご主人さまはライムを何だと思ってるのですか！　さっさとうつ伏せになってください！」

「はいはい、悪かったよ」

俺は彼女の要求どおり大人しくうつ伏せになる。

すると、ライムは俺の背中の上に体を倒してきた。

「うっ……」

ヌルッとした、少し冷たい感覚に声が出てしまった。

それは服の下に入り込んで背中全体に広がっていく。

全身がスライムである彼女が、腕を変形させて服にもぐり込んできているのだ。

「ふむふむ、肩のあたりとかが結構凝ってるのです」

そう言うと、彼女がグイグイと凝っている箇所を押し込んで刺激してくる。

「うおっ、いっ、あぁぁぁ〜〜〜」

予想以上に凝り固まっていたらしく、マッサージされると気持ちいい。

少し強めの刺激がちょうどよくて、息を吐くのと同時に声が出てしまった。

その後も背中や腰、足へと全身をマッサージされていく。

かなり血行が良くなったのか、体が火照っているように感じる。

「あぁ、かなり体が軽くなったよ。ありがとう、ライムのマッサージが一番だな」

「そうでしょうそうでしょう！　ご主人さまの体で知らないところはないですからね！」

素直に礼を言うと、ライムのほうも嬉しそうだ。

だが、俺の体に纏わりついたスライムはそのままだった。

「それで、次はあれか……？」

「もちろんなのです。マッサージの続きをしつつ、ご褒美をいただくのですよ」

そう言うと、ライムは自分の体を上手く使って俺を仰向けにする。

そして、プルンとしたゼリーのような尻で腰の上に馬乗りになってきた。

服はすでに脱がされ、全裸になっている。ライムのほうも同様だ。

「んぅ、ご主人さまのおちんちん、もう熱くなってるのです」

彼女の股の下では、ドロドロのスライムに刺激された肉棒が硬くなっていた。

ライムによって生み出されるスライムは量も軟度も自由自在なので、意思を持ったローションの塊に全身を愛撫されているような感覚だ。

こんな感覚は、普通の女性相手では絶対に味わえない。

「ライムは気が早いな……うぐっ！」

「もちろんなのです！　ご主人さまとふたりきりになれるチャンスですから！」

楽しそうに笑い、肉棒に股間を擦りつけてくるライム。

トロトロのローションスライムを潤滑剤にプルプルのゼリースライムに刺激される。

そのどちらもがライムという少女の体そのものなのだから、異常事態だ。

「あんっ、ご主人さまのがまた硬くなったのです！　こんなに硬いと、間違って変なところに入れられちゃうかも……」

とろんとした表情になりながら、腰を前後に動かすライム。

今見ている体も暫定的に作り上げたもので、身長体重からスリーサイズまで変化可能。

でもあまり他の姿になろうとしないのは、俺がこの姿をライムだと認識しているからだ。

そう思うと、途端に愛おしく思えてくる。

「またピクって……んっ、あふぅん！　ズリズリ擦れて気持ちいいのですっ！」

息を荒くしながら腰を動かすスピードを上げるライム。

ツルツルの割れ目が肉棒に押しつけられ、スライムローションを纏いながら裏筋を擦り上げる。

自分より何歳も年下にしか見えない少女にエロ奉仕をしてもらっている背徳感で、興奮が治まらない。

「あぁ、ぐっ、はぁ……」

肉棒から先走りが噴き出るが、それも片っ端からローション状のスライムに吸収されてしまう。

「んぐっ、あん……ご主人さまのお汁、とっても美味しいのです。もっと飲ませて？」

すっかり興奮した様子で言いながら、腰の動きを加速させる。

「はぁ、はふっ……ライム、俺も動かせてくれ」

「まだライムのマッサージは終わってないのです。お客さんはじっとしててくださいっ！」

俺の願いをいたずらっぽく笑って拒否するライム。

すでに腕は彼女のスライムの一部に拘束されてしまっていた。

腰に馬乗りになられているので、動こうにも動けないのだ。

「ご主人さまの中に溜まったのを出し切るまでがマッサージですからぁ……ひゃうっ!!」

ライムが突然声を上げた。

動いている途中で肉棒の先端が膣に引っかかり、入ってしまいそうになったのだ。

「はうっ、危ない危ない。ライムの中はもう少しお預けなのですよ」

「おい、じゃあこのまま……」

「そうなのです。一度目は、トロトロのローションスライムの中に吐き出して貰いますよっ！」

クソッ、完全に楽しんでやがる。だが拘束されている以上脱出はできない。

ライムも前後に加えて左右にも腰を動かし、肉棒に複雑な刺激を与えてくる。

「うっ、気持ちいい……」

だいぶ動きに慣れてきたからか、肉棒に与える快感を意識しているらしい。

ツルツルとした感触ながらも、的確な力加減で刺激してくる。腰の奥から熱さがこみ上げてきた。

「はふぅ！　ご主人さまのがビクビクって動いて……イっちゃうのです？」

「あぁ、出すぞっ！　ドロドロのローションスライムの中にっ！」

最後の瞬間、俺は自由な腰を浮かせて肉棒をライムの秘部に押し当てる。

一瞬で想定以上の刺激を受けた彼女は大きな嬌声を上げた。

「えぁっ!?　ダメッ、いきなりっ、くふぅん！　ひゃあああぁぁっ!!」

軽く絶頂を迎えたライム。俺もそれに合わせ、溜まっていたものを吐き出す。

ドクドクと脈動しながら発射された精液は、宣言どおり彼女のローションスライムですべて受け止められるのだった。

十六話　ライムと合体

「はぁっ、はぁっ、あん……」

絶頂し、俺の精液を受け止めたライムは息を荒げて動きを止めていた。

唯一動きがあるのは、俺の子種を包み込んだローションスライムだ。

腰のあたりに纏わりつきながら、周りの汚れまで掃除している。

「あむむ、ごくっ！　ご主人さまの、凄い濃いよ……」

どうやら足元のスライムから吸い上げて味わっているらしい。

ライムにしかできないやり方だな。

本当、こいつといると人間の常識にとらわれない行動が見られるから退屈しない。

「ふぅ……満足したか？」

俺は一息吐いてそう問いかける。

だが、返ってきた目線は鋭いものだった。

「な、なんだ？」

「なんだ、じゃないのです！　ライムがご奉仕中なのに、何でうごくのですか!?」

声を荒げるライム。どうやら少し怒っているようだ。

俺は落ち着かせようと再び話しかける。

「待て待て、話を……むっ」

だがその言葉は途中で遮られた。ライムが前かがみになり、俺のことを見下ろしてきたからだ。

妙な威圧感があり、口を閉じてしまった。

「ご主人さま、気持ち良くて思わず動いちゃった……とかなら仕方ないのです」

「そ、そうか。うん、そうだな。ライムの奉仕が気持ち良すぎてつい腰が勝手に……」

「でも、今度こそライムがご主人さまをイかせてあげるのですよ」

「いや、それは、今出したばかりだろ！　待っ……うぐっ！」

俺が制止するより先に、彼女は動き始めていた。

粘度の低いスライムを使って下半身を覆う。今度こそ俺の動きを封じるためだろう。

これで腰も合わせ、満足に動くことが出来なくなってしまった。

動かせるのは頭くらいなものだ。

「ふふふ、今度こそ邪魔はさせないのです」

ライムは笑みを浮かべ、再び肉棒へ秘部を押しつけた。

だが、今度は触れるだけではない。押し当てられたところから、肉棒が彼女の体内に沈み込んでいくのだ。普通の膣への挿入と違い、流動的な感触が少し特徴的だった。

「うっ、この感覚は何度味わっても慣れないな……」

だが、一度呑み込まれてしまえば待っているのは快楽だ。

「んぁっ、ライムの中に入ってまた大きくなってきたのです！」

それもそのはず、ライムは自分の体内を変化させて、肉棒の周りを膣襞のような複雑な形状に作り替えているのだ。肉棒が硬くなるに合わせて内部構造も変化し、常に最適な刺激を与え続ける。

これまでの行為で俺の体を知り尽くしているんだから不思議じゃない。

完全に大きくなったものが、ライムの体の中に突き刺さっているのが透けて見える。

文字どおり気泡一つない密着状態での締めつけに、数秒ごとに変わるヒダの形や大きさ。どれをとっても普通の生き物とのセックスでは味わえないような刺激だ。

彼女の下半身はローションとの境があいまいになっており、スライムっぽさが際立っていた。

「ふふ、透明度を上げたから、中にご主人さまのが入ってるって丸わかりなのです」

ライムはご機嫌だが、こっちは少し恥ずかしい。

「ご主人さま、動くのですよ！」

「分かった……うぐっ！」

宣言どおりライムが腰を動かし始める。しかも、大人顔負けの激しい動きだ。

彼女の腰が上下に動き、俺の肉棒がしごかれる。

「あぁっ、ひうっ、気持ち良いよぉっ！　ご主人様にぜんぶっ、奥まで貫かれてるのですっ！」

俺の上で腰を跳ねさせながら嬌声を上げるライム。

無邪気に喜ぶ姿と行為の淫靡さ、その差が激しい。

「あひっ、はぁっ……今度はご主人さまを呑み込んでエッチするのも良いかもしれませんね！」

「くぅ、あぁ……どうだろうな、俺は普通のほうが好きだがっ！」

全身をライムに包まれてのプレイ。

興味がないと言えば嘘になるが、気絶するまで搾り取られそうなので遠慮しておこう。

こうして話している間も彼女の腰は動き続ける。

膣内はローションスライムだらけで、どこからどこまでが膣なのかも分からないほどだ。

「がうっ、吸い出されるみたいだ……っ！」

強烈なバキューム効果に思わず声が漏れる。

余計なものをすべて排除してライムに包まれている感覚が心地よかった。

「んっ、あぁ……ご主人さまぁ……」

ライムのほうも気持ちいいのか、甘い声を上げながら腰を動かしている。

「いいぞ、このまま！」

「はい、いっぱい気持ちよくなってくださいね！」

「うあっ、締まる……」

ぎゅっと程よい力強さで膣内が締めつけられる。

そんな中でも、弾力のあるヒダの存在をしっかりと感じ取ることが出来た。

肉棒が上下するたびに、そのヒダの中を掻き分けていく。

「うあっ、ひゃん！　先っぽが奥まできて、ライムの大事なところ突き解してますっ！」

相変わらず気持ちよさそうな声を上げるライム。

彼女の言葉どおり、肉棒が突き上げる先には独特の形の袋があった。子宮だ。

一個体で増えることが出来るスライムには本来なら必要ないものだが、人の姿形になっているからだろうか。何にせよ、今の俺はそれだけで興奮を高められてしまう。

普通は絶対に見ることのない器官に、今まさに肉棒が押しつけられているのが見えるだから。

生殖を目的としたその形が俺の生殖欲求に火を点け、興奮を加速度的に上昇させていく。

「んきゅうっ!?　い、今までにないくらい大きいのです。子宮見せつけられて興奮したんですねっ！」

ライムのほうも興奮で声の調子がおかしい。お互いに余裕を失いながら、また一歩絶頂へと近づく。

「ひぃっ、はぁっ、はぁっんん！」

快楽に背筋を震わせ、ライムの腰の動きが止まる。

だが、またすぐに動き始めた。どうやら限界はライムのほうが早くやってきたみたいだな。

「ご主人さま、もう限界なのです。これ以上したらイっちゃいます！」

「イってもいいんだぞ。力が抜けたら、今度は俺が犯してやる」

「そんなっ、ダメなのです、んくっ！」

どうやらプライドがあるのか、意地でも俺をイかせようとしている様子。

なら、付き合ってやろう。お互いに興奮を高め合いながら絶頂を目指した。

そして……。

「ご主人さまっ！　イキます、イクッ、イクッ！　ライムの体にせーえき混ぜ込んでくださいっ!!」

「ああ、俺もいくぞ……！」

ライムは最後に思い切り腰を打ちつけてきた。

肉棒の先端が子宮にまでめり込み、その刺激で彼女が絶頂する。

「ひきゅうううっ！　ご主人さまぁぁっ！　イッ、イク！　イッグウウウウッ‼」

咥えこんだ肉棒をぎゅうぎゅうと締めつけ、絶頂するライム。

俺は最後のその刺激で一線を越え、彼女の中に欲望を吐き出した。

「うっ、ぐふぅぅ！」

限界まで我慢したせいで噴き上がった精液は子宮の中にまで入り込む。

ライムの中が真っ白な飛沫に染め上げられていくのを目にする。

今までにない背徳感や征服感を覚えながら、俺は倒れ込んでくるライムを抱きとめた。

「ふくぅ……もう無理なのです……」

「ああ、このまま休むか」

俺は、無言で頷くライムの頭を撫で、そのまま休むのだった。

十七話　休日のひと時と不慮の事故

レベッカの提案で、狩猟で得た肉などを村に提供することになった俺たち。

始めてみると予想以上に盛況なようで、わざわざ家にまでお礼に来る人が何人もいたほどだ。

俺たちとしては家賃代のつもりだったので、大仰に感謝されて少し気恥ずかしいくらいだった。

これがもしも王都だったら、人間以外が獲った肉なんてと文句をつけられるのは目に見えている。

そう考えると、この村は改めて本当に良い環境だと思う。

そして、今日はいろいろな仕事を任せている召喚獣たちを労うための休日だった。

クエレとライムは湖に行くそうなので、俺はフローズとラウネを連れて村の周辺を散策している。

「そういえば、ラウネはこっちまで来るのは初めてだったな」

「そうね、私は家事をしたり料理の勉強がほとんどだったから。本格的に村人に会うのは初めてよ」

「緊張しなくていいぞ。フローズから聞いてるかもしれないが、王都とは気風が違うからな」

俺は安心させるつもりでそう言ったが、ラウネは何を思ったのか俺の腕に蔓を巻きつけてくる。

「えー、そんなこと言われてもちょっと怖いわ。村を出るまでこうしていましょう？」

「こいつ……もし敵対的でも、たかが村人相手にお前が怖がるはずがないだろうが……」

どう考えても確信犯だったが、わざわざ引きはがすほどのことでもないと放置することに。

そんなことをしていると、道の向こうから歩いてくる農家のおじさん連中から声をかけられた。

「お、フローズちゃん、元気かい。そっちのお嬢さんは、前に話してたラウネちゃんって子かい？」

「いやぁ、ふたりとも綺麗だね。このあと、おじさんたちと一緒にお茶でもどう？」

「馬鹿野郎、エルンストが見てるのに口説くやつがいるか！　てめえの女房に言いつけるぞ！」

相変わらず賑やかな人たちだとは思う。

彼らの喋りのパワーに圧倒されていると、フローズが慣れた様子で会話に加わる。

「おじさんたちもいつも変わらず元気だねぇ。この前野菜はありがとう、美味しかったよ。今度お礼に熊でも獲ってきてごちそうするから！」

「おいおい、さすがにそれは危なくないかい？」

「馬鹿言え、この前村長の家で食った猪を思い出してみろよ。あれが獲れるフローズちゃんなら、熊も倒せるに決まってらぁ！　お前が心配することじゃねえよ！」

「ははは、確かにそうだな！　あれは特大の鍋を使ったって一度に煮れなかったもんな！」

フローズの言葉におじさんたちも称賛の声を送る。

「あははっ！　そんなに褒めないでよ、熊一頭が二頭に増えちゃうかもねっ！」

答えるフローズのほうも楽しそうに笑みを浮かべていた。

「さすが、言うことが違うねぇ！　ほら、こいつはプレゼントだ」

そう言いながら、ひとりが採れたての野菜をいくつか渡してくる。

どれも都会の近くの土では採れない、豊かな土壌がある田舎ならではの食材だ。

「こんなに!?　ありがとう、今度差し入れするときは魚もおまけしておくよ」

「お、そいつは楽しみだ。じゃあなエルンスト！」

そう言って手を振り、別れる俺たち。

「フローズは、村の人たちとの話に慣れてるみたいねぇ」

未だに俺の腕を抱いたままのラウネがそう言う。

「まあ、もう何回も会ってるからね。奥さんたちとも顔見知りだし」

村人を警戒する必要がないと分かって、自分から話しにいったりもしてるしな。

召喚獣たちの中でも一番積極的な性格だからか、もう俺より村人と仲がいいくらいだ。

「さすがねぇ、私にはまだ無理そう。でも、この野菜はとってもよく育ってて好感が持てるわ」

渡された野菜の一つを手に取り、そう言うラウネ。

自分も植物としての性質を持っているだけに、野菜を見れば育てた人間の人柄が分かるらしい。

どうやら悪い人たちではないと実感してもらえたようだし、ラウネにも村人とは友好的な関係を築いてほしいものだ。

「そうだろう？　みんないい人たちばかりだよ、今度紹介する」

「ええ、お願いするわね。行き当たりばったりでたどり着いた村がここで、本当によかったわ」

「まったくそのとおりだな。頑張ってここまで飛んでくれたクエレには感謝してるよ」

笑みを浮かべるラウネに対してフローズも頷いた。

俺もこの巡りあわせに感謝しつつ、ふたりに話しかける。

「レベッカに聞いたが、昨日行商人がやってきて新しい品が並んだらしい。それを見にいくか」

「へえ、そりゃ楽しみだ。ラウネも行くよね？」

「そうね。まだ商店にはお邪魔してないし、この機会に行ってみようかしら」

ふたりの返事を聞いて今後の予定が固まり、俺はふたりを連れての散歩を再開するのだった。

◆　◆

商店を回ってから家に帰ると、台所のほうから調理の音といい匂いがした。

どうやら先にレベッカが来ていたようだ。

「やあ、レベッカ。もう来てたんだ」

「エル、帰ってきたんだ！　勝手にお邪魔してごめんね？」

「今さら気にすると思うか？　レベッカの作る料理は美味しいし、遊びに来るだけでも大歓迎だ」

そう言うとレベッカも、そうだね、と笑みを浮かべて相槌を打った。

最近ではほとんど毎日家に顔を出すようになっていて、家族同然の関係だ。

夕食から寝る前まではだいたい一緒に過ごす。

「エル、もうすぐごはんできるから食器を並べてくれる？」

「ああ、分かった。さて、今日の夕食は何かな……へえ、スパゲッティか！」

「ふふ、今回は商人さんがたくさん持ってきたから買い込んじゃった！」

食器棚のほうに行き、六人分の皿とフォークなどを用意する。

ラウネはレベッカを手伝い、フローズはいつまでも遊んでいる残りふたりを呼びに行った。

湖までは片道二十分くらい離れているが、あいつらなら五分とかからず戻ってくるだろう。

とくに、食欲旺盛な上に飛べるクエレは三分も掛からないな。

そして、予想どおりクエレがふたりを持ち上げ、飛んで帰ってきた。

しっかり手を洗わせてから六人そろって夕食をとる。

食事が終われば後は自由時間だ。各々が好きなことをして過ごす。

女性陣はリビングで話をしているようだが、俺は少し用事があって自室に籠っていた。

「さて、前に研究していた資料はどれだったかな……あった、これだ」

研究をまとめている紙の束を取り出し、今日の散歩中に思いついたアイデアを書き起こしておく。

こういうことは、忘れないよう、その日のうちにやっておくことが大事だった。

「研究の仕事があるわけじゃないが、アイデアが湧いたのに放っておくのはもったいないからな」

十年以上打ち込んでいた分野だけに、思い入れも強い。

この村に来てからの研究だけでも、新しい召喚魔術が一つ、完成しそうな感じだしな。

「さてさて、必要な術式と呪文は……」

新たなアイデアを形にするべく、ペンを走らせる。

集中していると瞬く間に時間が過ぎてしまい、気づけば夜中だった。

「……くぅ、今日はここまでにしよう。風呂に入って寝るか」

着替えを持って脱衣所に行くと、まだ明かりは点いていた。幸いにも湯は抜かれていないようだ。

さっさと服を脱ぎ捨て、浴室に入った。しかし……。

「えっ、なんで!?」

「レ、レベッカ？　まだ入ってたのか!?」

俺の目の前には、湯船につかって驚愕の表情を浮かべているレベッカがいた。

もちろん彼女も俺も素っ裸の状態で、突然のことだったので大事な部分を隠してもいない。

「わ、悪い、確認してなかった。とりあえず出るからな！」

幸い水面の反射で彼女の体は見えず、とっさに目を逸らしてそそくさと脱衣所のほうに退散した。

とりあえず脱ぎ捨てていた下着を身に着けると、レベッカのほうも体にタオルを巻いて出てきた。

これがフローズたち相手なら湯上がり姿もいいなと思ったりするかもしれないが、今はそんな余裕はなかった。再び顔を合わせ、少し気まずい雰囲気になる。

「すまない、一度よく確認してから入るべきだった」

「あ、頭なんか下げないでよ、エル！　わたしは気にしてないから。それにほら、ここはエルの家だし仕方ないよ！」

ありがたいことに責める気はないようだが、ちょっと罪悪感が大きい。

「わたしはちょうど上がろうと思ってたところだし、このまま出るからエルも入ってくれるかな？」

「わかった、そうする」

ここで脱ぐ訳にも行かず、俺はタオル片手に下着姿のまま浴室へ入った。

そして、そこで初めて自分がレベッカの裸を見て興奮してしまっていることに気づき、更なる罪悪感で落ち込むのだった。

十八話　フローズとライムの集中奉仕

翌朝、俺とレベッカが風呂場でかち合ったという話が家の中で広まった。

どこから漏れたのか知らないが、女子の情報網恐るべし。

レベッカはもちろん自分の家に帰っていたので、俺だけ針のムシロに座っている気分だ。

食事中もそれぞれ感情のこもった視線をぶつけてきて、料理が喉を通らなかった。

「エルンストもずいぶん大胆になったね。相手は初心な女の子なのに」

「悲しいわ、私たちじゃ満足できなくなったのかしら？」

「……ほんのちょっとだけ軽蔑します」

「ご主人さま、スケベなのです」

基本的に俺の側についてくれる彼女たちだが、今回ばかりは同性のレベッカの味方をするらしい。

ぐうの音も出ないので、その視線を甘んじて受けるしかなかった。

早食いするように食事を片付けると、すぐに自室へ逃げ込む。

「はぁ、参ったな……」

ベッドに転がり、ため息を吐いてそう零す。

召喚獣たちとはもう肉体関係があるのに、今さら風呂での一件でなぜとも思う。

もちろん俺は召喚獣だとしても、四人のことだってちゃんと女の子だと思っている。

だが、レベッカは俺の魔術で人型になった彼女たちとは違い、純粋な人間だ。

しかし、むしろその辺りに、彼女たちも思うところがあるのではないかと考えた。

「あいつらがレベッカをどう考えているのかは詳しく聞いたことがなかったな。嫌ってるわけではないと思うが……」

長い時間を一緒に過ごしていても、胸の内はそう簡単に悟れない。読心術なんて魔術もないしな。

悩ましく思っていると、突然部屋の扉が開いてバタバタと人が入ってくる。

「エルンスト、なに辛気臭い顔してるのさ」

「ご主人さまらしくないのですよー」

フローズとライムだった。

どちらも基本的に遠慮のない性格なので、躊躇なくベッドに上がってきて、ふて寝していた俺を覗き見る。

「心配して来てくれたのか？」

自分でミスをした上に、落ち込んで心配までされてしまうとは情けない限りだった。

「まあ、レベッカも気にしないって言っているみたいだし、大丈夫じゃない？　表面上は」

「そうなのです。表面上は、ですけど」

おいおい、心配して来てくれたんじゃないのか？　ふたりの言葉がグサグサと突き刺さる。

「分かってる。もう一度謝って、二度とないよう気を付けるよ」

年頃の女の子が、裸を見られて気にしない訳がないしな。

「それが良いのです。あとは……」

「謝りに行ったとき、レベッカを見て裸を思い出さないようにしとかないとね」

そう言うと、彼女たちは自分の服を脱ぎ、俺のズボンに手をかけた。

「お、おいっ!?」

あっさりと下着まで脱がせてきたふたりは、腰のあたりから視線を向けてくる。

「隠しても無駄なのですよ。あの後、レベッカの裸を思い出してひとりでしてたんですよね？」

「ちゃんと洗ったみたいだけど、私の鼻は誤魔化せないよ」

「いや、その、うぅ……」

笑みを浮かべながらの言葉に反論も出来ない。事実だからだ。

情けないことにあれからレベッカの体が頭の中から離れず、そのまま自分で処理してしまった。

「まあ、こんな状態のままレベッカに会わせるわけにはいかないね」

「ライムたちがしっかりお世話するので、すっきりした頭で謝ってくるのです！」

直後、ふたりは一緒に肉棒へ口づけしてきた。

それこそキスするように唇を押しつけながら、時折舌を出して舐める。

「んちゅ、んっ、はふぅ！　はぁっ……だんだんエルンストの臭いが濃くなってくるよ」

「じゅっ、ちゅううううっ！　あんっ、キスだけで大きくなってきたのです」

「さんざん私たちとしてるのに、自分でしたくらいで満足できるはずがないよねぇ？」

それは、自分たちが普段から主人を満足させているという自信に満ちた言葉だった。

「普段から四人も女の子を侍《はべ》らせて、ご主人さまのおちんちんも贅沢に慣れちゃってるのです」

「もう、ひとりでしても満足できない体になってるって？　……確かにライムの言うとおりかもしれない」

「だから、ムラムラしたらすぐ私たちを呼べばいいのに。今さら恥ずかしがるんじゃないよ」

「それとも、ライムたちが信用できないのですか？　そんなことはないですよねっ！」

楽しそうに笑いながら奉仕をするふたり。

その舌の動きは慣れたもので、完全に俺のツボを押さえている。確かに、こんなに極上の奉仕を受けているんだから、快楽の基準値が馬鹿になっていても不思議じゃないな。

「んれろっ、はむ……それなのにレベッカの裸で興奮しちゃうのは、やっぱり同じ種族の女の子だからなのです？　ライムたちは姿こそ人間っぽいですけど、赤ちゃんは作れないのです。それが原因？」

さすがライム、デリケートな部分にも遠慮なく踏み込んでくる。

だが、それに対しては自信を持って答えられた。

「それは違う。俺と一緒にいるために召喚に応えてくれたお前たちのことは大好きだし、大切だよ。種族が違うだとか子供が作れる云々なんか関係ない。替えることなんて出来ない存在なんだから」

「……ふふ、面と向かって言われると少し恥ずかしいね」

「そんなふうに男らしく言い切ってくれるご主人さまは、大好きなのですよ！」

それから、俺の言葉に反応したふたりが奉仕を強める。

「ライムは先端のほうをもらうのですっ！　んっ、あむぅっ！　じゅるるるぅ！」

「あっ、こいつ、油断した隙に……」

先手を取ったライムが肉棒の先端に陣取った。

そのまま小さな口で、肉棒を咥え始める。

「はぁむっ！　ん、れろれろ、ちゅぷ！」

「うあぁ、ドロドロだ……」

彼女の口内はすでにスライムローションで溢れていた。

体温と同じくらいまで温まっているそれが、肉棒を生温かく包み込む。

「あはっ、気持ち良さそうな顔だよ、エルンスト。私のほうも頑張っちゃおうか」

横から見ていたフローズも奉仕を再開する。

ライムに先っぽが占領されているので、彼女は横からだ。

まるで骨を咥える犬のようにむしゃぶりつく。

「はぐっ、はむ、じゅるる……ビクビク震えてる。気持ちいいかい？」

豪快な動きに比べて、舌使いはかなり繊細だ。

どこをどうすれば俺が感じるのか分かり切っているので、最小限の動きで刺激してくる。

「はふ、れろっ！　んむ、あむ、ちゅう……」

「れろれろっ！　ぢゅううう、じゅるっ、ぺろっ！」

ふたりの奉仕で、肉棒が根元から先端まで快感に包まれる。

「ぐうっ、凄いぞふたりとも。こんなの初めてだっ！」

亀頭への生暖かくトロトロの刺激と、竿の部分の的確で優しい刺激。

ふたりによる二種類の刺激が混じり合い、瞬く間に興奮が高まっていく。

「あむっ！　口の中にご主人さまの味が混じってきたのですよっ！」

「じゃあかなり感じてるみたいだね。エルンスト、気持ちいい？」

その問いかけに、俺は頷くことで応えた。

まともに受け答えをしていたら、堪えられなくなりそうだったからだ。

その後もフローズとライムの奉仕は止むことがなく、俺を追い詰める。

「だんだんと、ビクビク震えるのが大きくなってきましたっ！」

「へぇ、もうすぐだね。私たちふたりに舐められて、イっちゃうんだ？」

「ご主人さま、我慢せずそのままいっぱい出していいのですよ！」

奉仕を続けるふたりも興奮で頬を赤らめながら俺のことを見つめている。

その言葉で、今まで我慢していたものがはち切れそうになった。

「くっ……」

「いいよエルンスト、イって。私たちの口で！」

「ご主人さまが出したもの、ライムが全部受け止めてあげるのですよ！」

俺はふたりに誘われるように、堪えていたものを吐き出した。

絶頂に震え、白濁液を放出する肉棒。

「ひゃんっ!?　こんなにたくさん、溢れちゃうよっ」

「はむっ、じゅれろっ……ほんとにたくさん出てる。しっかり受け止めてあげないとね」

射精の最中も、ふたりはそれに対し奉仕を続けていた。

「あぐっ、んむ、んむむむ！　まだビクビクって出てるのですっ……はぁっ頭がクラクラするっ」

「じゅるっ、ちゅぷっ、あむぅっ！　ちゃんと最後まで口の中で気持ち良くしてあげるねっ！」

俺は追加の刺激で追い打ちをかけられたように、精液を残らず吐き出すのだった。

十九話　お腹でサンドイッチ

「中に残った精液も全部吸い出すのですっ！　じゅるるっ、ちゅううぅぅ……」

「ぐっ、あぁ、それヤバいっ！」

長い射精を続けていた俺は、ライムにお掃除フェラまでされていた。

見た目には先端にキスしているようにしか見えないが、実際は激しいバキュームが行われている。

このままもう一度射精してしまうのではないかと思うほどの刺激で、残ったものは全部絞り取られてしまった。

「ふぐ、むぐ、ごくっ！　ごちそうさまでした、もう魔力もいっぱいなのですよ……」

満腹になるまで食事したように、満ち足りた様子で息を吐くライム。

力尽きて横になっている俺の隣には、フローズが寝そべっていた。

「エルンスト、少しはムラムラが解消された？」

「いや、少しどころじゃないぞ……」

ふたりの協力で、普通よりだいぶ絞り取られてしまった気がする。

ライムがお腹いっぱいだというのも理解できるくらいだ。

「そりゃあ良かった。じゃあ、レベッカと会ったときも、いやらしいこと考えることなく謝れるね」

「はは、そうだな。それは大丈夫だと思う」

ちょっと頭がクラクラしているけど、性欲は満足している。

「へえ、じゃあちょっと確かめてみようか」

「……なんだって？」

「言葉だけじゃ信用できないからね」

そう言うと、彼女は俺の手を握って自分の胸に押し当てる。

手のひらに柔らかい感触が生まれ、俺は焦った。

「フローズ!?」

「ほら、しっかりして。これくらいで動揺してたらダメじゃないか」

フローズはいたずらっぽく笑って俺を見る。

ダメだ、この笑顔は絶対に確信犯だ！

だが、時すでに遅し。俺の手は、導かれたフローズの胸を思い切り楽しんでしまっていた。

巨乳だというのに、完璧なバランスの弾力と柔らかさ。

ただ揉んでいるだけでも、今さっき絶頂したばかりの肉棒がムズムズしてくる。

その上、彼女はそのまま体を寄せて太ももや腕なども押し当ててきた。

フローズ自身まだ興奮しているようで、独特の体臭が漂ってくると思わずクラッとしてしまう。

「んっ？　まさかエルンスト……」

俺の変化に気づいたのか、フローズがニヤリと笑う。

「もうこんなに大きくして、これはもう一回搾り取らないとダメだね」

「フローズが煽ったからだろう……」

「そんなこと言っても、大きくなったここは治まらないよ。ほら、ライムもこっちに来て」

フローズは上体を起こすとライムの肩を掴み、自分のほうへ引っ張り寄せる。

「ひゃうっ！　ま、またなのですか？」

「そうだよ。といっても、本番までするると朝までコースだろうから……」

フローズが仰向けで横になり、その上にライムがうつ伏せで寝転ぶ形になった。

「さて、じゃあここにその硬くなったものを入れてもらおうか？」

フローズの脚が左右に開くと、そこにあったのは互いに押しつけ合わされた秘部だ。

全体的に肉づきのよいフローズの上に、小ぶりなライムのものが乗り、重なっている。

いかにも背徳的で、どうしようもなく男の劣情を誘う光景だった。

「……これ、すっごく恥ずかしいのです」

「エルンストとレベッカのためだと思って我慢しなよ。ほら、エルンストもなに見つめてるのさ」

そう言われても、こんなに淫らな光景は初めてだった。

互いに押しつけられ、少しだけつぶれている淫肉がたまらなくエロい。

俺は吸い寄せられるようにふたりの近くに行くと、すでに全力まで硬くなったものを押しつけた。

「んあっ……すごい、鉄みたいなのです」

「興奮しすぎだよ、もう……」

そう言うふたりの声も、少しだけ上ずっている。

股間が自分でも見えないだけに、肉棒の硬さと熱さがよく感じ取れるのだろう。

期待で膣内から愛液が溢れ、ふたりの秘部を濡らしている。

「ふたりとも、いくぞ?」

俺は興奮が抑えられないまま、ふたりの間に挿入し始める。肉棒が、ぴったりと押しつけられた秘部の隙間に入り込み、彼女たちの下腹部の間に収まっていく。

「うおっ、めちゃくちゃ押しつぶされてる……」

行為としては、この前のWパイズリに近いのだろうか。

だが、お腹という、本来は想定されていない場所での性行為による背徳感と、ここから見えるふたりの間へ挿入している構図が興奮を誘う。

「ふぅ、ちょっと変な感じなのです」

「そうだね。でも、いつもよりエルンストの動きがはっきり伝わってくるよ」

膣内に挿入されるよりも受ける刺激が少ないからだろうか。

気分が盛り上がってはいるが、ふたりも冷静な判断力を残しているようだ。

「いつも喘がされてばかりだから、たまにはこういうのもね。さあ、エルンスト」

「あ、ああ……」

呼びかけられ、それに応じるように腰を動かし始める。

始めはゆっくりと、フローズの腰に手を当てながら腰を動かす。

ふたりの柔肌を犯す感覚に、脳が痺れそうな気持ちよさが走る。

「その調子だよエルンスト、もっと動いて……」

「あんっ、はぁ、ライムが動きやすいようにしてあげるのです」

気を利かせたつもりか、ライムがふたりの間にローションスライムを投入したのだ。

トロトロとした液体が広がり、下腹部と肉棒に纏わりつく。

「んっ、きゃふっ！　ちょっとくすぐったいかも」

「ライムは自分のだから平気なのですよ。さあ、もっと動かして気持ちよくなるのですっ！」

「あぁ、言われなくても！」

その言葉に火をつけられたように、俺は激しく腰を動かす。

先ほどとは段違いの動きやすさだ。

ふたりの下腹にローションスライムを擦りつけるように動くと一番気持ちいい。

「くっ、はぁっ、はぁっ！　ふたりのお腹スベスベで気持ちいいっ！　それに締めつけもっ……くっ！」

「ご主人さま、息が荒くなってるのです。そんなに気持ちいいですか？」

「ああ、もう興奮でボーっとしてきそうだ。でも俺ばかり気持ちよくなるのもな……」

そう言うと、俺は前のめりになってふたりの胸に手を伸ばした。

抱き合っているためこちらも押しつけられていたが、身長差があるからか少しずれているようだ。

その隙間に手を差し込み、ふたりの胸を愛撫し始める。

「あんっ、あっ、ああっ！　また胸ッ……ひぐっ、はひゅぅぅっ！」

「いきなり触ったにしてはいい反応じゃないか、フローズ！」

「私たちのことなんていいのに……あくっ、んんっ！　胸揉みながら腰動かすのダメッ、あぁッ！」

「こんなに協力してくれてるのに、何もしなかったら主人失格だ」

そう言ってフローズの巨乳を揉み、乳首をクリクリと指で弄る。

すると、彼女は耐えかねたように悶え始めた。もう一方のライムも同様だ。

「ご主人さまぁっ、おっぱい掴んじゃダメなのですっ！　気持ちよくなっちゃうからっ、ひゃああっ！　お股がフローズとご主人様のおちんちんで擦れてっ、気持ちいぃぃいっ!!」

こちらも胸全体と乳首に刺激を受け、腰をモゾモゾと動かし始める。

俺もふたりを責めながら腰を動かし続け、興奮は頂点に達していた。

「出すぞ、このままふたりの間にぶちまけるからな！」

「きてくださいご主人さまっ、ライムたちも一緒にぃ！」

「うくっ、ああああっ、お腹のほうから子宮押されてるっ！　イっちゃ……っ！」

俺はふたりの体を抱きしめるようにしながら思い切り射精した。

「ひきゅうっ、ひゃっ、いっ、ひいいいいぃぃぃいぃっ!!　イクッ、あぁぁぁあああぁぁあっ!!」

「ご主人さまっ、イクッ、ライムもっ、イックウウウゥゥゥゥゥゥッ!!」

先ほどより強い勢いで肉棒が打ち震え、二度目とは思えない量を吐き出した。

ふたりの召喚獣も、それぞれ互いに体を抱きしめるようにしながら身を震わせる。

「あう……お腹が熱い、よ……」

「はぁ、はぁ、もうこれ以上精液食べられないのですぅ……」

最後に絶頂を迎え、ぐったり疲れた様子のふたり。

俺もベッドに腰を下ろし、一息つくのだった。

二十話　リビングでの団欒

風呂場の一件から数日。

あの後、俺は改めてレベッカの家に行って謝罪した。

最初は俺の所為じゃないと言ってくれていた彼女も、土下座する勢いで何度も頼むとようやく謝罪を受けてくれたのだ。いくらレベッカが良いと言っても、召喚獣たちは納得しないだろうし。

その謝罪の後、レベッカは元の調子に戻ったようだ。

むしろ、事件のあった前より家の雰囲気に馴染んでいるような気がする。

フローズたちも、風呂場の一件でよりレベッカに感情移入したのか、完全に身内扱いしていた。

今日も食事を終え、リビングで全員集まりくつろいでいる。

「……それでね、そのとき商店のおじさんがこんなに大きな桶を持ってきたんだよ」

「えーっ、それで魚を捕まえようとしたのですか!?」

「あの広さの川で、桶で魚を掴まえるなんてちょっと無理よ。ねぇクエレ？」

「わたしなら素手で捕らえられます」

「いやいや、クエレと比べたら可哀そうだよ。漁では私だって敵わないのにさ」

五人とも仲が良さそうに、話に花を咲かせていた。

俺はそれを眺めながら、ゆっくりお茶を飲んでいる。

レベッカに秘密を打ち明けてからは、プライベートな空間に関しては魔術を自重しなくなった。

今座っているソファーや椅子、ティーセットなんかも俺の倉庫から召喚したものだ。

物がある以上は、有効活用して便利な暮らしにしたいからな。

今のところ王都から手が伸びてくる様子もないので、一安心したこともある。

「トローペ公爵も、このまま放っておいてくれると助かるんだけどな……」

そう呟いていると、フローズがお茶のお代わりを注ぎにきてくれた。

「エルンスト、もう空っぽだろう？　こっちに貸しな」

「ああ、ありがとう。蜜はちょっと多めにしてくれ」

「いいけど、あんまり飲みすぎると太るよ」

少し呆れながらも、注文どおり甘い蜜を入れてくれる。

この辺りには良質な砂糖などめったに出回ってこないので、代わりにラウネが花から出してくれる蜜を使っているんだ。実際にはガムシロップみたいなものだがな。

「大丈夫だよ、これでも頭や体は結構使ってるんだ」

そう言って、さっそく一口飲む。

こっちに来てからも趣味で研究は続けてるし、村の周囲を歩くだけでも結構な運動になる。

「ならいいけど。それに、もしたるんできたら、私がきっちりしごいてあげる」

「怖い教官になりそうだ。お世話にならないよう気をつけるよ」

そう言って俺がもう一口飲むと、フローズも俺の隣に座った。

そのままこっちに寄りかかってくる。

「ん……おい」

「気にしないでよ」

そう言うとさらに体を寄せ、首元に顔を埋めてくる。

いつもはお姉さんぶってるフローズだが、どうやら今日は甘えたい気分らしい。

亜人として召喚しているので発情期などはないはずだが、先祖の遺伝子なのか極たまにこうなる。

「んっ……すぅ、ふぅ、くるるぅ」

「よしよし」

喉を鳴らして甘えてくる様子など、ペットの犬のようだ。

俺が軽く撫でてやると、その手に頭を擦りつけてくるのも可愛い。

「えっ、いつものフローズさんとイメージが違う……」

甘えてくるフローズを見て、レベッカは驚いたようだ。

「レベッカは見るの初めてだったか。まぁ、生まれ持った発作みたいなもんだ、気にするな」

「いや、そう言われても、目の前でイチャイチャされると気になるよ！」

少しだけ顔を赤くして、言い返してくるレベッカ。

確かに、同年代の話し相手がいないとも聞いている。

こういった恋愛だの異性だのといった話には、あまり耐性がないみたいだしな。

王都ではそれなりの教育が女子にもされていたが、こっちじゃそれも望めない。

「んん？　知らないなら、私とエルンストが教えてあげようか？」

甘えながらもしっかり話を聞いていたらしいフローズが反応する。

「いやいや、何を言ってるんだフローズ……って、うわ！」

それまでゆっくりしていた彼女の動きが、一瞬で鋭くなった。

横に座っていた状態から、瞬く間に向かい合うように俺の足の上に座る。

そして俺を見下ろす彼女の視線はすでに、獲物を見る目だった。

そこで初めて、俺は事態のマズさを認識する。

「フローズ、皆もレベッカも見てるんだぞ!?」

この場にはレベッカはもちろん、ラウネたちだっているのだ。

いくら気心の知れた仲といっても、さすがに遠慮したい。

全員でプレイするならまだしも、ただ見学されるというのはまた違った恥ずかしさがある。

「くふふ、もうフローズは我慢できなさそうね？」

「ラウネ、笑ってないで助けてくれないか」

「嫌よ、見ていてとっても面白いもの。ねぇレベッカ？」

「ひぇっ!?　あ、あのっ、わたしはっ……」

どうやら助け舟を出してくれる気はないらしい。その上レベッカまで巻き込もうとしている。

その間にもフローズは俺に寄り添い、再度甘えながら、とうとう服の中に手を入れてきた。

シャツの中を彼女の手がはい回り、少し高い体温が感じ取れた。

「うっ、んむぅ、エルンストォ」

「しっかりしろフローズ……って、もうダメか」

この状態では俺が言っても止まらなそうだ。

そして、フローズはレベッカのほうを向いて言う。

「レベッカも、興味があるなら見てっていいよ」

「おい、何言ってんだ……むぐっ！」

俺が抗議しようとすると、フローズは頬にキスしてきた。

「はむっ……エルンストも楽しめばいいんだよ」

「ふたりだけならまだしも、俺は露出願望があるわけじゃないしな」

そう言ってため息を吐きつつ彼女の腰に手を回す。

少なくとも、このまま発情したフローズを放っておくことはできない。

さすがにこの場は遠慮したいので、寝室のほうまで移動したいな。

だが、フローズは俺の首に腕を巻きつけていて、体を離す気はないようだ。

そうこうしている内に頬だったキスが、ついに唇に変更された。

「わっ、わわっ！　本当にこのまま……？」

これには見ていたレベッカも赤くなる。

「あらあら、とうとう始まっちゃったわねぇ。さすがに止めたほうがいいかしら」

「エルンスト様、するのは構いませんが、ここだと椅子が汚れてしまいますよ？」

「そこまでなのです！　続きはお部屋でやってください！」

それを見ていた三人がようやく止めに入ってきた。

おかげでフローズの動きは止まったが、俺の体に回した腕は緩んでいない。

「ぐるる……エルンスト、今さら放置なんて許さないよ」

このままじゃフローズの興奮が治まらなさそうだな。すでに襲われているし。

それよりも……。

俺は赤い顔をしているレベッカに向かって言う。

「レベッカ、本当に興味があるなら……一緒に来るか？」

その問いかけに、彼女は小さく頷くのだった。

二十一話　レベッカ、性の勉強

ラウネたちに追い出されるようにして、俺たち三人は寝室へと移った。

その間フローズはずっとくっついてくるし、レベッカは終始無言だ。

このままでは、レベッカが蚊帳の外になってしまう。

(せっかく勇気をもって頷いてくれたんだから、しっかり勉強していってもらいたいな)

俺は少なくとも、レベッカと関係を持つことなど考えていない。

風呂場の一件もあって、彼女を性的な対象として見ることに罪悪感があるのだ。

でも、このままフローズと絡んで、無防備なところを見せるくらいには彼女を信頼している。

「エルンスト……っ！」

そんな俺の気を知ってか知らずか、寝室に入った途端にフローズがまた積極的になった。

俺を近くのソファーに座らせ、横から寄りかかるようにキスしてくる。

「んむっ、ほら、もっと舌出して」

「あ、あぁ……」

俺は一瞬レベッカのほうに視線を向け、フローズの願いどおり深いキスをする。

「んっ、んうぅ！　ちゅう、れろっ！」

いやらしい音を立てながらの本気のキス。

貪り合うようなそれは、レベッカには刺激が強いようだ。

「あ、あんなに……凄い」

口元に手を当て、頬を赤く染めながら呆然と見ている。

そのまま数分も続けていると、フローズのほうから唇を離す。

見ると、その目には理性が戻ってきているようにも感じた。

どうやら思い切りキスしたことで、少しは欲求が解消されたようだ。

「ちゅ、はふっ……ようやく落ち着いてきたよ、ごめんね？」

「俺は慣れてるから気にするな。召喚術の改良でなんとかならないか、試してみるよ」

自分では抑えきれない衝動なのだから仕方ない。

フローズの背中を撫でて落ち着かせると、彼女は俺たちの前で立っているレベッカに手招きする。

「放っておいてごめんね。さ、こっちに来て、いろいろ教えてあげる」

その誘いに、レベッカは驚いたように体を固まらせた。

「えっ!?　い、いや、わたしは見てるだけでも……」

「ほら、遠慮しないでよ。大丈夫、セックスまではしないつもりだから」

そう言って手を伸ばすフローズ。

「それなら……やっぱりちょっと緊張するね」

最後まではしないという言葉に安心したのか、少し躊躇したがフローズの手を取るレベッカ。

そのまま引き寄せられたレベッカは、フローズと向かい合うように俺の横に収まった。

「じゃあ、エルンストは大人しくしといてね。私が先生をやるから」

「急に張り切りだしたな……いいよ、好きに料理されてやる」

フローズも年上ぶることが出来て嬉しいんだろう。

せっかくのやる気をぶち壊すのも悪いので、大人しく従うことにする。

そうして、フローズによる性授業が始まった。

「レベッカ、男女の体の仕組みとかは知ってるかい？」

「あ、はい、そのくらいは……」

「自分のものは分かるね。じゃあ男がどうなってるのか見てみよう」

そう言って慣れた手つきで俺の服を取り去り、下半身を裸にしてしまう。

「っ！　これが……」

目の前に晒された肉棒に、緊張したレベッカがごくりと喉を鳴らした。

「確か、前に一度見たはずだよね」

「はい、でもじっくり見るのは初めてです」

「そんなに硬くならなくてもいいよ、いつもの調子で大丈夫！」

慣れているフローズが笑いかけると、レベッカも落ち着いたようだ。

そして、フローズの手が俺のものに触れる。

「これがエルンストのだよ。まだ普通だけど、興奮するとどんどん大きくなるんだ」

「興奮……ってどうすれば？」

「ふふ、簡単だよ。エルンストは結構スケベだからね」

そう言ってフローズは自分の胸元をはだけ、巨乳を俺の顔に押しつけてくる。

「うぐ……」

「エルンストは女の子の胸が好きだからね。それに合わせてこっちを撫でてやれば……」

俺の興奮を煽るように乳房を押しつけながら、同時に手で愛撫を始める。

フローズの指が優しく擦るように動くと、その刺激で肉棒が硬くなり始めた。

「えっ、あっ！　本当にどんどん大きくなってる！」

「レベッカも触ってみるといいよ」

「わ、わたしが触って大丈夫かな？」

少し不安そうな様子でこっちを見るレベッカ。俺は安心させるように頷いた。

「うん、やってみるね。ええと、こうやって……」

一度覚悟を決めれば大胆なのがレベッカだった。

フローズの指示に従いながら、遠慮しつつも手で刺激し始める。

さすがに技術は拙いものだったが、いつも世話になっている女の子に触られているという感覚が俺の興奮を後押しした。

「すごく熱いよ、それにビクビクって動いて止まらない……気持ちいいのかな？」

「体は正直だからね。レベッカみたいな可愛い子にされてればエルンストだってたまらないよ」

「そ、そっか。わたしに興奮してくれてるんだ……じゃあ、もっと気持ちよくしてあげないと」

少し嬉しそうな声とともに、レベッカの手の動きが激しくなる。

「いいよ、その調子だ。後は、私みたいにエルンストの頭を抱いてみる？」

「えっ、でも……」

さすがに胸を晒すのは恥ずかしいのか、躊躇するレベッカ。

だが、フローズは彼女をもう一歩先に進ませようとする。

「レベッカが協力してくれれば、絶対に喜ぶと思うんだけどなぁ……」

「ほ、本当に？　わたしがすれば喜んでくれる？」

彼女の言葉をまさか否定する訳にもいかず、正直に頷く。

「そう、なんだ。それなら……」

そう言うと、彼女は乳房を露にしてフローズと同じように押しつけてきた。

「うっ、レベッカの胸柔らかい。すごく気持ちいいよ」

大きさはフローズに一歩及ばないが、ハリや柔らかさでは負けていない。

少し汗ばんだ肌から緊張している様子が伝わって、強く押しつけられるとドクドクッと鼓動する心臓まで感じられた。

俺は思わず、近くにあったレベッカの乳首を舌で舐めた。

「ひゃうっ!?　い、いま何したの？　胸元からビリビリってすごいのが！」

その瞬間、彼女の体が大きく震え、悩ましい声が聞こえた。

「ただでさえ女の子ふたりに奉仕されてるのに、贅沢ものだねエルンストは」

それを見たフローズは楽しそうに笑い、自分も肉棒に手を這わす。

「レベッカ、もう少し先端のほうを刺激してあげて？」

「は、はい！」

フローズの指示でポジションを変え、一緒に手淫を続けるふたり。

レベッカは敏感な先端を刺激し、フローズは根元から陰嚢まで丹念に指を這わせる。

「んっ……あ？　エルのからどんどん、お汁が漏れてきてるよ？」

「気持ちいい証拠だよ。それに、玉袋のほうもキュウってなってる。もうそろそろだね」

張り詰めた肉棒を弄りながら会話を続けるふたり。

俺はその間で、胸に押しつぶされそうになりながら悶えていた。

声を出そうにもふたりの巨乳に阻まれ、呼吸すらし辛い。

唯一の抵抗として、硬くなったレベッカの乳首だけは舌で愛撫を続ける。

意識が朦朧とし始め、その中で上りつめてくる快楽だけがはっきりと感じられた。

「ぐっ、ふぐぅ……っ！」

「もう限界みたい。レベッカ、最後にたくさん擦ってあげて」

「んぁっ、ひくっ……わかりました……エル、私の手で気持ちよくなってっ！」

レベッカの肉棒を握る力が強まり、奥から絞り出すような締めつけが加わった。

その状態で敏感な部分まで擦り上げられ、俺は限界を迎えた。

「レベッカ、出すぞっ……くうっ!!」

「エルッ!?　あっ、ひゃあぁぁっ!!」

最後の瞬間、彼女の乳首を甘噛みし、その刺激でレベッカも絶頂させる。

肉棒から吐き出された精液は彼女の手を汚し、白くドロドロに汚す。

お互いに意識の深い場所まで快感に犯されながら、俺たちは全身の力を抜いてソファーに沈み込むのだった。

二十三話　フローズの性欲解消

子供は参加できないような淫らな勉強会のあと。

絶頂の底から起き上がったレベッカは、興奮と羞恥で顔を赤くしたまますぐに身支度をして帰ってしまった。やっぱり俺から愛撫するのはやり過ぎだったかもしれない。

ただ、帰り際にはもう、また呼んでほしいと言っていたので嫌われてはいないらしい。

俺のほうも、フローズの補助があったとはいえ、経験のない相手に座ったたまま されるのは少し恥ずかしさを感じた。なにより、相手がレベッカだったからな。

ほとんど家の一員のような感じのレベッカだが、ついに一線を越えてしまったような気がする。

「あぁ、次に会ったときに、まともに顔を見られるか不安だな……」

ふたりに奉仕されたのはめちゃくちゃ気持ちよかったが、やはり羞恥心はあった。

さっさと風呂をすませ、召喚獣たちにもちょっかいを出されないよう早めに寝ることにする。

「明日は一日中、召喚術の研究に没頭して忘れよう。そうしよう」

そう呟いて布団をかぶると、疲れからかすぐに眠気がやってきた。

そのまま眠りに落ちたのもつかの間、何かモヤモヤとした夢を見る。

それがいったい何なのか分からない内に、腰のあたりに与えられた疼くような刺激に目が覚めた。

「……誰だ、フローズか？」

何が起きているかは思い当たるので、問題は誰がやっているかだ。

そして昼間の一件を考えれば、満足していないフローズあたりの仕業だと考える。

その予測は、見事に的中していた。

「あむっ……あぁ、起きたんだ」

そこには、俺の下着をずらして美味しそうに肉棒を咥えこんでいる召喚獣の姿があった。

すでにだいぶ興奮しているのか半裸状態になっていて、胸もお尻も見えてしまっている。

「そんなことをされれば、よっぽど深く眠ってない限り起きるよ」

俺はあまり寝相がよくないほうなので、結構寝返りを打つ。

そんなときに腰が固定されて変な刺激が与えられていれば、嫌でも目が覚めるというものだ。

「なんだ、残念。寝たままでも搾り取ってあげようかと思ったのに」

「思うだけに留めておいてくれ……それで、やっぱりさっきのじゃ満足できなかったか」

「だって目の前でレベッカをあんなにエッチな顔にさせたのに、エルンストは一向に、わたしには触ってくれなかったじゃないか……。あれじゃあ、体の火照りが治まらないよ」

そう言って落ち込んだ様子を見せるフローズ。それで俺はようやく失態に気づきフォローする。

「悪かったよ。つい初めてのレベッカのほうに集中してたんだ。お詫びと言ってはなんだが……」

「いいよ、疲れてるでしょ？　わたしが動くよ」

そう言って起き上がると、フローズは俺の上に跨ってくる。ただし後ろ向きで。

背面騎乗位というやつだ。俺から見ると、フローズの尻とすらっとした背筋が見える。

「正面を向いてると、絶対胸を弄ってくるからね」

「ぐ……否定できないな」

単純と言われてしまえばそれまでだが、目の前に揺れる巨乳があれば、どうしたって手を伸ばしたくなるのが男の性というものだ。

「今日はこのまま邪魔させないで、好きなだけ動いちゃうよ！」

そう言うや否や、彼女はベッドに手をついて肉棒を膣で咥えこむ。まだはっきり目が覚めていないので感覚がぼやけていたが、すでに肉棒は充分すぎるほど硬くなっていたようだ。

感覚が朦朧としたまま挿入されると、腰のあたりがじーんとした刺激に襲われる。

「うっ、変な感じだ……」

「んっ、寝起きだからね。でも私は充分気持ちいいよっ！」

確かに、フローズの声はかなり艶っぽくなっている。

先ほどの興奮が冷めやらぬまま待っていたのだから、当然なのかもしれない。

彼女はそのまま腰を動かし始めた。

「んっ、はぁはぁ！　いいよ、エルンストのが奥まで当たってる！」

フローズは自分から気持ちいい部分に肉棒を押し当てるように動く。

欲求不満なだけあって、その動きには一切迷いがなかった。

「んくっ、はぁ、あぁん！　ああこつ、気持ちいいところに当たってるよぉっ！」

彼女の体全体が紅潮していき、興奮と快感が全身に巡りつつあるのが見て取れる。

膣内も貪欲に肉棒を締めつけ、すぐにでも子種を搾り取ろうとしていた。

「くっ、本当に遠慮ないな！」

俺はフローズによって与えられる快楽に表情を歪める。

自分で動くならばある程度は制御できるが、上に乗って動かれるとそうもいかない。

しかも、相手は俺よりずっと体力のあるフローズだ。現状では完全に主導権を握られていた。

「ああ、いいよ。やっぱりこれじゃないとダメだよっ！」

嬉しそうに声を上げながら腰を動かすフローズ。

「もう俺とのセックスじゃなければ満足できないって？」

「うんっ、そうだよ！　セックスじゃなくたって、エルンストに抱きしめてもらえるだけでも満足できるんだ。もうエルンストなしじゃ生きていけないよ」

「はは、大げさだな。でも、嬉しいよ」

そう言うと、彼女の中がきゅうっと締めつけてくる。

「こ、こんなこと顔を合わせてたら言えないからね！」

「ははは、俺も恥ずかしくて顔色がどうなってるか不安だ」

「うぅ、こいつ余裕そうに……」

フローズは恨むように言うと腰を上下左右に動かす。

膣内の締めつけと複雑な腰の動きで多方向から肉棒が刺激された。

「うぐっ!?」

「あうっ、んっ！　どうよ、我慢できないくらい気持ちいいでしょ？」

その問いに答える余裕はなかった。

「ああっ、いいよ！　気持ちいいっ！」

上ずった声で嬌声をあげるフローズ。

その声や体の動きから、目いっぱいにセックスを楽しんでいるのが伝わってきた。

「はうっ、んっ、あうぅ……エルンスト、もっと気持ち良くなろうねっ」

「くっ、あぁ……今でも十分ヤバいって……うぐっ！」

お互いに体の相性もいいだけに、一度気分が乗ってしまったら満足するまで終わらない。

フローズが俺を、俺がフローズを刺激しながら快感を貪る。

彼女の尻が俺の腰に打ちつけられ、パンパンと乾いた音が鳴った。

興奮は留まるところを知らず、限界が近づいてきた。

「はぁはぁ……もう我慢できるかっ、俺も動くぞ！」

「えっ、あううっ！　きたっ、下から突き上げてくる!!　気持ちいいっ、もっと突いてエルンスト！」

蕩けきった膣内を肉棒で突き解すと刺激的な快楽が伝わってきて、脳みそが痺れそうになる。

「エルンスト、もうイクッ！　イっちゃうよ！　一緒にっ、一緒にイくからぁっ！」

フローズのほうも限界が近いようだ。

「ぐぅ……イけっ、フローズ！　受け止めろ！」

「わたしもイクッ！　イグッ、イくうううっ、ひゃあああぁ!!」

ふたりの体が一番深くまで繋がった瞬間、俺は欲望を解き放った。

あふれ出た精液が膣内を満たしていく。

「ああ、あぁぁ……」

全身で快感を受け止めたフローズは、快楽に酔ったようにフラフラしている。

俺は彼女の肩を支えると、そのままベッドの上で横にさせた。

「はぁ、ん……」

「大丈夫か？」

俺の問いかけにフローズは頷く。

だが、気楽に話しかけられるほど余裕があるわけでもなさそうだ。

「このままここで休んでいけ。一晩寝ればだいぶ休まるだろう」

そう言って俺が横に寝ると、フローズは間もなく寝息を立て始める。

俺もその寝顔を眺めながら、再び睡魔に身を任せるのだった。

二十三話　雨の日のトラブル

レベッカと予想外の展開になってから、さらに数日が経った。

あのときから、彼女との距離感が少し近づいているように感じている。

翌日こそ少しぎこちなかったが夕飯を作りに来てくれたし、その次の日からはほとんど遠慮がなくなっていた。以前にもまして俺たち家族の中に溶け込んでいるように感じる。

今も俺とラウネを助手にして、台所で腕を振るっていた。

「エル、そっちのおたまでスープをかき混ぜて！　ラウネさんは炒め物をお願い！」

「わかった、任せてくれ」

「ええと、炒めるのは玉ねぎからでいいのよね？」

「はい、そうです。さっき言ったとおりに！」

俺たちに指示を出しながら、自分も調理をしているレベッカ。

三人も並ぶと、広めの台所でもいっぱいになってしまっている。

だが、今日は雨が降ってレベッカの到着が遅れたので、その分を取り戻さないといけないのだ。

それからさらに数十分、なんとか腹ペコのフローズたちが狩猟から帰ってくる前にサラダやスープなどは用意できた。あとはフローズたちが持ち帰る新鮮な肉でステーキを作る予定だ。

「ふぅ、間に合ったよ……」

「今日はいつも以上に大変だったわねぇ」

エプロンをたたみ、テーブルについて一息つく。

「ふたりともありがと。ラウネさんもかなり上手くなったし、エルも意外と器用だから頼りになるね！」

「意外とは余計だぞ。不器用じゃ魔術師としてはやっていけないからな」

そんなふうに話をしていると、家の扉が開いた。入ってきたのはライムだ。

ドタバタとしながら食卓のほうまでやってくる。

「た、大変！　大変なのですよ！」

「うん？　どうした、何があったか落ち着いて話せ」

彼女の様子から異変を感じた俺はそう言って落ち着かせる。

「はぁ、ふぅ、はぁ……か、狩りの途中でフローズが怪我しちゃったのです！」

「なんだと、あのフローズが怪我ぁ⁉」

その言葉に俺は思わず声を荒げた。

まだ若いとはいえ、生態系の頂点に近いフェンリルのフローズが怪我をする？

もしそれだけの魔物が出てきたというなら、緊急事態だ。

「どうしてだ、原因は？　魔物にやれらたのか？　命に別状はないんだよな？」

すぐさまライムに問いかける。

重傷なら主である俺は異変を感じ取れる仕組みだが、確認せずにはいられなかった。

「え、えーと、今はクエレに抱かれてこっちに戻ってきてるのです。歩けなさそうだったので」

「歩けない？」

「はい、その……フローズは雨でできた泥で滑って、足を捻ってしまったようなのです」

足の捻挫、そう言われて俺は一つ息をついた。

「捻挫か……危険な魔物が出たとかでなくてよかった。とりあえずはベッドの用意をしておくか」

俺がそう言うと、レベッカとラウネも頷く。

そして、ベッドと治療の用意をしていると、クエレに抱えられたフローズが帰ってきた。

「うぅ、いたた……エルンスト、迷惑かけてごめんね？」

「謝るようなことじゃない。ベッドを用意してあるから奥に行こう」

フローズに肩を貸し、クエレとふたりでベッドに寝かせる。

「さて、ちょっと見せてもらうわね……」

俺たちが退いたら、あとは治癒の心得があるラウネの担当だ。

「うーん、ちょっとひどく捻っているわねぇ……これはフローズでも治るまでに数日必要かも」

ラウネはまず軟膏を取り出し、足首の負傷した部分に優しく塗っていく。

これは彼女が複数の薬草から作り出したもので、自然治癒力をかなり高めてくれる。

あとは清潔な包帯で、捻った部分が下手に動かないように固定すればひとまず治療完了だ。

「これでいいわ。一晩もすれば痛みは引くと思うから。あとは二、三日で包帯も取れるわよ」

「ありがとうラウネ。でも失敗したなぁ、これじゃ狩りには出かけられないよ」

包帯が巻かれた足を持ち上げ、そう零すフローズ。

「そっちのことなら気にするな。クエレもいるし、人間は数日くらい肉を食わなくても死にはしない」

「うん……迷惑かけるね」

「何言ってるんだ、こういうとき助け合うのが家族だろ？」

そう言って彼女の頭を軽く撫で、慰める。

俺はその後、早めに夕食を食べると村長の家へ向かった。

村には定期的に肉を提供すると約束してあるので、フローズが怪我したので量が減ると伝えなければならなかった。

「……というわけで明日から少しの間、提供できる肉の量が減ると思います。すみません」

「いやいや、気にしないでほしい。元はほとんど狩猟なしで暮らしていた村だ、皆もフローズさんの心配こそすれ、責めはせんよ」

「そうですか、ありがとうございます」

それから村長には、栄養をつけるためにと貴重な鶏の卵まで貰ってしまった。

だが、もっと驚いたのはその翌日だ。

なんと、村人が何人もフローズのことを見舞いにやってきたのだ。

自給自足のこの村じゃ皆忙しいだろうに、心から心配してくれていた。

ただ、これはフローズ自身の人望もあるだろう。

普段から積極的に村人たちと交流してたからな。

「エルンスト、どうしよう。こんなにお見舞いの品を貰っちゃったよ」

ベッドの横には野菜やら果物やら花やらが、机の上いっぱいになるまで置かれていた。

「みんなフローズのために用意してくれたものだ、ありがたく受け取っておけ」

そう言って子供たちが作ったらしい草冠を手に取ると、フローズの頭の上に乗せる。

「へえ、似合ってるぞ。鏡見るか？」

どちらかといえばサングラスとかが似合いそうなフローズだけど、花冠もなかなか悪くない。

「やめてよ、ちょっと恥ずかしいんだから。……でも、やっぱりこの村はいいなって思ったよ。最初は怪我して不安だったけど、村の人たちの表情を見て安心した」

「そうだな、ここじゃ必要なことをしていれば誰かに急かされることもない」

王都ではどれだけ利用価値がある人間かが、その扱いに直結していたからな。

怪我をすればすぐに代役が補充されるし、治っても元の仕事に戻れるかわからない。

効率的だが、人情があるかと言われれば首を横に振らざるをえない。

「損得勘定に囚われない生き方もいいものだな」

「エルンストも、この村がかなり気に入ったみたいだね」

「何を言ってる、俺は元から好きだぞ。静かで研究にも集中できるしな」

森が近く自然が多いが、ラウネが家の中に食虫植物を配置しているので虫に困ることもない。

空気もカラッとしていて快適だし、端的にいって理想的な環境だ。

「ははは、何かといえばまた研究？」

「おい、俺から召喚術の研究を取ったら何が残るんだ？　趣味の一つでもあるしな」

「……そうかい、まあいいよ」

フローズはそう言って頭の草冠を撫でる。

「足が直ったら、これを作ってくれた子たちにもお返ししないとね」

「なら、ここからちょっと遠いがカルロシアの山まで行くか？　あそこの花は綺麗だったからな」

「いいね、私の足なら日帰りで行けそうだよ」

こうして他愛ない会話をしながら、心の中でこの村に来られたことを感謝するのだった。

二十四話　レベッカに気づかされたこと

足を怪我してから三日。今日、ようやく包帯が外れた。

「……うん、経過は順調みたいね。もう一日か二日大人しくしておけば完治するわ」

「ありがとうラウネ、助かったよ」

「あら、気にしなくていいのよフローズ。みんなの怪我を治すのは私の仕事だもの」

そう言ってラウネはいつものように魅惑の笑みを浮かべ、部屋を出ていった。

ラウネも最初はあの色気のある雰囲気が苦手だったけど、今じゃすっかり慣れている。

私たちエルンストの召喚獣の中じゃ一番年上だし、頼りになるからね。

「……まぁ、本人の前で言うと絶対に調子に乗るから言わないけど」

そう呟いて、私はまたベッドに横になった。

こんなに長い間寝室に籠りきりになったのは、アークデーモン戦で怪我をして以来だ。

あのときは名誉の負傷だったけれど、今回は私が馬鹿やった結果の怪我。自業自得だよ。

「まったく、泥で滑って足を捻るなんて、子供みたいじゃないか。ちょっと気を抜いてたのかもね」

というのも、ここでの暮らしが順調に過ぎたからだろう。

私たち五人が住める家をあっさり提供してもらえたし、食糧は手ごろな狩場があるから飢えない。

それに、何といっても王都とは違う村の気風が大好きだ。

私だってエルンストと出会う前は自給自足の生活をしていたし、そっちのほうが性に合う。

そのエルンストも競争の中に身を置くのは疲れたって言ってたし、ちょうどよかったんだ。

「一つ気になるところがあるとすれば、この村の人たちが優しすぎるってことだ」

そう、この村の住人はちょっと心配になるくらい優しい。

困っている人を見ればすぐに手を差し出すし、皆で協力する。

アークデーモン討伐で協力してた者も、誰が戦果をあげるかで競争してたところがあるからね。

「あのごうつくばりな連中のうちひとりでもここに来たら、村がめちゃくちゃになりそうだよ……」

そう言ってため息を吐くと、部屋の扉が開いてレベッカが心配そうな顔で入ってきた。

「今、村がめちゃくちゃになる……とか言ってましたか？」

「えっ？　あぁ、聞いてたんだね。この村の人たちは優しいから、詐欺師でも紛れ込んだら大変だろうって思ったんだよ」

「あぁ、確かに危ないかも！　でも大丈夫、ここの村人は全員顔見知りだから、見知らない人が入ってくればすぐに分かるよ」

「ふふ、そういえばそうだね。なら心配いらないか」

この村には巨大な家族みたいな雰囲気がある。

そこに上辺だけの笑顔を見せるやつがいたら、きっと注目されるだろう。悪い意味で。

「そういえば、エルンストたちは？」

ふと家の中の気配を探ると、ラウネとレベッカ、それに私くらいしか気配が感じられない。

エルンストとクエレ、ライムは出かけているようだった。

「ああ、何でもライムちゃんたちがサボらないように監視する必要があるから……とか言って、エルは狩猟について行っちゃいました」

「なるほど、エルンストらしい」

彼なりのけじめだろう。私が動けないから主の自分が穴を埋める。

あれで案外義理堅い性格だからね。まあ、そうでなきゃ召喚術師として成功してなかったと思う。

いくら契約の内容やもらえる魔力の質がよくても、軽薄なやつとは契約したくない。

本当、あの王都で生まれ育ったにしては面白い性格してるよ。

「エルンストもこの村の人たちも、心配になるくらい優しいときがあるからね。レベッカもだよ」

「わたしも？」

「だって、見ず知らずの私たちを村長と一緒に受け入れたじゃない。普通はあんなことしないよ？」

一晩泊めるにしたって警戒はするはずだよ。

最悪の場合、寝首を掻かれるかもしれないからね。

「だ、だってお客さんなんて久しぶりだったんだもん！　つい嬉しくなっちゃって……」

「はぁ……まあ、今は私たちがいるから大丈夫だと思うけどね」

この村程度の広さなら、血の匂いがする人間が入ってくればすぐに分かる。

そんなやつが来たらすぐに飛んで行って、とっ捕まえてやるさ。

そう思っていると、レベッカが少し難しい顔で聞いてくる。

「あの、フローズさんは損得勘定をしないこの村の人たちが不思議だって言ってますよね」

「……まあ、そうだね」

「それはおかしいですよ。だって、あなたたちの一番近くにいるエルだって同じじゃないですか。普通はわざわざ豊かな都会からこんな田舎にやってきません。五人で一緒なら、不便な田舎の暮らしでも楽しくやっていけると思ったんじゃないでしょうか？」

そう言われて、私はハッとした。

「……そうだね。いつの間にか私のほうが打算的な考え方に染まってたのかもしれない」

「えっと、気に障ったならごめんなさい」

「とんでもない！　レベッカは当然のことを言っただけだよ。都会の陰湿さに当てられて、私たちの心も少し暗くなってたんだ」

私は無意識に偏った目線で見ていたことを反省して、足が治ったら見舞いに来てくれた人たちにお返しに行こうと改めて思った。

「ありがとう、レベッカのおかげだよ」

「えぇ!?　わたしなんて何もしてないよ？」

「まぁね、でも、その自然体のレベッカだから気づかせてくれたんだと思う」

「うぅ……そう言われると少し恥ずかしいよ」

彼女はそう言うと、目を逸らして頬を掻く。

その姿を微笑ましく思いながら、今度は私から話しかけた。

「じゃあ、お返しと言ってはなんだけど、何かレベッカのほうから聞きたいこととかある？」

「え、私から？」

「そう。私たちって、あまり自分たちの身の上とか話さなかったでしょ？」

「うん、でも何か事情があるのかなって……」

控えめにそう言うレベッカを見て苦笑する。

本当に心優しいんだなと思うし、聡い子だから自分から切り出せなかったんだろうね。

「事情はあるけどね。でもレベッカになら話してもいいよ。エルンストの話とか、聞きたくない？」

「エルの!?　……き、聞きたい！」

エルンストのことと聞いて急に目を輝かせた少女が可愛らしくて、思わず口元が緩む。

「ははは、時間はたっぷりあるからね。まずは何から話そうか……」

私はそれから、レベッカにエルンストや自分たちのことについて話しはじめる。

とくにエルンストの話を聞いているときのレベッカは本当に夢中だった。

ちょっと鈍いところがあると自覚している私でも、彼への好意があると気付くくらいに。

だから、なかなか一歩を踏み出せないレベッカをつい後押ししたくなってしまった。

「……ねえレベッカ、エルンストのこと、好き？」

「えっ……ええっ!?　わたしは、その……どうだろう……エルのことは……恋愛対象としてってことだよね？　好き、なのかなぁ……まだはっきり言っていいのか分からないよ。初めてだもん」

彼女は少し自信なさげに俯く。

まあ、今まで近くに年の近い男がいなかったらしいし、無理もないね。

「自分の気持ちに整理がついたら、私に相談して。場は整えてあげるから」

「そんな……でも、本当に？」

「なに気にしてるの、私の言葉が信じられない？」

そう言って笑いかけると、彼女はようやく頷いた。

「うん、ありがとう。もう一度自分の気持ちと向き合ってみる」

そう言ったレベッカは、いつものような晴れやかな笑顔だった。

二十五話　クエレにご褒美

今日は怪我をしたフローズの代わりに俺が狩猟へ同行した。

と言っても、あまりすることはなかったな。

クエレが空から獲物を追い込み、待ち伏せしていたライムがスライムで捕獲する。

あるいはライムが獲物を脅かして、逃げていったところをクエレが仕留める。

とくにクエレはいつもより頑張っていて、フローズの不在を補うほどの仕事をしていた。

帰るころには、俺の目の前に解体された獲物がいくつも積み重なっていたほどだ。

家に帰るとラウネとフローズが出迎えてくれた。足の回復は順調らしい、本当に良かった。

「エルンスト、これなら明後日くらいから狩りに復帰できそうだよ」

「そうか、だがあまり無理するなよ？」

「はいはい、分かってる。回復しきるまで大人しくしてるよ」

俺の注意に対してそう答えたフローズ。

あの動きたがりが本当に分かってるか不安だったが、まあ良いだろう。

食事もすませ、風呂にも入った俺はクエレの部屋に向かっていた。

実は狩りからの帰り道に、今日の夜に暇かどうか聞かれたのだ。

通常、俺たちの間においてそれの意味することは一つしかない。

部屋の中に入ると、寝間着姿の彼女が出迎えてくれる。

「あ、エルンスト様……来てくださったんですね」

「もちろんだ。頑張ったクエレにはご褒美をあげないといけないからな」

そう言ってクエレの近くに行き、正面から遠慮なく抱きしめる。

彼女も両手を開いて俺の背に回し、ギュッと抱きついてきた。

「エルンスト様の体、温かいです……フローズが怪我しているときにこんなことをするのはどうかと思ったのですが……。フローズが自分の立場だったらあまり気にしないだろうと思ったので、お誘いしました。向こうも怪我が治った後に思い切り甘えるでしょうし」

「ふふ、まあそうかもしれないな。今のうちから精をつけとかないと」

そう言って笑ったが、クエレはすでに俺の腰に手を回していた。我慢できないようだ。

「んっ、久しぶりのエルンスト様です……」

ギュッと俺に抱きつき、胸に顔を埋めてくるクエレ。

俺は彼女の頭を撫で、そこから伸びる角にも触れる。

「クエレの角はいつ見ても綺麗だな、まるで彫刻みたいだ」

ツルツルとした手触りは心地いいが、尖った先端はどんな槍より硬く鋭い。

下手に触れれば指に穴が開いてしまいそうだったが、見る者を魅了する美しさがあった。

「はぁ、あん……危ないですから、先端は丸めてしまいましょうか？」

「ダメだ、綺麗なのにもったいない。それに、竜の角を削るなんて一苦労だからな」

そう言って唇の代わりに角へキスすると、そのままクエレをベッドへ押し倒す。

さらに服に手をかけ、彼女の肌を露にしていった。

「あぁ、エルンスト様。今度はわたしがお着物を……」

小さく笑みを浮かべたクエレが、そう言って服を脱がせてくる。

見た目の年齢にしては発育のよい胸を押し当ててくるので、自然と興奮が高まってしまった。

下着も脱がし、硬くなった肉棒を見ながらため息を漏らすクエレ。

「はぁ、すごく立派です……見ているだけで濡れてきてしまいますっ」

うっとりした表情でそう言うと、ベッドの上で四つん這いになり尻をこちらに向けてきた。

「エルンスト様に可愛がっていただけると思うだけで、我慢できなくなってしまいます。どうかお情けを！　もう、いつでも受け入れる準備はできていますからっ！」

「ずいぶん興奮してるな、……たしかに、もうここがトロトロだ」

そう言いながら一糸纏わぬ竜娘の背後をとり、尻に肉棒を押しつける。

「んぁっ、熱いぃ！　じ、焦らさないでくださいエルンスト様っ！」

少し待たせただけでもクエレの目には涙が浮かび、切なそうにお尻が揺れる。

その様子を見てさらに興奮を高めた俺は、限界まで硬くなっていた肉棒を膣内へ突き立てる。

「そう焦らなくても入れてやる……そらっ！」

俺は肉棒の位置を調節すると、一気に腰を前に進めていく。

「あぁっ、くるっ！　エルンスト様のが……ひうっ、あっ、ひゃうぅぅっ！」

充分に濡れたクエレの膣は、待ってましたとばかりに肉棒を咥えこんでくる。

まだ成長途中の膣内も俺の形に変わってきており、肉棒を優しく包み込んでいた。

「ふぁぁ、んあっ！　奥まで入って……わたしの中、エルンスト様でいっぱいぃ……」

幸せそうに蕩けた表情を見せるクエレに、こっちまで嬉しくなってくる。

「あぁ、ピッタリだな。これじゃ、もう俺以外が相手だと気持ちよくなれないな」

「いいです、それがいいんです！　わたしはエルンスト様専用の雌ドラゴンですからぁっ！」

俺は、喘ぐクエレの腰の辺りから生えている竜の尾に触れていた。

こちらもツルツルだが、鱗で覆われているので角と触感が違う。

「ひゃあっ、しっぽ!?　尻尾ダメですっ、セックスしながらナデナデしないでくらさいぃぃっ!!」

「嬉しいこと言ってくれるな。クエレは感じてるときにここを触られると、いいんだろう？」

「ひっ、ふっ、はひぃぃっ！　らめなんれすっ、なでられたら体の力が抜けちゃうから……ッ!!」

俺が竜の尾に沿って指を滑らせると、クエレの背筋がゾクゾクッと震えた。

「うっ、あうっ、一緒に腰まで動かしてっ!?　あっ、ああんっ！」

膣内と尻尾の同時責めをすると、面白いように喘ぎ声を上げるクエレ。

いつもは冷静で口数も少ないだけに、セックスのときの乱れようはかなり刺激的だ。

部屋の外にまで響くような嬌声を上げる。

とはいえ寝室は魔術で防音してあるので、めったなことでは漏れないけどな。

「そら、もっと激しくするぞ！」

クエレが乱れる姿に笑みを浮かべながら、細い腰をしっかり掴み腰を大きく動かす。

膣内から肉棒が引き出され、同時に愛液も零れ落ちる。

すかさずもう一度挿入し、中のヒダや奥の子宮口を刺激する。

「あぐっ、いちばん奥っ、卵の部屋までっ……ひうっ、ひゃうんっ！」

「ああ、全部入ってるぞ……クエレ、気持ちよさそうだな。翼までパタパタし始めてる」

俺の目の前では、尻尾に続く彼女の竜としての部分が刺激につられて揺れていた。

コウモリのようだが、より逞しい骨格で支えられている翼。

普段は折りたたまれて小さくなっているが、今は力が抜けているからかユラユラと動いている。

「んっ、はうっ、お見苦しいところを……」

「そんなことはない、この翼にはいつも世話になってるからな」

四人の中で空を飛べるのはクエレだけなので、狩りはもちろん移動や運搬のときも助かっている。

翼の先端から労《いた》わるように撫でると、クエレは力が抜けたようなため息を漏らす。

「はふぅぅっ、あひゅっ、んん！　そっちもそんなに優しく撫でちゃダメですぅ！」

「どうしてだ、気持ちよくなりすぎるからか？　だったら、もっと責めてやらなきゃなぁ」

尻込みしているようなクエレの言葉に、俺は愛撫を続けた。

翼の付け根のあたりまでしっかり可愛がりながら、腰の動きを速くする。

「ひっ、はぁはぁ、あん！　くふっ、激しいっ、ひゅううっ!!」

クエレは体に巡る快感を逃がすように嬌声を上げ、膣内を締めつけてくる。

一生懸命に快感へ対応している姿には愛らしさも感じ、さらに俺の興奮を引き出す。

そしてクエレの相手をしている内に、俺のほうも高まりつつあった。

腰の奥から熱いものが湧き出てくる感覚を味わいながら、クエレを責め続ける。

「ああっ、いいです！　……ぅる、きちゃうぅぅっ！」

「くっ、イけっ！　俺も中で出すぞ！」

クエレの膣内が大きく震え、肉棒を強く締めつけた。

「ああっ、イク！　イきます！　エルッ、エルンスト様ぁっ！　イっちゃううううぅぅうっ!!」

「ぐっ、ううっ！」

声を張り上げながら絶頂するクエレ。

俺はイっている彼女の中に射精した。

「あ、ああっ、はぁぁっ……エルンスト様の子種汁、温かい、です……」

クエレはうわごとのように呟き、そのままベッドに崩れ落ちる。

だがまあ、溜め込んだクエレがこの一回で満足することはないだろう。

俺はベッドに腰を下ろすと、彼女が回復するまで傍に付き添うのだった。

二十六話　レベッカの告白

数日を経て、フローズの足は完全に回復した。

ラウネが指導したリハビリのおかげで、治った後の違和感もないようだ。

今日は、今まで休んでいた分を取り戻すとばかりに張り切って狩猟に向かっていった。

「張り切りすぎて、処理できないほど獲物を獲ってこないといいんだけどな」

そう呟きながら、俺は目の前の紙を眺める。

これまで、暇を見付けては進めていた召喚魔術の研究がようやく終わりそうなのだ。

「これがあれば、召喚魔術もマイナーな魔術から脱却できるかな」

「へえ、じゃあわたしも魔術を使えるようになったりするのかな？」

突然声をかけられ、驚いて振り向く。

「誰だっ！　って、なんだ、レベッカか。驚かさないでくれよ……」

そこには見慣れた姿のレベッカがあり、安心して一息つく。

「ごめんね？　集中してたから、声をかけて大丈夫かなって、タイムミングを見てたんだよ」

「そうか、気を使わせてたみたいだな」

そう言うと、レベッカは首を横に振った。

「たいして待ってないから気にしなくていいよ！　それより、そろそろ夕食ができるからね」

「なに、もうそんな時間か……」

窓の外を見ると、確かに太陽がかなり傾いていた。

フローズたちも、もうすぐ帰ってくるだろう。

「分かった、こっちもキリがいいところだったからな」

ペンを置くと立ち上がり、レベッカの横を通り過ぎる。

そのとき、彼女に腕を掴まれた。

「……どうした、何か言いにくいことか？」

振り返って問いかけると、レベッカは難しい表情をして迷っている様子だった。

「いや、違うの！　実は後で話したいことがあって……食事の後で部屋に行っていいかな？」

「それは別に構わないが……大丈夫か。顔が赤いぞ？」

「き、気にしないで！　それじゃあ夕食の後でね！」

思い切った様子でそう言った彼女は、小走りで台所に向かっていった。

「……何を慌ててたんだ？」

俺は首を捻ったが思い当たることがなく、妙な違和感を覚えながら歩き出す。

その後はいつものように夕食を楽しみ、いつの間にかレベッカとの約束の時間になっていた。

俺が部屋で待っていると、控えめにノックする音が聞こえた。

「はい、どうぞ」

「お、おじゃまします……」

いつになく緊張した様子のレベッカが入ってきた。

俺は立ち上がり、彼女を柔らかいベッドへ座らせ、自身は向かい合うように椅子へ座った。

「約束どおり来てくれて嬉しいよ。それで、何か話があるのか？」

「えっと、あの……」

珍しくモジモジしてなかなか話題を切り出さないレベッカ。ますます怪しい。

「はぁ……今日はなんだかおかしいぞ。いつものレベッカじゃないみたいだ」

「わ、分かってるよ！　自分でもおかしいと思ってるもん！」

俺の言葉に少し大きめの声で答えるレベッカ。

どうやら少し混乱しているようだった。彼女がこんな状態になっているのは見たことがない。

風呂でかち合ってしまったときでさえ、もう少し冷静だった気がする。

「分かった、俺はゆっくり待ってるから落ち着いたら声をかけてくれ」

そう言ってひとまず視線を外そうとすると、少し俯いていたレベッカが顔を上げる。

先ほどと違い、その目はしっかり開かれていた。ちょっと怖いくらい強い意志の込もった目だ。

これから話すことがとても重要だと分かって、俺も姿勢を正す。

「うん、うん、ちょっと怖がりすぎてたかもね。エル相手ならどっちに転んでも大丈夫だよ……せっかくフローズさんに後押ししてもらったんだもん、ここで頑張らなきゃ……」

彼女は何か小さく自分に言い聞かせるようにそう言うと、俺のほうを見る。

「エル、今日は大事な話をしにきました」

「うん、……なんでしょうか」

真面目な様子のレベッカにつられ、いつの間にか俺も緊張していた。

固唾をのんで待っていると、レベッカの口が開く。

「わたしと、お付き合いしてもらえませんか？」

「お付き合い？　それって……」

一瞬なんの付き合いかと思ったが、レベッカの表情を見て悟った。

つまり、男女として付き合いたい。恋人になりたいってことだと。

ちょっと信じられなかったので、思わず聞き返してしまう。

「本当に俺と付き合うつもりなのか？　確かに、今この村には他に歳の近い男はいないが……」

村の中に限らなければ、近隣で相手はいくらでも探せるだろう。

なにせレベッカは美人だし、働き者なうえ料理も美味しいときている。引く手数多のはずだ。

村長だって、レベッカにちょうどいい相手がいないことは問題になることは分かっていたはずだし、人の良いあの老人が手を打っていない訳がない。

「俺は村の人たちに出身も明かさない余所者だし、女の子を四人も囲ってる。レベッカ相手だから話すが、王国を相手に身を隠さなきゃいけないこともやっていたんだ」

俺の所属していた王国の特務機関にも退職者はいるが、仕事の性質から国の秘密を多く知っている者が多いため、退職後も監視下に置かれる。とくに俺の場合は、まっとうに退職願いを出しても受理される可能性は低いので、逃げるように出てきたわけだ。

俺は自分たちの実情をすべて話した。彼女を信じて情報が漏れたなら、それでもいいと考えて。

「自分で言うのもあれだが、危険が多過ぎて、いい物件とは言い難いと思う」

俺の話を聞いているレベッカは無言だった。

さすがに政府の名前が出たときは驚いたようだったが、声一つ漏らさない。

すべてを聞き終わり、少し間が空いてから、ようやく話し始める。

「……そっか、いろいろ大変だったんだね、エルは」

「そうだな。自分でも少し無茶をやったと思ってるよ、でもあのままじゃ俺たちのためにならないと思った」

「ふふ、凄いな。やっぱりフローズさんたちとは信頼し合ってるんだね」

「レベッカにそう言われると恥ずかしいな……まあ、でもそうだよ。もう一度最初から召喚獣を集め直すなんてできない。レベッカと話しているときにこんなことを言うのは相応しくないかもしれないが、フローズたちはかけがえのない家族だ」

そう言って一息つくと、俺はレベッカに言う。

「万が一、ここまで聞いても気持ちが変わっていないなら……俺はレベッカと付き合いたい」

これだけの話を聞いても動じず、俺に好意を向けてくれるなら、その気持ちを無下にしたくないし、俺だってレベッカのことは好きだから。

「うん、もちろん！　わたしはエルのそういう芯の強いところも好きだよ。どんな過去があっても、今ここにいるエルは変わらないもん！」

そう言って笑顔を見せてくれるレベッカ。

「確かに初めは珍しいもの見たさの気持ちが強かったけど、料理しに来るようになってからいろいろなエルの姿が見えて、だんだん魅力に感じてたんだと思う。それもある人に指摘されなきゃ、はっきり自覚できなかったけど、今は言えるよ。わたしはエルが大好き」

その目尻には薄く涙が浮かんでいて、それを見た俺もようやく体から力が抜けた。

「あぁ、途中からめちゃくちゃ緊張した。今も心臓がドクドクしてるよ」

「ははは、わたしなんて最初からだよ！　今までの人生で一番不安だったもん！」

「あぁ、不安にさせてごめんな。でも、どうしても言っておかなきゃならなかったんだ」

俺は立ち上がると、座っていたレベッカも立たせて抱きしめた。

「俺を選んでくれて嬉しいよ、ありがとう」

「お礼を言われることじゃないよ、そのままのエルを好きになったんだもん……うぅ、改めて好きって言うと、ちょっと恥ずかしいね」

そう言って恥ずかしそうに笑う彼女の姿は、今までで一番可愛く思えた。

俺はもう一度レベッカを強く抱きしめる。

みんなにどう説明するかは大変だけど、今はレベッカとのふたりの時間を大切にしたかった。

二十七話　レベッカの準備

あれから数分が経ち、俺たちは少し落ち着いてベッドに座っていた。

「ねえエル、わたしたちって恋人になったんだよね」

「そうだな」

「なんだかあんまり変わらないというか、ちょっとあっけなかったね。あんなに緊張してたのに」

そう言って苦笑するレベッカ。

「元々レベッカはうちの家によく来てたし、ほとんど家族みたいなものだったからなぁ」

「うん、都会と違ってここじゃ村全体が家族だからね」

そう言う彼女は自然体だ。緊張からも解放されたようだった。

ただ、レベッカの言うとおり、恋人になった実感が薄いというのは確かだ。

いつの間にかもう、お互い同じ家にいることが当たり前の関係だったからな。

「……じゃあ、もう少し恋人らしいことをしてみるか」

「えっ……んむっ!?」

俺の言葉に反応してこっちを向いたレベッカ。無防備なその唇を容赦なく奪った。

突然キスされかなり驚いたようで、体を逃がそうとしていたが俺が腕を回して押さえる。

状況が呑み込めてくると抵抗も止み、目を閉じて俺に体をゆだねてきた。

「……突然して悪かった」

「んっ……大丈夫、ちょっと驚いただけだよ」

そう言うが、彼女の顔はかなり赤くなっている。

「わたしは今のがファーストキスだよ。貰われちゃったね、えへへ」

「俺のほうはファーストじゃないんだ、ごめんな」

「ううん、いいの。エルが貰ってくれて嬉しいから」

レベッカからの純粋な好意を感じて俺も嬉しくなる。

彼女の背に手を回し、抱き寄せながら問いかける。

「前にフローズも一緒にしたときは途中までだったが、今日は最後までしていいか？」

「いいよ、わたしもエルにしてほしい」

その答えを聞いた俺は、レベッカをベッドの上に引き込んだ。

そして服に手をかけようとするが、彼女に止められる。

「あっ、待って！　自分でやるよ、まだちょっと恥ずかしいから」

そう言って、俺の目を気にしながらも自分で服を脱いでいく。

シャツを脱ぐと、ポニーテールと共に発育のよい胸が大きく揺れた。

前に一度味わっているが、改めて見ても綺麗だ。

「もう、そんなに見られると恥ずかしいよ？」

「思わず夢中になるほど綺麗なんだ、見とれるのも許してほしい」

さらに恥ずかしくなったのか目を逸らしている。こんなことを言われた経験はないみたいだ。

思い切って下着まで脱ぎ、一糸纏わぬ姿になったレベッカ。

腕で大きな胸を隠そうとしているが、かえって押しつぶされた部分が強調されててエロい。

「前はレベッカにしてもらったからな、今日は俺に任せてくれ」

「うん、初めてだから優しくしてね？」

彼女の初めてという言葉に否応なく興奮させられ、同時にプレッシャーも感じた。

俺はレベッカを引き寄せると、あぐらを掻いて後ろから抱きしめるようにする。

「あう……」

「リラックスだ、安心して俺に任せてくれ。ちゃんと気持ちよくしてやる」

「う、うん。分かっ……ひうっ！」

俺がゆっくり乳房に触れると、レベッカが小さく悲鳴を上げる。

「ははは、いきなりリラックスと言っても無理か。まずは前にやったとこから慣らしていくぞ」

以前のことを思い出すと少し気恥ずかしいが、レベッカをリラックスさせるためだ。

片手をお腹に回しながら、もう片方の手で愛撫を続ける。

まずは持ち上げるようにゆっくり揉み、指先の動きで刺激していく。

「んぁ、これっ……くすぐったいのとピリピリって気持ちいいのが混ざってる」

「じきに、気持ちよさだけを感じられるようになる」

そう言いつつ、お腹に回していた手を太ももに移動させる。

見た目はスラッとしていながら、触るととても柔らかい。

ゆっくりと撫でながら、レベッカが快感に慣れるのを待つ。

「あっ、んっ、くふっ、あぁん！　はぁっ、はうっ、だんだん体が熱くなってくるっ」

それから数分も愛撫を続けると、レベッカの体に快感が巡り始めたようだ。

肌は薄く色づき始め、愛撫を重ねた乳房の乳首は硬くなっている。

「エル、これ凄いっ、経験したことないよっ！　胸がピリピリして、気持ちいのがいっぱいっ」

呼吸を乱し、熱い息を吐きながらそう言うレベッカ。

その声には明らかに悦びの色が混じっていて、彼女も快楽を受け入れているようだ。

「ああ、体が慣れてきたんだ。今度はもっと凄いのをいくぞ」

「もっと……？」

呆けているレベッカをよそに、俺は太ももに置いていた手をその付け根へ動かす。

すでに興奮している彼女に抵抗はなく、横座りになっていた脚が手ではしたなく開かれてしまう。

普段は活発なレベッカが、俺の手であられもない姿になっている光景に興奮する。

「さあ始めるぞ、気をしっかり持てよ」

俺の左手がレベッカの秘部に触れた。

「ひゃふ、んっ！　エル、そこは……」

「レベッカの大事なところだよな、分かってる。俺に任せてくれ」

「うん、エルならいいよ。それに、わたしもどんなふうになるのか少し興味が湧いてきた、ふふ」

蕩け気味の顔で笑みを浮かべるレベッカは、たまらないほどエロかった。

今すぐ犯してやりたくなる気持ちを抑え、愛撫を始めた。

秘部の縦線に沿って指を動かし、少しずつ刺激を与えていく。

「あぁ、やぅっ……わたしの恥ずかしいところ、エルに触られちゃってる！」

「奥からどんどん蜜が垂れてくるぞ、気持ちいいんだな」

レベッカの甘い声を聞きながら、徐々に性感帯を開発していく。

一度胸で慣らしたのが効いたのか、思ったよりもスムーズだった。

頃合いを見計らい、指を挿入し始める。

「ひっ……エル、中に？」

「ああ、俺の指が入ってる。感じるか？」

「う、うん。ちょっと怖いけど、凄く気持ちいい……」

俺に体重を預けながら、興奮した様子のレベッカ。

さらに両手を動かし、上下の性感帯を同時に責める。

右手で豊かな胸をこねくり回し、左手で膣内を慎重にマッサージした。

「はっ、あうっ！　んく、はぁはぁっ！」

「中の締めつけが激しくなってるぞ、そろそろイキそうだな？」

「ん、うん、イっちゃう。エルにイかされちゃうよっ！」

「我慢するな、そのままイかせてやる！」

レベッカを逃がさないように強く抱きしめると、指をギリギリまで入れて中を刺激した。

その途端に彼女が強い反応を示す。

「あうっ！　ああっ、イク、イっちゃう！」

「しっかり見ててやるからな、そのままイけ！」

次の瞬間、レベッカが全身を強張らせた。

「エル、エルッ！　くっ、イクゥゥ!!」

絶頂と共に彼女の全身が震えた。震えは数分間も続き、その間、快楽が彼女の体を支配する。

俺はそのまま絶頂の余韻に浸る彼女を抱きながら、この後のことに期待するのだった。

二十八話　レベッカとの初夜

「はぁ、はぁ、はぁ……」

俺の腕の中で絶頂したレベッカが大きく息をしている。

まだ余韻に浸っているようで、全体重を俺に預けたままだ。

そう重いものでもないし、女の子の柔らかさを堪能できると思えば得しかない。

「ん、うぅ……凄かったよエル、意識が飛んじゃうかと思った」

「失神するほどの快楽だと逆に辛いからな、少し休むか？」

「ううん、大丈夫。それに、エルもこんなになってたら辛いよね」

そう言いながら、少しお尻を動かすレベッカ。

すると、彼女のすぐ後ろにあった俺の肉棒が刺激される。

「……気づいてたか」

「当たり前だよ、おっぱい触ってるときから硬いのが押しつけられてたんだから」

そこまで言われると、もはや苦笑いするしかない。

「悪かったな。でも、こうなるのも仕方ないくらいレベッカが魅力的ってことだ」

俺はそう言うと、彼女の体を支えてベッドに仰向けで寝かせる。

「んっ……いよいよ、かな？」

「ああ、正直に言って、もう抑えきれない。いいよな？」

そう言いながら服を脱ぎ捨て、レベッカの上に覆いかぶさる。

この期に及んで断ることはないだろうと分かっていても、少しだけ不安だった。

「こうして見下ろされてると凄いドキドキする。エルのそんな目も初めて見たよ。これからわたし、食べられちゃうんだね……きて、わたしの初めてをエルに貰ってほしい」

「自分から檻の中に飛び込んできたのはレベッカだからな……」

俺は抑えきれない獣欲を滲ませながら、そう言ってレベッカの脚の間に割り込む。

そして、これ以上ないほど張り詰めた肉棒を、処女の濡れた秘部に宛がう。

「エルの凄く熱いよ……これが今からわたしの中に！」

「ああ、そうだよ。緊張してる？」

「してるよ、だってこれが初めてだもん。でも、エルなら経験豊富だから上手くやってくれるよね」

そう言って笑うレベッカに対し、俺は苦笑いだ。

「プレッシャーかけてくるなぁ……まあ、頑張るよ」

俺はゆっくりと腰を前に進め、挿入を始める。

初めてで固く閉ざされているはずの蜜壺だが、先ほどの愛撫でだいぶ解れているようだ。

体重をかけるようにして奥に押し込んでいくと、狭い穴の中をどんどん進んでいく。

たっぷりとあふれ出た愛液が肉棒に絡みつき、俺の興奮を煽る。

「んぁっ、おっきぃ……あぐっ、入ってきたよっ！」

「これがレベッカの中か、さすがにキツいなっ……けどすごく気持ちいいよ」

俺はその心地よさにため息を漏らした。

そして、彼女の腰を掴むともっと奥まで進んでいく。

「あぁ、どんどん入ってきてる……っ!?」

「ここまで……レベッカ、いくぞ！」

「う、うん。わたしも奥までエルで満たされたい！」

頷くレベッカを見て、一気に腰を前に進めた。

わずかに狭いところを突き破るような感覚がして、次の瞬間肉棒がズルリと奥まで咥え込まれる。

「あぐっ、くっ、ううううっ！　いっぱいっ、お腹の中いっぱいだよっ！　ぜんぶエルのでっ……」

レベッカは処女膜を突き破られた衝撃で目を瞑り、シーツを握りしめて痛みに耐える。

全身を強張らせているからか膣内の締めつけも強く、俺も下手に動かせない。

「ふぅ、はぁ、ふぅ……さすがにちょっと苦しいかな……」

「レベッカ、大丈夫か？」

「……うん、なんとかね。もう少しだけ休ませてくれる？」

「もちろんだ。悪いが俺は回復魔術が使えなくてな、痛みを取ってやることはできない」

「ううん、いいよ。もう二度とないことだから、痛くなくしちゃうのももったいないかなって」

そう言って気丈に笑うレベッカだったが、体内を切られるような痛みは相当なものだろう。

俺は彼女に覆いかぶさったまま、痛みが引くまで微動だにしなかった。

それからしばらく経ち、ようやく痛みも引いたようでレベッカの体から力が抜ける。

「んっ、はぁ……ありがとうエル、入れっぱなしして辛くなかった？」

「まさか、中で俺のがどうなってるか分かるだろう」

そう言うと彼女は苦笑いを浮かべた。

動かないといっても、俺もレベッカも完全に静止することなどできない。

呼吸するときや、身じろぎするときのわずかな動きで刺激が与えられ続けていたのだ。

「止まっててこれなんだから、腰を動かしたらどうなるのか怖いな」

「ふふ、でも動かしたいでしょ？　いいよ、始めてほしいな」

「分かった、遠慮しないぞ」

ここで気を使ったらレベッカも悲しむだろう。

俺は彼女の体の横に手を置くと、ゆっくり腰を動かし始める。

「んっ、んぐ、あう……大丈夫、もっと動いて」

肉棒が彼女の奥、これまで誰も入ったことがない場所まで侵入していく。

同時に聞こえるレベッカの嬌声も艶っぽい。どうやら痛みはそう長引いていないようだ。

「んぐ、ちょっと苦しいかも……でも、エルに奥までいっぱいにされてるのが分かって嬉しいよ」

「ああ、俺もだ。油断すると自分が抑えられなくなりそうだよ」

なんとかセーブしているが、抑えがなくなれば思い切り犯してしまいそうだ。

「ふふ、分かるよ、エルの目つきが見たことないくらい鋭くなってる。わたしの一番大切だったものを食べても満足せずに、もっと寄越せって言ってるみたい」

いつも快活な彼女が見せる艶っぽい声と表情に、思わず息をのむ。

「おい、あんまり煽るようなこと言うなよ、抑えられなくなる」

そう言いながらも、俺は自分が興奮と不安で半ば暴走状態だと感じていた。

何しろ、初めて人間の女の子を相手しているのだ。フローズたちは、一見細身な部分も触ってみるとしっかりしているが、レベッカの体は力を込めただけで折れてしまうのではないかと不安になる。そんな俺の内心を悟ったのか、レベッカは首に手を回して言った。

「そんなに不安がらないで、大丈夫だよ。それより、もっとエルを感じさせて」

「レベッカ……そうだな、しっかり最後までやってやる！」

彼女の言葉で吹っ切れた俺は、いつものように腰を動かして膣内を犯し始める。

「ひゃうっ!?　いきなり激しくっ!?　あぎゅっ、くぅぅぅっ！」

今までより強く深くまで突かれ、レベッカが悲鳴を上げた。

俺はそれに構わず彼女を責め続ける。

「ひゅっ、ああっ、んぐぅっ！　ひはっ、はぁぁっ！　わたし、だんだん気持ち良くなってきちゃうっ！　こんなに激しく犯されてるのにっ……ひぁっ、あんっ！」

両手はギュッと握られ、腕にも力が入っている。

予想以上の快感に戸惑っているようだ。

「そのまま俺に身を任せてくれ。とびっきり気持ちいいところまで連れてってやる！」

そう言うと、レベッカの腰を掴んで容赦なく突き動かす。

その衝撃で豊満な胸が大きく揺れ、彼女の目には涙が浮かんだ。

「あうっ、ひぃぃぃぃぃいっ!?　あそこっ、熱いよぉっ！　気持いいの止まらないのっ！」

もう我慢できないほど気持ちいいのか、部屋の中に響くほど大きな声で喘ぐレベッカ。

腰を動かすとすぐに嬌声があがり、その度に俺は興奮を抑えるために奥歯を噛みしめた。

「あぁ、ほんとに最高だよ。まさかレベッカとこうなれるなんて思いもしてなかった……」

優しく、純粋で、存分に陽の光を浴びたような少女。

それが今、俺の下でだらしない蕩け顔を晒しながら快楽に喘いでいる。

ただでさえ興奮しているところに征服感と達成感が押し寄せ、今にもはち切れそうだ。

「どうだっ、これくらい激しいほうが気持ちいいんじゃないのかっ!?」

俺は興奮を力に変え、レベッカの体を押さえつけるようにしながら腰を振った。

「あぐっ、あはぁっ！　きっ、気持ちいいよエルッ！　こんなの感じたことないっ、体の一番奥から熱いのがどんどん湧いてくるのっ！　うきゅっ、またっ……いっ、きゅううううっ!!」

肉棒でずんずんと奥を突くたびにレベッカの悲鳴が漏れ、それが俺をさらに興奮させる。

興奮は俺たちの間で際限なく高まっていき、やがて頂点に達する。

思い切り体をぶつけるようにしながら犯していると、レベッカが俺の腕を掴んだ。

「ひっ、ダメ、ダメダメッ！　これイっちゃう、イっちゃうからぁ！」

「ああ、そのままイけ。俺も一緒だ」

愛撫のときからさんざん堪えていて、こっちもいい加減限界だった。

レベッカの中を押し広げるように犯しながら、絶頂へ押し上げていく。

「イクッ、あうっ！　ひゅう、ああん！　エルもわたしといっしょにぃっ！」

「くっ、いくぞレベッカ！　全部中に出すからなっ！　受け止めてくれっ！」

最後の瞬間、俺はレベッカを大きく突き上げながら堪えていたものを解き放った。

「あひゅううううっ！　あつっ、熱いよぉっ！　お腹の中全部エルで埋まっちゃう……ひぃっ……イクッ、イックゥゥウウウウ!!」

レベッカの全身が絶頂に硬直し、後ろに回された手は思い切り抱きしめてくる。

俺は彼女を安心させるように抱き返しながら、そのままベッドに横になった。

「んっ、はぁはぁ……体が溶けちゃうかと思ったぁ……でも、これでエルと一緒になれたんだよね」

「そうだな、一線を越えたとも言える。今さら後戻りはできないよ」

「ふふ、ちゃんと責任とってもらわないと泣いちゃうからね」

「レベッカを泣かせたらフローズたちや村中の人からも石を投げられそうだ、肝に銘じておくよ」

隣り合い、見つめ合いながら笑う俺たち。

こうして、俺とレベッカの関係は進展していったのだった。

二十九話　日常の独白

レベッカと正式に恋人になってからというもの、俺の暮らしはいつにも増して好調だ。

フローズたちも、彼女を我が家の一員として迎えることは歓迎している。

自分としてはレベッカとの関係はまだまだ発展途上だと思っていたけど、どうやら召喚獣たちにとっては、俺とレベッカが一緒になるのは大歓迎だったらしい。

曰く「レベッカほどいい相手はいないから強引にでもくっつけてやる」とか「年頃の女の子がほとんど毎日家に来てたら、まあこうなるわよね」とか「レベッカの料理が毎日食べられるならそれ以上の幸せはありません」とか「新しく家族を迎えるのは初めてなので嬉しいのです！」とか。

まるで、もう俺たちが婚約したかというほどの受け入れっぷりだ。

翌日にはどこからか話が漏れ、村の人たちにも話が広まってしまった。

こちらもやはり歓迎ムードで、中には式の予定まで尋ねてくる相手がいる始末。俺とレベッカは顔を合わせて困り顔になってしまったが、お互いに否定するようなことは言わなかった。

これで俺たちと村側の、完全には縮まりきらなかった最後の隙間が埋まったようで嬉しい。

というか、レベッカを後押ししたのがフローズだと聞いて心底驚いた。

まさか恋愛相談までこなせるとは思ってもいなかったのだ。

「村長も歓迎してくれたし、一安心だな。どこから聞きつけたのか、村の人たちがお祝いにやって来たときは驚いたが……」

人の口には戸が立てられない上、この狭い村では噂が広がるのもあっという間ということだろう。

ここに来た頃の俺なら気恥ずかしさでまいっていただろうが、最近は付き合い方にも慣れてきた。

村人を信用して魔術師という素性も明かし、今は村の道具屋みたいな立ち位置になっている。

村には鍛冶屋がいなかったので、農具などが壊れたら新しいものを取り寄せるしかなかったのだ。

そこで、俺が魔術を使ってそういった道具の修理や、ときには新しい道具を作ったりする。

「さて、これで頼まれていたものは終わりか。まあまあ慣れてきたかな」

俺は鍋の底の穴がしっかり塞がっているのを確認すると、召喚していたサラマンダーの炎を消す。

修理したものを並べていると、作業場の扉が開いてライムが入ってくる。

「ご主人さま！　もうすぐごはんができるのですよ！」

「ああ、ありがとう。すぐに行く」

俺は道具を片付け、彼女と一緒にリビングに向かう。

テーブルにはフローズとクエレが座っており、料理の到着を今か今かと待っていた。

「ふたりとも、今日の成果はどうだった？」

そう問いかけると、ふたりは自身満々に答える。

「もちろんバッチリだよ。ねえクエレ？」

「はい、今日は大物の猪が獲れました。大人四人分の重さはあります」

「じゃあ今度村長の家に持って行って鍋にでもしてもらうか。たまにはもっと大勢で食事したいし」

そうして談笑していると、台所からレベッカとラウネによって料理が運ばれてくる。

「エルくん、テーブルの場所をあけてくれる？」

「ああ、分かった。お前たち、お待ちかねの料理の到着だぞ」

俺が布巾やコップを退かすとマットが敷かれ、その上に熱々のシチューが入った鍋が置かれる。

「ふわぁぁ、いい匂い、美味しそうなのです！」

「今日のシチューはいつもとちょっと違うよ、エルが保存してくれてた魚で作った魚介ベースのシチューだからね！」

「む、魚は大好物です」

食いしん坊ふたり組の片割れが好物に反応し、さっそく自分の深皿へシチューをよそい始めた。

「うかうかしてると全部クエレに食べられちまいそうだな、じゃあいただくよ」

「たくさん食べね、お代わりもあるから」

俺もレベッカからおたまを受け取り、自分の皿にシチューをよそう。

食事中も食卓は話し声や笑い声が絶えず、腹だけでなく心まで満たされた気分だった。以前のままでは絶対に手に入れられなかっただろう団欒に、この村に来て本当に良かったと再び実感した。

レベッカという新しい家族も迎え、俺たちの生活はまさに絶頂期を迎えていたのだった。

◆ ◆

美味しい、とても美味しい。

自分の皿によそったシチューを口に運び、その度に舌が感動に打ち震えてしまいます。

王都で食べた料理も美味でしたが、やっぱり今の食事のほうが美味しいし楽しいです。

気兼ねなく話せる人たちで食卓を囲んでいるからでしょうか。

かといって、わたしは王都の生活も悪いとは思っていませんでした。お城の中にいれば住民と会うこともないですし。

でも、この村の人たちとお話しをするときは、今までにないくらいの充実を感じています。

少し前にエルンスト様のお願いで、商店まで買い物に行ったときのことを思い起こしました。

わたしは亜人ということになっていたので、とくに竜の角を隠すこともなく、商店まで飛んでい

きました。これだけでも少し感動したくらいです。

商店に着いたあとは、そのまま買い物です。

ですが、問題が起こりました。そこの店主に絡まれてしまったのです。

「おおっ、クエレちゃんか！　君が来るのは珍しいな」

店主はわたしに気づくと、ニコニコしながら近寄ってきました。

「いやー、相変わらず綺麗な翼だねえ。それで飛んできたんだろう？」

「は、はい……」

次から次へと話を振ってくる店主に混乱し、わたしは相槌をうつことしかできません。

悪意がないのは知っていますが、今までの人生で人間から話しかけられる経験などほとんどありませんでした。

前に王都で話していたのも、エルンスト様と、彼の上司だというトローペ公爵という男性、あとは顔も覚えていない数人だけ。

それがこの村に来て一気に交流が増えたのです。私にとってはかなりの衝撃でした。

他の召喚獣、とくにフローズは村人と積極的に交流していたようですが、わたしは元々人とコミュニケーションをとるのが苦手ですから。

「おっと、いきなり詰め寄って悪かったたな。ここに来たってことは何か入用なんだろう？」

そう言われて、わたしはようやく本来の目的を思い出しました。

「あの、釘はありますか？」

「釘ならあるよ。エルンストがなにか作るのか？」

店主は棚をゴソゴソと漁りながら、そう聞いてきました。

「詳しいことは分かりませんが、井戸の水を汲みやすくするとか……」

「ほう、そりゃいい！　あの深い井戸へバケツを行ったり来たりさせるのは面倒だからな。とくに女子供には重労働だ。最近はエルンストにいろんな物を作ってもらってるみたいで、村全体が助かってるよ！　今度来たときにはサービスしてやらないとな」

「いえ、エルンスト様もこの村の人たちには助けられているから、と言っていました」

重労働が簡略化されると聞いて、我がことのように嬉しそうに語る店主。

彼は独り身のようですが、それでも女性や子供たちを気遣うのはこの村全体が家族だという認識だからでしょう。

最初はこの無償の親愛を持つ村人たちに驚いていましたが、エルンスト様に「自分たちと同じだ」と言われて気づきました。

わたしもラウネやライムに良いことがあれば、嬉しいですし。

でも、それを村単位でなんて、やはり信頼し合わなければ無理でしょう。

おそらく、何世代もこういった信頼を積み重ねてきたからこそ、今この村があるのだと思います。

そうこう考えている内に、店主が品物を用意してくれました。

「はい、釘だよ。このサイズで五十本あるから足りるだろう」

「ありがとうございます。お金はこれで」

「おう、他にも必要な物があったらいつでも来な！」

わざわざ手を振って見送る店主に、控えめに手を振り返しました。

途端に店主の顔が笑顔になったので、なんだか気恥ずかしくなって速足でその場を去ります。

今思えばその場で飛んでいればよかったのに、やはり羞恥心で混乱していたのでしょう。

それから家に帰るまでに、いろいろな村人に呼び止められては話をしました。

気づいたときにはかなり時間がかかってしまって、急いで飛んで帰りました。

「エルンスト様。すみません、遅れました」

「いや、急ぎでないからいいさ……ん？　あぁ、村の人たちと話してきたな」

そう言って笑みを浮かべるエルンスト様。

その理由は私が両手に持ついくつもの袋でした。すべてお土産としてもらってしまったものです。

「はい、そのとおりです」

「ははは、とくにおばあさん連中は何か持たせてやらないと、気がすまない人ばかりだからなぁ。どうだった、結構疲れたか？」

「少し。でも、悪くはありませんでした」

「そうかそうか、なら行かせた甲斐があった。また頼めるか？」

「……はい」


こうして、狩り以外には出不精だったわたしも、少しずつ村の空気に馴染んでいきました。

他にもいくつか思い出せることはあるのですが、丁度お皿のシチューが空になってしまいました。

再びシチューをお皿いっぱいによそい、今はそれを食べることに集中するとします。

三十話　ラウネの悪戯

レベッカとラウネが腕によりをかけたシチューを平らげたあと、全員で片付けをした。

その後は順番に風呂へ入り、寝るまでの時間を思い思いに過ごす。

今はライムとレベッカが風呂に入っていて、フローズは食べすぎたと自分の部屋で横になっているところだ。俺はリビングでソファーに座り、王都の倉庫から召喚した小説を読んでいた。

隣ではクエレが座りながら寝息を立てている。こいつもよく食べていたからな。

「ふぅ、この本を読むのも三回目か。そろそろ新しいやつが欲しいな」

と言っても、こんな田舎に本屋があるはずがない。商店には実用品ばかりで娯楽品は少ないしな。

「あら、何か悩みごと？」

そんなとき、ラウネが飲み物を持ってやってきた。

三人分用意されているが、クエレはこのまま寝かせておいたほうが良さそうだ。

「ああ、ありがとう。これから先、商店で手に入らない物をどうやって入手しようかと思ってな」

「難しい顔してるわねぇ」

「そんな顔にもなるさ、死活問題だからな。王都にある倉庫の中身もいつかは品切れする」

とはいっても、大きな町まで買い出しに行けば、俺の所在がバレてしまう可能性が高い。

ひとまず考えるのを諦め、本をテーブルに置いてソファーに身を沈める。

そんな俺を見てか、ラウネが妖艶な笑みを浮かべた。

「ふぅん、じゃあ私がお疲れのエルくんを癒してあげようかしら？」

そう言うと、彼女は自分の体に巻きついている蔓を俺のほうに伸ばしてきた。

「お、おい。ラウネ!?」

「ふふ、危ない、逃げちゃダメよ。それに、あんまりうるさくするとクエレが起きちゃうわ」

ラウネが伸ばした蔓は瞬く間に俺の足に絡みつき、動きを封じる。

一本一本は指の太さ程度で細く見えるが、見た目以上に頑丈で力強い。

実はラウネも、全力ならフローズと綱引きが出来るくらいのパワーがあるのだ。

「捕まえた、もう逃げられないわよ？」

すでに俺の下半身は何本もの蔓で完全に拘束されてしまっている。

身じろぎする程度の余裕はあるが、脱出は不可能だった。

「……それで、ここからどうする気だ？」

「今日はちょっと趣向を凝らそうと思うの。たまには変わったプレイも試してみたいじゃない」

笑みを浮かべながらラウネが蔓を動かす。

狙いは案の定というか、俺のズボンだった。

「おい、この状態でどうやって……ぐっ！」

細い蔓は隙間からズボンの中に入り込み、俺のものに絡みつく。

他にも上から下から、数本の蔓がズボンの中に侵入してきた。

「ちょっ、くぅ！　ラウネッ！」

「はいはい、後で謝るわよ。でも、今は楽しんじゃいましょう？」

俺が恨みがましい目で見つめても、一向に止める気配はない。

魔術を使えば逃げられるが、隣のクエレが魔力に反応して起きてしまうだろう。

こんな状態を見られるわけにもいかず、結局ラウネにされるがままだ。

「あら、エルくんのおちんちん大きくなってきたわよ。蔓での愛撫が気に入ったのかしら」

「うっ、ぐ……っ！」

嬉しそうに笑いながら、蔓の動きを強めるラウネ。

前にもやられたことがあるが、ラウネの蔓はとても肌触りがよい。

彼女の繊細な操作も合わさって、愛撫として成立してしまうのだ。

普通の行為なら相手に反撃することも出来るが、今回のような状況ではそれも叶わない。

つまり、俺はラウネから一方的に責められる立場にある。

「くっ、ふぅっ……なかなかあくどいことを考えついたじゃないか？」

「ふふ、食事中でもよかったと思うんだけど、さすがにリスキーすぎたから止めたわ。隣でクエレが寝てるくらいがちょうどいい刺激じゃない？」

そう言われ、俺はもう一度クエレのほうを見る。

今は気持ちよさそうに寝ているが、いつ起きるとも限らない。

しかも、無防備なクエレは服が少し乱れて胸元がのぞいていた。

まだあどけなさの残る顔に比べて大きな乳房。そのギャップに否応なく興奮させられる。

「……っ！」

「あら、どこ見てるの？　あぁ、クエレったら家の中だと結構無防備だものねぇ」

どうやらラウネも俺の目線に気づいたらしい。

彼女から新しく蔓が数本伸びてきて、クエレに迫る。

「おい、何を……」

「反撃できないエルくんが可哀そうだから、ちょっとサービスよ」

伸びてきた蔓が数本クエレに巻きつく。

そして、彼女を起こさないように慎重に服の胸元の服をズラし始めた。

クエレの白い肌と、発育のよい胸が作り出す谷間が見える。

「ラウネ、お前な……どうやったらこんなこと考えつくんだよ」

「服を着ていても、こういう趣向を凝らせば楽しめるでしょう。何なら、私もやってあげましょうか、こんなふうに」

そう言いながら大胆に足を組むラウネ。

思わず艶めかしい足の動きと、その奥に何か見えることを期待して目で追ってしまう。

「エルくん、視線でどこを見てるか丸わかりよ？」

彼女の嬉しそうな声に俺は抗う術を持たない。

そして、ラウネの操る蔓はなおも俺の肉棒をしごいてきた。

ズボンの股間は大きく盛り上がり、ズルズルと蔓が動いている場所が浮き上がっている。

「どんどん大きくなってきてる、蔓から伝わる感触だけで濡れてきちゃいそう……ああ、心配しなくていいわよ。もし中で漏らして出しちゃっても、私が受け止めてあげるから」

「……これまでで一番最悪だ」

愛撫されるだけではなく、我慢できなかった場合の後処理までされるとは。

思わず頭を抱えてしまいそうになるが、それでもラウネの蔓コキは止む気配がない。

「ふぅ……」

俺はなるべき耐えようと心頭滅却していたが、それを見たラウネがもう一手しかけてきた。

「頑張ってるわねぇ。じゃあ、もう一段階サービスしてあげる」

「なっ……待てクエレが！」

俺が止める前に、ラウネはクエレに巻きつけた蔓を動かした。

すると、隣で座っていたクエレが俺に寄りかかる形になる。

その衝撃で彼女の目が少し開いた。

「んっ……んぅ、エルンスト様？」

「いや、何でもない。心配するな、そのままで大丈夫だからな」

「むにゃ、はい……すぅ」

寝ぼけていたのか、俺の言うとおり再び目を閉じるクエレ。

だが、その一瞬で寿命が一縮んだかと思った。この状況がバレれば、俺の心はズタズタだ。

いくら普段から体を重ねているといっても、こんな情けない姿を見られるとさすがに傷つく。

けれど、そうなる危険を考えても、ラウネに与えられる快感を抑えきることは出来なかった。

「うふふっ、凄いビクンビクンしてるわ、もう限界ね。ほら、その位置からならもっとよく谷間が見えるでしょ？　もしかしたら乳首まで見えちゃってるかしら？」

ラウネの言うとおり、もう限界は近い。

クエレの白い谷間と、息をするたびに見え隠れしている桜色のその先端。

蔦の直接的な刺激と合わさって、今にも爆発しそうだ。

「ふふ、ここまで頑張ったエルくんにはご最後にスペシャルプレゼントをあげる」

「なに……？」

呆然としている俺の腕に蔓が数本巻きついた。

そして、抵抗する間もなくクエレの体を抱かせるように動く。先にあるのは今まで見ていた美巨乳だ。指一本一本まで操作され、そのまま彼女の胸の感触を味わってしまう。

そこで限界だった。

「うっ、ぐふっ!!」

声を押し殺しながら、ラウネの蔓に精を絞りだされる。

発射した精液は、いつの間にか蔓の先に出来ていた袋状の葉っぱに受け止められた。

「ほらほら、寝ているクエレのおっぱいで興奮した精液、最後まで私の葉っぱに出しちゃいなさい！」

屈辱的な命令だが、興奮した体は忠実に従った。気づけば、蔓に誘導されることもなくクエレの乳房を揉んでしまっている。

さらに生まれた背徳感で、俺はしばらく立ち上がれないほどの快感を味わわされるのだった。

三十一話　怒ったエルンストの反撃

その後、なんとかクエレを起こさずにすんだ俺は乱れた服を元に戻す。

クエレのほうも元の位置に戻し、なんとかひと段落だ。

ラウネの蔓は、いつの間にかすべて引っ込められている。

もちろん、俺が吐き出した精液を収めたあの袋もだ。

嫌な予感がしてラウネを見てみると、案の定恍惚とした表情をしていた。

「んー、美味しい。久しぶりに植物の部分で吸収してみたけど、これもいいわねぇ」

どこの部分からは知らないが、精液を摂取しているらしい。

「こっちは寿命が縮んだ気分だよ、本当にな！」

一対一ならまだしも、クエレを巻き込んだのは危なかった。

もしバレていれば、俺はそうそう立ち直れない傷を心に負っていただろう。

「ええ、でもエルくんも結構楽しんでたじゃない？」

「それは仕方ない。あんなに刺激に溢れた状況で興奮しなかったら鈍感にもほどがある」

「あら、開き直っちゃった」

口元に手を当てて笑うラウネ。その姿に怒りが湧いてくる。

ソファーから立ち上がると、そのまま彼女の腕を掴んだ。

「ずいぶんと好き勝手にやってくれたな」

「私は、エルくんに気持ちよくなってもらいたくてやっただけよ？」

「だとしても、今回はお仕置きが必要だ」

ラウネを引き寄せて真正面からそう言い放つ。

「んっ……そんな目で見られるとゾクゾクしちゃうわ」

「この変態召喚獣め……お仕置きは少しキツめにしないとダメみたいだな！」

頬を赤く染め、目に情欲の光を灯すラウネ。

俺はそのまま彼女の腕を引っ張って寝室へ向かった。

部屋に入ると中から鍵をかけ、ラウネをベッドに押し倒す。

「あんっ！　乱暴なのは嫌よ？」

「さっきまで人をさんざん責めておいてよく言うな」

俺は容赦なく脱がそうとしたが、ラウネの服は植物と絡み合っていて簡単には脱がせられない。

そこで、隙間から手を差し込み秘部を責め始める。

「あうっ、ちょっといきなり！　あっ、あうぅぅ！」

「やっぱり俺を責めながら濡らしてたな変態め、こうしてやる！」

指を二本そろえると、そのまま一気に挿入して膣内をかき回す。

いきなりの激しい刺激に膣内が震え、ラウネは大きな嬌声を上げた。

「ダメッ、そんなに乱暴にされたら、すぐイっちゃうから！　ひぐっ、あっ、ひゃあああっ!!」

激しい快感が彼女の中で暴れまわり、それによって体を覆っていた植物からも力が抜けていく。

その隙にラウネを丸裸にすると、俺は彼女と入れ替わるようにしてベッドに座った。

「んあっ、こんなに手際がよくなっちゃって……最初は初々しくて可愛かったのに」

「そりゃあ、やられっぱなしだと主として顔が立たないからな」

「もう少し私に甘えてくれてもいいのよ？」

ラウネは俺の腰に足を絡め、耳元でささやくように言う。

そして、対面座位の格好になると、そのまま自分で俺のものを咥えこんだ。

「つあぁん！　なんだかんだ言って、こっちもまた硬くなってるじゃない？」

「うっ……さっきだって言っただろう、刺激に溢れた状況で興奮を抑えられるわけがない」

わざわざ挑発の言葉をかけてくる彼女にそう返し、俺も相手の尻に手を回す。

これでそう簡単には離れられない。

ラウネもそれを理解しているのか、肉棒を収めた膣内を蠢かせた。

「うふふ、まずは私のほうから動いちゃおうかしら」

そう言うと、俺よりも先に腰を動かし始めるラウネ。

緩やかにだが、しっかりと俺を抱くようにして肉棒をしごき始める。

「あんっ、んんっ！　動く度にエルくんのが奥を突き上げてるわっ！　これいいのぉ！」

「うっ、むがっ、むぐぐ！　待てっ、息が……ふぐっ！」

ラウネが大きく動くことで、召喚獣たちの中でも最大を誇る爆乳が揺れる。

顔ほどもあるそれは胸板で押しつぶされていたが、ラウネの動きによってズレ、俺の顔に押しつけられる。柔らかい感触が顔全体に広がり、まるで天国のようだった。

「はぁはぁ、エルくんたら私の胸で溺れちゃって。でも、こういうところは可愛いままね」

興奮しながらも嬉しそうに笑ったラウネが行為を続ける。

だが、俺だっていつまでもやられっぱなしじゃない。

腰に力を入れるとラウネを下から突き上げた。

「あうっ!? エルくん、また動いて……っあぁ！」

膣奥まで一気に突き上げるとラウネの表情が蕩ける。

目からは鋭さがなくなり、俺の背に回している腕からも力が抜け始めた。

「激しく動かしちゃダメよ、気持ちよくなりすぎちゃうからっ！」

「ラウネは、快感で動けないくらいがちょうどいいだろ！」

彼女の悲鳴も聞き流し、俺は責め続ける。

一度深く突き入れると、そのまま先端で子宮口をすり潰すように動かす。

すると彼女は俺の頭を自分の胸に押しつけ、腰を震わせる。

「あくっ、はぁっ、くひゃう！ ダメよ、もういっぱいなの！ 一番奥まで埋まっちゃってるわ！」

「へえ、じゃあこのまま責め続けろってことだな！」

先ほどとは逆に、今度は俺が笑みを浮かべる。

それを見たラウネの顔は引きつった。

「ま、待ってエルく……んぎぃぃぃぃぃ！ ダメッ、気持ち良すぎて頭の中が蕩けるぅぅ！」

突如ラウネの全身が震え、膣内が動揺で蠢いた。

「くっ、派手に動くな……だが、まだまだ！」

俺は先ほどリビングで一度してやられたばかりだ、ラウネより先にイクことはない。

「あう、エルくんっ！」

「大人しくしてろ、このままイかせてやる！」

「やっぱりさっきのまだ怒ってるっ……ひゃひぃぃ!! はうっ、あっ、うあぁぁぁぁっ!!」

ラウネの感じるポイント目がけて、思い切り突き上げる。

さっきの子宮口責めも気に入ったようなので、念入りに先端で押しつぶすように刺激した。

「ああっ、おく、奥がグリグリされてるっ！ もう無理よ、我慢できないっ!!」

ラウネの呼吸は乱れ、体からは汗が噴き出している。限界なのは明らかだった。

「そのままイっちまえ！ 今度はラウネがだらしない顔を見せる番だ！」

そう叫び、彼女の奥へ思い切り肉棒を突き込んだ。

「いうぅっ!? あっ、あひいいいいぃぃっ！ イクッ、イッグウウウウゥゥゥゥッ!!」

俺に全身を預けながら絶頂するラウネ。

膣内はビクビクと震え、耳元では余裕のない叫び声が聞こえた。

「はぁっ、はぁっ、あくぅぅ……」

「一度イったからって安心するなよ、俺が満足するまで付き合わせるからな！」

「えっ、いや、待って！ もうイってるから……ひゅぐっ！」

俺はそのまま、興奮をラウネにぶつけるようにしながら腰を動かす。

服の上からでも視線を釘付けにする胸や尻を生で揉みまくり、自分の性感を高めていった。

「も、もうイってるのに、またイっちゃうわ！ エルくん、許してっ！」

「ダメだ、最後まで付き合え！　くっ、出るぞ、受け止めろ！」

逃げようとするラウネを抱きしめ、俺はそのまま欲望を彼女の中にぶちまける。

「やっ、あっ、あぁぁっ！　熱いっ、熱いのきてる！　中出しされてまたイっちゃうううっ‼」

射精を受け止め、ラウネは二度目の絶頂に至った。

さっきまで俺を責めていた表情はどこにもなく、蕩けきった顔に満足する。

俺は痙攣するように震える彼女の体を抱きしめ、全身の柔らかさを堪能しながら最後まで精を吐き出し続けたのだった。

三十二話　レベッカの災難

思い切ってエルに告白してから、わたしの日々は劇的に変わった。

それまで家では独りぼっちだったけど、今は五人もの家族と一緒に暮らしている。

フローズさんとラウネさん、クエレちゃんとライムちゃん、それと……こ、恋人のエル。

一気に賑やかになった暮らしは、小さい頃に両親が死んでしまったわたしには新鮮だった。

もちろん村の人たちだって家族だけど、一つ屋根の下、ときには同じベッドで並んで寝るなんて今まではなかったことだもん。

新しい家族ができたことを天国のお父さんとお母さんに感謝しながら、今日も村へ働きに出る。

「おはようお爺さん、今日は野菜の収穫だよね」

「おぉ、レベッカか。いつも悪いのう」

「何言ってるの、昔はお爺さんにもよく面倒みてもらってたじゃない！」

わたしは納屋から農具を取り出すと、お爺さんと一緒に野菜の収穫をする。

「よいしょ、よいしょ……あれ、お爺さんその荷車は？」

収穫していると、お爺さんが立派な一輪の荷車を使っていることに気づく。

「これか、この前エルンスト君が作ってくれた手押し車じゃよ。腰が楽で助かっとるわい！」

「へえ、確かに使いやすそうだね！　車輪が一つでもバランスが取れるんだ……」

「はっはっは、あまりに便利すぎるから、彼に頼り切りにならないようにせんとな！」

お爺さんは笑顔でそう言うと再び作業に戻った。

こうやってエルのことを褒めてもらえると、自分のことのように嬉しい。

それからお爺さんと協力して収穫を続け、ちょうど太陽が真上に来たタイミングでひと段落する。

そのままお爺さんの家に行き、お婆さんが用意してくれた昼ご飯をご馳走になった。

お腹いっぱいになった後、そのまま休憩していると何人かの子供たちが走ってきた。

「婆ちゃん！　冷えた野菜ある!?」

「あぁ、裏にあるよ。好きに食べてきな」

この子たちは血の繋がった家族じゃないけど、村の老人たちにとって子供はみんな自分の孫みたいなものだ。子供たちだって、自分の家のように上がり込んでくる。

「よっしゃ！　あ、今日はレベッカもいる！」

「ほんとだ、魔術師の兄ちゃんとラブラブのレベッカだ！」

うっ、子供たちの矛先がわたしに向いちゃった。

「こらぁ！　大人をからかうな！」

「げえっ、レベッカの顔が赤くなってるぞ！　火を噴く前に逃げるぞ！」

「逃げろ逃げろ！　野菜を丸焼きにされる前に逃げろ！」

ワイワイとはしゃぎながら野菜を持って逃げていく子供たち。

というか、エルとのことはあの子たちにまで広まっちゃってるのか。

いや、家族同然の村の中で隠し事ができないってのは分かってるけど、ちょっと恥ずかしいな。

「ふふふ、子供たちにもからかわれたみたいだねぇ。エルンスト君との仲は上手くいってるのかい？」

「もう、お婆ちゃんまでやめてよ……わたし午後から他の手伝いがあるからもう行くね！」

わたしはそこにいるのが耐えられなくなって、逃げるように出ていってしまった。

午後は商店で到着した商品確認の手伝いだ。今日は町から行商人さんが来る日だった。

店の中に入ると、奥で店主のおじさんと商人さんが談笑している。

「おじさん、約束どおり手伝いに来たよ」

「いつもわるいな。荷下ろしはもう少しで終わるが、昼飯はもう食べたか？」

「うん、さっきご馳走になった。商人さんも、ご無沙汰してます」

彼にも挨拶すると、にこやかに応えてくれる。

「ああ、久ぶりだね。なんだか一段と綺麗になったねえ、レベッカちゃんは」

「ははは、そりゃおめえアレだよ。レベッカにも春が来たからじゃねえか？」

「なにっ!?　相手は誰だ、隣の村か？」

「最近越してきた男がいてな。ちょいと引きこもりがちだが、話してみるとしっかりした男で……」

こ、ここでもまたその話なの!?

わたしを置き去りにして話を進めるふたりの間に思わず割り入った。

「ストップ、そこでストップ！　この話はこれでお終い、さっさと商品の確認するよ!!」

「お、おう、そうだったな。仕事に取り掛かるとするか」

少し強めに言ったからか、若干引いている店主のおじさん。でも、これくらいがちょうどいい。

わたしはそれから夢中で商品の確認を進め、予定より早く仕事を終えた。

これなら夕飯作りを手伝えそうだと帰ろうとしたとき、店の前でエルに鉢合わせしてしまった。

「えっ、エル？　なんでここに？」

「なんでって、修理した農具を届けに来たんだよ。フローズたちは忙しいからな」

「ああそっか、最近農具とか調理道具の修理してるもんね。それでか……」

そう頷くと、ちょうど後ろから店主のおじさんと商人さんが出てきた。

「おっ、ちょうどいいタイミングだな。あれがレベッカのお相手よ」

「なるほど、確かに村の人間にしては肌が白いな」

うう、またその話を蒸し返す……。

そんなとき、エルが私に耳打ちしてきた。

「レベッカ、店主さんのとなりにいる人が商人か？」

「え、うんそうだよ。どうかしたの？」

「いや、なんでもない。ありがとう」

考えごとをするように口元へ手を当てると、もう一度商人さんの顔を見てわたしの手を引いた。

「よし、せっかく会ったんだから一緒に帰るか」

「あ……うん、そうだね。じゃあおじさん、また今度ね！」

振り返って手を振ると、おじさんも手を振り返してくる。

「おう、がんばれよ！　あとな、もうちょっとしおらしくしたほうが男受けいいぞ！」

「余計なお世話だよ！　もう手伝ってあげないからね！」

最後まで話題を引っ張ったおじさんにちょっとうんざりしつつ帰ることに。

エルと手を繋いでいなければ、足でも蹴り飛ばしに行ったかもしれない。

「今日は災難だったみたいだな」

「ほんとだよ、お年寄りから子供にまでからかわれちゃったんだから！」

「子供にまで噂が広がってるのか⁉　確かに、それはちょっと恥ずかしいな」

さすがのエルも予想外だったのか、ちょっと苦笑いしている。

「今こうやって手を繋いでいるのを見られたら、またからかわれるかもしれないぞ？」

そう言われたが、わたしは手を離す気はなかった。逆にギュッと彼の手を握る。

「今はからかわれることより、せっかくエルとふたりきりなのに我慢するほうが嫌かな……」

思い切って言うと、途端に顔のあたりが熱くなっちゃった。

自分でも恥ずかしいことを言っている自覚はあったけど、黙っていても気持ちは伝わらない。

「……参ったな、そんなこと言われると顔がにやけそうだ」

そう言って優しい笑みを浮かべるエル。

彼はそのままわたしを抱き寄せると、その場で頬にキスしてきた。

「んっ……ここ、道のど真ん中だよ？」

「だから頬にしておいたんだろ？　ここが家だったら俺も自制が利かなかったかもしれない」

真剣な表情でそう言われ、わたしも笑みを浮かべた。

以前ならこんなことを言われても戸惑うだけだったと思うけど、今は構わず唇にキスしてくれてもよかったのに、なんて考えちゃう。

わたしは、もうすっかりエルに恋してるんだなと改めて思わされてしまった。

「だから、そういう顔されると抑えが利かなくなるんだって……行くぞ」

エルは何か小さく呟くと、再びわたしの手を握って歩き出した。

指一本一本を絡めるような恋人繋ぎ。

こんなところを子供たちに見られたら、絶対にからかわれてしまう。

「子供たちのことだがな、あんまりしつこかったら、そいつの家に川タコをおすそ分けしてやる」

川タコというのは、近くの川で取れる何本も触手がある軟体動物だ。

料理すると意外と美味しいんだけど、うねうねしていて見た目が怖いので子供たちは苦手みたい。

「ふふっ、エルってたまに大人げないこともするよね」

「これでも、いろいろ場数を踏んでるからな。敵には容赦しない」

「もう、やりすぎはダメだからね！　体力が余ってるなら、今日の仕事で肩がこっちゃったからマッサージでもしてもらおうかな？」

わたしの言葉に苦笑いするエルを見ながら、こんな日常がいつまでも続けばいいなと思った。

三十三話　レベッカのおねだりと激しめプレイ

仕事の品物を届けた帰り、偶然にもレベッカと鉢合わせて一緒に帰ってきた。

どうも今日は、あちこちで俺とのことを話題にされて参っているらしい。

この手のニュースに飢えていた村の人たちが、こぞって話題にしたようだ。

あの商人も気になったが、今すぐどうこうなる問題でもないので頭の隅に置いておく。

それより、問題は今の状況だ。

「……どうですか、お嬢様。痛いところはございませんでしょうか？」

「んっ、はぅ……ううん、大丈夫だよ」

俺は今、寝室でレベッカをマッサージしていた。

しかも彼女は下着一枚でうつ伏せになっており、綺麗な肌が丸見えだ。

脱ぐ前に一応指摘したが、レベッカには「今さらじゃない？」と言われてしまった。

結果、今の俺は据え膳の上に、マッサージが終わるまでお預け状態だ。

「次は脚にいくぞ」

「うん……あぁ、気持ちいい」

俺にマッサージされているレベッカは、とても気持ち良さそうだ。

それを見ていると、俺も頑張っている甲斐があると思える。

「今日のレベッカはいつになくリラックスしてるな」

「うん、エルとの関係であちこち話題にされたから、責任取ってもらうためにいっぱい甘えようと思ったの」

ここからじゃ見えないが、少しだけ顔が赤くなってるな。声の調子で分かる。

「なるほど、じゃあ今のマッサージじゃ責任を取るには少し足りないかもな」

「えっ……あ、そっちのマッサージは、まだ、んんっ！」

俺が尻に触れるとレベッカが甘い声を上げる。

両手でマッサージするように揉み、次第に指を股間のほうへ向けて動かしていった。

やがて指が秘部に当たると、彼女の体が一段と大きく震える。

「ふぃうっ、ああんっ！　今までより気持ちいいよぉ」

「そうだろうな。マッサージしてた分、普段より感じやすくなってるんだろう」

もうだいぶ体が火照ってきているから、少しの刺激でも快感を得やすい。

そうじゃなくとも、お互いが一番深く繋がることができるところだ。

これからのことを期待して、刺激に敏感に反応したのかもしれない。

「うん、ある程度は濡れてるな。もう少し解すか」

「あっんん、待って、わたし早くエルのが欲しい……」

珍しいことに、レベッカのほうから求めてきた。

基本的に俺が誘うほうが多いのだが、今日は甘えると言ってたからな。

それにしても、彼女のほうから求められるというのはかなり嬉しい。

「じゃあ、お望みどおりにするか」

レベッカが求めているなら喜んでそうしよう。

いい加減、俺も我慢できなくなってきてるしな。

こんなに無防備な姿を見せつけられて、もういまにも襲い掛かりそうな体を必死に抑えてたんだ。

「レベッカ、中に入れるぞ……」

俺は彼女の後ろに立つと下着を取り払い、尻を少し持ち上げてそこに肉棒を宛がう。

そして、まだ充分とは言い難い濡れ具合の膣内に挿入していった。

「うっ！　くっ、はう……！」

肉棒が押し込まれるたびにレベッカが苦悶の声を上げる。

当然だ、これまで充分に濡らしてから挿入していたのに、いきなりだもんな。

なるべくゆっくり挿入しているが、どうしても途中で引っかかる。

そこを抜けようと腰を押し込むと、強く擦れて痛みが生まれるようだ。

「レベッカ、大丈夫か？　つらいなら止めるが」

「ダメ、止めないで！　このまま奥まできて」

そこまで言われたら俺もやらない訳にはいかない。

ググッと腰を前に動かし、彼女の中を最奥まで蹂躙する。

「あぐっ、うっ、くふぅぅ！」

再び苦悶の声を上げるレベッカだったが、最初よりは落ち着いているように思える。

それに、時折甘い声も混じり始めている。感じているようだ。

膣内が濡れてきて、腰を動かすのが楽になってきたから間違いない。

俺はもう一度腰を前に進め、彼女の中に完全に肉棒を埋める。

「くっ、はぁ！　んぐ、全部入ったの？」

「ああ、奥までピッタリだ！　レベッカも感じるだろう」

「まだヌルヌルしてないからか、わたしの中がエルに張り付いてるみたいで形がよく分かるよ」

少し嬉しそうにそう言うレベッカ。

「んあ、はぁはぁ、エルがモゾモゾ動いてるのも分かるよ。わたしを犯したがってるみたい」

「お前なぁ、仮にも本人の前でそういうこと言うか？　我慢できなくなるぞ」

今だって理性を総動員しているんだ。あまり刺激されたら堪えられなくなる。

俺は自重を求めるようにそう言ったが、こっちを振り返ったレベッカは小さく笑った。

「いいよ、エルにならなら激しくされても……でも、最後にはちゃんと優しくしてくれなきゃ嫌だよ？」

「つ！　こいつ……」

この煽るようなレベッカの言葉で俺の我慢が限界に達した。

「ああそうかい、その言葉を後悔するなよ！」

「きゃあっ！　ひうっ、んっ、ぐぅぅ！」

俺はレベッカに覆いかぶさり、そのまま容赦なく腰を動かす。

先ほどより濡れているが、まだ時折引っかかりを感じる膣内。

強い刺激はレベッカも辛く感じるだろうが、もう遠慮できなかった。

「ぐうっ、あひっ、あん！　ほんとに激しっ……ひゃぐっ、ひぃんっ！」

「レベッカ、中がいつもより引っかかる感じで気持ちいいぞ！」

「んぁ……うん、いいよ、もっと気持ちよくなってエルッ！　わたしも感じてるからぁっ！」

苦しさと快楽がごちゃ混ぜになったようなレベッカの声。

俺はそれに後押しされるように彼女を犯し続ける。

レベッカに後ろから覆いかぶさる姿は獣のようだったが、今の自分にはちょうどいいと思えた。

程よい締めつけとヒダの刺激を感じながら膣内を蹂躙し、レベッカを鳴かせる。

「はぁはぁっ、いっ、くっふぅぅ‼」

「つふぅ、中もだんだん濡れてきたな。レベッカも良くなってきただろう？」

後ろから頭に手を回してこっちを見させると、彼女の目は情欲に濡れていた。

「うん、痺れるようなのが取れて、だんだん気持ちよくなってきたよぉ」

「だろうな。このままイかせてやる、最後は優しくだったな」

そう言って頬にキスすると、再び責め始める。

今度は充分と言えるほどに濡れていて、動きもスムーズだった。

俺は今まで乱暴にした分を癒すように優しく腰を使う。

「ひゃっ、んっくううっ！　そんな、擦りつけるみたいにっ！」

一段と興奮が高まっているのか、彼女の声は震えていた。

「イクッ、もうイっちゃうよ！　エル、エルッ！」

「ああ、イクぞ……っ！」

最後の一突き、俺はレベッカの肩を抱いて体全体を引き寄せるようにしながら奥へ突き込んだ。

そして、大事な子袋の中に届くように勢いよく射精する。

「あうううっ！　きてるっ、熱いのきてるよ！　お腹の中いっぱいにされてイクウウゥゥッ!!」

絶頂で全身を震わせるレベッカを抱きしめ、最後まで奥に押しつけたまま出し切った。

お互いに力を尽くした後は、そのままベッドに横になる。

そして、息を荒くしているレベッカを優しく撫でた。

「さすがにちょっと疲れただろう。このまま休むか」

「うん……でも、私が寝るまで一緒にいてほしいかな……」

「起きるまで一緒にいてやるよ。おやすみレベッカ」

目を瞑って安らかに息をする彼女を見ながら、俺もそのまま眠りにつくのだった。

三十四話　王都での一幕

ここはダルクネヒト王国の王都。

その中央に位置する王城の一室で、国王も参加する会議が開かれていた。

会議室の円卓に座るのはこの国の重鎮たち。

そして、そこから一段高い場所にある椅子へ座っているのが国王だ。

この国の政治や軍事の行く末がこの会議で決まる。

「さて、定例議題が終わりましたところで、今月の特別議題に移らせていただきます」

そう言って会議を進めるのは円卓に座るひとり、宰相であるトローペ公爵だった。

能力を最重視する王国で十年も宰相を続けている大物だが、その顔色は悪い。

それも仕方ないだろう。直属の部下が退職願いだけを置いて消えたのだから。

「今月も続けてではあるが、姿をくらました召喚術師エルンストについてだ」

その言葉で円卓の重鎮たちと国王の視線が公爵に集まる。

「彼が出奔してから、未だに確かな足取りは掴めていない」

「いくら我らの王国が広大とはいえ、人ひとりの行方すら捜し出せないとは……その魔術師は、それほど隠密としての能力が高いのですか？」

そう言うのは公爵の向かいに座っている大臣のひとりだ。

その視線には、機密情報を握った人物を未だに捕らえられない公爵への怒りが込められていた。

「特務機関員としてある程度の隠密能力は持っている。だが、専門のスパイほどではない」

「ではなぜ、今になっても見つからないのでしょう。説明していただきたい」

その問いに答えるべく、公爵は全員に資料を配る。

「これに目を通してもらいたい。捜索にあたって厄介なのは、本人ではなく召喚獣だ」

公爵が紹介するのは、エルンストの召喚獣たちが説明された資料だった。

それを見た重鎮たちが呻くような声を出す。

「まさか、あの召喚術師は竜種まで使役していたのか！」

「私も知っていた召喚獣は二体だけだ。他にもいたとはな……」

再び視線がトローペ公爵に集まる。

「閣下、これはどういうことですか？　我々も知らない情報がこれほどあったとは！」

「情報を秘匿していたことについては謝罪しよう。しかし、機密性の高い任務につくことも多い人材だった故に理解してほしい」

彼にとってエルンストは切り札的存在だった。簡単に能力を開示するわけにはいかなかったのだ。

「しかし、事態がここまで長引いてしまった以上、理解を求めるためにも今回情報を公開したのだ」

「ふむ、そういうことでしたら……しかし竜種ですか」

重鎮たちの興味はやはり、ドラゴンであるクエレブレに向いているようだった。

この世界でもドラゴンは半分伝説上の生物と化しており、目撃情報もかなり少ない。

その代わり、どの個体も軍団や要塞陣地に匹敵する能力を持つと言われていた。

「これまでの捜査で、王城の庭師が羽の生えた人間が空に昇っていくのを見たと言っている。十中八九、彼はクエレブレを使い上空から逃走したのだろう」

「空を飛んで逃げられてしまえば、一気に手掛かりは少なくなりますな」

その説明に何人かの重鎮が頷く。

普通ならば街道や人里で目撃情報を得られるが、空を飛ばれてしまえばそれがない。

捜索が一段と難航しているのも仕方ないといえる。

そんなとき、何か考えていたらしい重鎮のひとりが発言した。

「それほどの移動能力があるのなら、すでに国境を越えている可能性もあるのでは？」

「ふん、エルンストが王国を裏切って他国についたと？　さすがにそれはない」

「なぜそう言い切れるのですか、公爵閣下？」

「エルンストがいなくなってからまず目をつけたのは、彼が所有する倉庫だ。ほぼ着の身着のまま出奔したのだから色々と必要になる。そこで、倉庫から何か召喚されないか部下に監視させたのだ」

その言葉に、質問を投げかけた重鎮は目を丸くしていた。

召喚術師というものをよく知る公爵ならではの捜査だ。

「その結果、最初の数日で食糧はもちろん寝具なども召喚されていた。つまり、出奔してすぐにどこかへ腰を落ち着けたということだ。他国へ寝返ったなら、食糧や寝具など召喚する必要はない。向こうで用意してもらえるだろうからな」

公爵は自信を持ってそう言った。

「隠密はもちろん、陸軍や海軍まで使ってしらみつぶしに捜索している。今は辺境のほうまで手を回させているところだ」

そこで公爵に対し、後ろから声が掛かった。

「軍まで使ったか。トローペよ、そこまでする必要のある人材なのか？」

問いかけてきたのは国王その人だった。

公爵は姿勢を正して振り返ると、畏まって答える。

「恐れながら陛下、重要な存在です。戦力的にも魔術の研究者としても一線級、さらにアークデーモンを倒した英雄としての価値があります。力ではなく、交渉でもって連れて帰るべきかと」

「公爵が言うのなら、そうなのだろうな。だが、わが国が舐められるようなことがあってはならんぞ？」

「それはもちろんです。彼の召喚獣たちは一騎当千でありますが、我が国と正面から事を構えるほど愚かではないでしょう。こちらが実力行使に出なければ敵対はしないかと」

説明しつつ、公爵はエルンストがどんな条件なら戻ってくるか考えていた。

(富や名声には興味のない男だ。いったいどうやって連れ戻すか……)

そのとき、勢いよく会議室の扉が開かれた。入って来たのは息を切らした公爵の部下だ。

「何者だ！　会議中に無礼だぞ！」

「申し訳ありません！　しかし、公爵様に緊急の要件が！」

そう言うと、彼は静かに移動して公爵に耳打ちする。

そして、話を聞いた彼が深刻な表情で円卓の重鎮たちに話しかけた。

「たった今入った情報だ。エルンストらしき魔術師を確認した」

その言葉に円卓がどよめく。

数ヶ月間見つからなかったエルンストの手掛かりが、ようやく得られたのだ。

「公爵閣下、それはいったいどこで？」

「ここよりはるか南、地方都市からも離れた田舎の村に魔術師が暮らし始めたという。さらに複数の亜人女性を連れているそうだ、エルンストの召喚獣である可能性が高い」

「それが本当なら、一刻も早く確認する必要がありますな」

その言葉に公爵も頷く。

「エルンストの召喚獣には鼻が利くフェンリルもいる。慎重に近づかねばなるまい」

公爵は少し考え、もう一度国王のほうを向くと頭を下げた。

「陛下、申し訳ございません。私は今すぐ現地まで向かい、事態の収束を図りたいと思います。王都を留守にすることをお許しいただけますでしょうか？」

「宰相よ、お主が行けばこの件は早く片付くのだな？」

「はっ！　これ以上国王陛下のお気持ちを煩わせることはございません」

「よし、行け。留守の間、議会は余が取り仕切ろう。王国にとって益になるよう計らえ」

その言葉に感謝し、公爵は会議室を退出する。

彼はそのまま自分の執務室に向かい、すぐに出立の用意を整えるのだった。

三十五話　雨の日の午後

村は基本的に穏やかな気候だが、今日は夜明け前から激しい雨が降り続いていた。

レベッカに聞いてもここ数年では一番の強さだそうで、その日は雨の対応に追われた。

まず住民に、土砂崩れや河川の氾濫に巻き込まれる危険がある家から、安全な家へと避難してもらう。周辺にある川や山は、ライムが生み出したスライムたちに監視させた。

本体であるライムから分離したので能力は低下しているが、警戒のためには最適だ。

ようやくすべての対策を終え帰宅したのは昼過ぎだった。

風邪をひかないよう風呂に入ったら、レベッカが温かい飲み物を用意してくれていた。

「エル、お疲れ様。村の皆も感謝してると思うよ」

「いつも世話になってるし、このくらいはな。それより皆が協力的で助かった」

そう言ってリビングで一休みしていると、玄関からずぶぬれになったクエレが入ってくる。

「……ただいま戻りました。泳ぐのは得意ですが、雨の中を飛ぶのは苦手ですね」

「あーあ、ずぶ濡れじゃない！　ほら、タオルタオル！」

すぐにレベッカが駆け寄り、タオルでクエレを拭いていく。

「ご苦労、クエレ。雲の様子はどうだった？」

「かなり厚い雲です、エルンスト様。おそらく、明日まで降り続きます」

彼女には雲の上まで昇ってもらい、その動きを確認してもらったのだ。

「そうか、まだまだ注意が必要だな。しばらくは外にも出れないか……」

ここまでくれば、あとはもう待つしかない。

召喚魔術が専門の俺には、雲を動かすことなんてできないしな。

「とりあえずやることはやった。あとは運を天に任せよう」

そう言ってカップの中身を飲み干すと、隣にクエレが座る。

「……あの、エルンスト様」

「うん、どうした？」

横を向くと、彼女は何か物欲しそうな視線を向けてきている。

「……あぁ、そうだな、頑張ったクエレにはご褒美が必要だな」

「は、はいっ！」

そう言って頭を撫でると、嬉しそうに頷く。

「それと、もしよければレベッカも一緒にいいですか？」

「ほう、クエレから誘うなんて珍しいな」

予想外の言葉が出たことに驚く。このふたりと一緒にしたことはなかったはずだ。

俺の表情から疑問に思っていることを察したのか、クエレが口を開く。

「他の三人は警戒に出ていますし、レベッカひとりを別室に置いてふたりでするのは……」

どうやら、三人しかいない家の中で俺とふたりきりイチャイチャするのは気まずいらしい。

ライムたちなら遠慮しない気がするが、クエレは控えめな性格をしてるからな。

食事とセックスのときだけは、竜らしく貪欲になるけれど。

「わたしはもちろんいいよ。クエレちゃんと一緒は初めてだから、ちょっと楽しみ」

レベッカも乗り気だと分かったので、俺はふたりを連れて寝室に向かった。

風呂から出たばかりで薄着だったし、クエレもちょうどいいとばかりに濡れた服を脱ぐ。

残るレベッカも俺たちの様子を見て服を脱ぎ、全員が一糸纏わぬ姿のままベッドに上がった。

「んっ、ちゅく……エルンスト様ぁ！」

あぐらを掻いた俺に、正面から近づいてきてクエレがキスをする。

俺はそれに応えながら、彼女を抱き寄せて愛撫を始めた。

左手で体を支え、右手で豊かに実った乳房を揉む。

「いつも思うんだが、クエレはベッドの上だと積極的になるな」

「そ、そうです。エルンスト様と触れ合えると思うと抑えきれなくなってしまうんです！」

そう言うと、今度は舌を絡ませるような濃厚なキスをしてきた。

「うわ、本当に大胆……見てるわたしのほうが恥ずかしくなっちゃうよ……」

横から見ていたレベッカがそう呟く。

すると、それを聞いたクエレが彼女の腕を掴んで引き寄せた。

「うわっ、何!?」

「せっかく誘ったのですから、レベッカも一緒に楽しんでください。外野から私たちを見てるだけなんて許しません」

「わ、分かってるけど、どうやって入ったらいいか分からなくて……」

彼女も最近は行為に慣れてきたようだが、まだ複数人プレイは得意ではないようだ。

それを見たクエレは、自分がリードしようと動く。

「わわっ、ちょっと……くっ、んうっ！」

クエレが細腕に似合わぬ力でレベッカを抱き寄せ、そのままキスした。

たぶん女同士は初めてなんだろう。レベッカが唇を塞がれながら目を見開いている。

「ん、ぷはっ……大人しくしてくださいね」

驚愕で動けないレベッカをクエレがさらに責める。

片手で彼女の体を押さえながら、もう片方の手を秘部に向かわせたのだ。

「んぐぅ！　キス、エルとしかしたことないのに、あううっ、んっ!?」

「れろっ……人間の女の子のここ、初めて見ました。わたしたちとあまり変わらないんですね」

クエレはわずかに笑みを浮かべると、今度は俺のほうを見る。

「エルンスト様も動いてください。目の前に女の子がふたりもいるのに、呆けていてはダメですよ」

「ああ、そうだな。ちょっとふたりのキスに見惚れてたんだ」

そう言いながら、彼女たちを纏めて抱きしめる。

「俺としてくれるのももちろん嬉しいけど、こうして見てるのもそれなりに楽しいからな」

抱き合っているふたりに手を回すと、そのまま両手でそれぞれの胸を揉んだ。

「きゃうっ、エル!?　そんな、いっしょにとかっ！」

「はんっ、エルンスト様の手、おっきくて気持ちいいです」

彼女たちの喘ぎ声を聞きながら、その感触を楽しむ。

大きさも触り心地もほぼ同じくらいだが、感度はレベッカのほうがいいらしい。

ふたりの美少女の胸を揉み比べるという贅沢を味わい、俺も興奮し始めていた。

「はぁ、はふぅ……そろそろいいみたいですね」

そう言うと、クエレはようやくレベッカの唇を解放した。

ふたりの唇が離れる瞬間、その間に銀色の橋が掛かっている光景がエロい。

「んくっ、エル、わたしもうダメだよ、腰が抜けちゃいそう……」

よほどクエレの愛撫がよかったのか、レベッカが声を震わせながらそう言った。

見れば、彼女の腰の下には愛液が零れ落ちて染みができてしまっている。

「ダメですよレベッカ、そんな顔をされるともっとしたくなってしまいます」

一方で、その犯人であるクエレのほうはまだやる気のようだ。

というより、レベッカの反応を見て劣情が燃え上がったと言ったほうがいいだろう。

普段大人しいクエレだけに、一度興奮すると止まらないのだ。

「今度はエルンスト様にも協力していただきますね？」

「そうだな、せっかくだから参加するか」

今のクエレは放っておくとやりすぎてしまう可能性があるから、見張る必要もある。

だが、当のレベッカからすれば俺に裏切られたように見えたらしい。

「ま、待って！　ふたり相手なんて無理だよぉ！」

「大丈夫だ、俺は優しくするから」

動揺する彼女にそう言うと、俺はクエレに促されてベッドへ横になった。

「これ、わたしにエルの上に乗れってことなの？」

「そうですよ。ただ、普通とは少し違いますけどね」

クエレは楽しそうに頷くと、彼女の手を取って誘導する。

されるがままに俺の体を跨いだレベッカだが、いざ腰を下ろそうとすると異変に気づく。

「待ってクエレ！　違うよ、こっちはエルの顔が！」

「いいえ、合ってますよ。レベッカにはエルンスト様に顔面騎乗してもらうんです。好きな人の顔の上でエッチに腰を動かすの、凄く興奮すると思いますよ」

レベッカは慌てて首を横に振るが、クエレも淫らなスイッチが入ってしまっている。

身体能力の差もある以上、レベッカに回避する道は残されていなかった。

俺の顔の真上に彼女のお尻がやってきて、そのまま降りてくる。

「やっ、いやっ！　見ないでエル！」

「そんなに恥ずかしがることないじゃないか、とても綺麗だぞ」

最後まで抵抗するレベッカ。

だが、クエレがそこに容赦なくトドメを刺す。

「頑張っても無駄ですよレベッカ、ほらっ！」

先ほどまで愛撫していた秘部、そこにクエレの指が触れるとレベッカの腰が震えて力が抜ける。

「ひうっ!?　あっ、ダメエエエッ！」

俺は近づいてきたレベッカの桃尻を受け止め、クエレとふたりで彼女を責め始めるのだった。

三十六話　レベッカの災難

「ううっ、酷い、酷いよふたりともぉ……」

窓の外から激しい雨の音が聞こえる寝室でレベッカが泣いていた。

やっと普通のセックスに慣れてきた彼女にとって、顔面騎乗はハードルが高かったらしい。

後でしっかり謝って、レベッカも慰めてやらないといけない。

とはいえ、今はまだ行為中だ。クエレもまったく満足していないようだしな。

「そんなに泣かないでください、エルンスト様は嫌がっていませんよ？」

クエレの言うとおりだ。逆に彼女の太ももを押さえて離れられないようにするくらいは喜んでる。

レベッカは俺に奉仕する分には積極的なのだが、自分が責められるのは苦手らしい。

フェラのお返しに気持ちよくなってもらおうとしても、なかなか許してくれなかったからな。

「で、でも私は恥ずかしいよ！　こんなに間近で見られて……」

恐る恐る、といった表情で下にいる俺の顔をうかがうレベッカ。

「そう慌てるな、しっかり面倒みてやる」

彼女の腰に回した手へ力を入れ、そのまま引き付ける。

「っ、エル!?」

戸惑うレベッカにも構わず、まずは指で秘部を愛撫し始める。

「安心しろ、まずは指からな。さっきのクエレの愛撫で濡れてるみたいだ」

「う、うん……あっ、はうぅ！」

俺の言葉で少し安心したのか、体から力を抜くレベッカ。

それを見計らって愛撫を始めた。

一方、クエレのほうは自分で楽しもうと動き始めていた。

「ん……顔のほうはレベッカに任せて、わたしはこちらをいただきますね」

そう言ってクエレも俺を跨ぎ、興奮した肉棒をそのまま咥えこんでいってしまった。

「んぁっ、はうぅぅ……エルンスト様の、相変わらず凄くたくましいです」

熱っぽい声でそう言いながら、膣内の肉棒を締めつけるクエレ。明らかに興奮していた。

「クエレの中もいいぞ……ちょうどいいくらいに滑らかで、入れてるだけでも気持ちいいよ」

こっちはさすがに経験豊富だ。挿入もスムーズだったし、動かなくても気持ちいい。

けれど、彼女は一息つくと膝を立てて腰を動かし始める。

「は、んぁっ、あん！　入り口から奥まで全部刺激されてますっ！」

「ク、クエレちゃんがこんな顔するなんて……」

気持ちよさそうに喘ぐクエレと、それを見て驚くレベッカ。

まあ、普段のクエレを見慣れてたらギャップで驚くだろうな。

俺はゆっくりと腰を動かしながらレベッカにも話しかける。

「クエレのこと、かなり意外だったみたいだな」

「普段口数の少ないクエレちゃんがこんなに乱れるなんて……変な物食べたとかじゃないよね？」

「まさか、セックスのときはこうなることも多い。どうやらスイッチみたいのが入るらしいぞ」

そう言って説明しながらレベッカの膣を指で解す。

「やっ、ああん！　指、奥まで入れちゃダメだよっ！」

「そうか、じゃあ今度はこっちで……」

俺は笑みを浮かべて指を引き抜くと、今度は舌で秘部に触れた、

「えっ……ダメ、ダメだよ！　舌はダメって言ったのに！　ひゃっ、中に入ってくるぅ!!」

俺はレベッカの悲鳴を聞きながら膣内に舌を挿入していく。

これまでレベッカと俺で十分慣らしたからか、すんなり中に入った。

「ううっ、どんどん中に入ってくるよぉ！　指よりぜんぜん太くて、ひゃあっ、動いてる！」

膣内で舌を動かすと、彼女が大きな嬌声を上げた。

「れろっ、じゅっ、じゅるるる……」

「うそっ、吸われてる！　わたしのお汁がエルに飲まれちゃってるよぉ！」

恥ずかしさのあまり必死に逃げようとするレベッカだが、俺は太ももを押さえて逃がさない。

「あっ、んん……逃げちゃダメですよレベッカ、せっかくだから楽しまないと……」

俺の上で腰を振り、快楽を楽しんでいるクエレ。

普段の何倍も妖艶な雰囲気を纏う彼女がレベッカの頬に手を触れた。

「クエレちゃん、んっ！　やっ、また！」

「んちゅ、ちゅるるる！　エルンスト様と一緒に味わえるなんて素敵です」

クエレは慣れた様子で彼女の唇を奪い、そのまま舌を絡ませる。

「はうっ、んうぅっ！　ダメ、こんなのおかしくなっちゃうよっ！」

上下の口に舌を突き込まれ、自分の体を存分に味わわれているレベッカ。

目を潤ませて声が震えているが、体は素直に反応していた。

先ほどよりも愛液の量が増え、舌で感じる味も濃くなる。

「んはっ、凄くエッチな顔になってますよレベッカ……エルンスト様に見せられないのが残念です」

楽しそうに笑いながら腰を動かし、レベッカに軽いキスを続けるクエレ。

背中の翼も開き、尻尾もユラユラと揺れて楽しそうだ。

膣内も俺を悦ばせるために複雑に締めつけ、精液を絞り上げようとしてくる。

「ぜ、絶対に許さないよ、ダメだからね！　恥ずかしすぎて死んじゃう……ひゃふっ、あぁん！」

一方のレベッカはどうやら抵抗を諦めたようだ。

まぁ、両手を、クエレと恋人繋ぎをするように拘束されては仕方ないな。

上も下も自由はなく、俺とクエレに与えられる快感を受け入れるだけになっている。

「あぐっ、はぁっ！　エルがわたしの中を舐めまわしてるっ……そんなに舐めたら溶けちゃうよ？」

「まさか、大丈夫だよ。それに、舌だけじゃなく指でも……」

「んあっ！　さっきより入ってきてる！　ムズムズしてたところを刺激されたらイっちゃうよぉ！」

腰をビクビクと震わせて限界が近いことを訴えるレベッカ。

ふたりがかりで責められれば、こうなるのも仕方ない。

「レベッカはそろそろ限界のようだし、こっちもイかせてやるとするか！」

「ひぐっ！　エ、エルンスト様っ!?　いきなり奥っ、突き上げられてっ……きゃひっ、あんんっ！」

俺は今までタイミングを合わせて軽く動かす程度だった腰を思い切り突き上げた。

当然蕩けきったクエレは一瞬で最奥まで貫かれる。

「ひうっ！　はぁ、はぁっ！　子宮までズンズン突かれてます！　もっと奥まできてくださいエルンスト様！　最後は子宮の中もいっぱいにしてくださいっ!!」

最後に俺は全力で腰を突き上げ、同時にレベッカの陰核を舌で擦るように刺激した。

次の瞬間、ふたりが同時に絶頂する。

「ひゃあっ、あうううっ！　エルンスト様あぁあぁあっ!!」

「きゃふっ!?　そこっ、最後にそこはズルいよ！　イクッ、イックゥゥウウウ!!」

一瞬で快感が彼女たちの全身に巡り、神経をめちゃくちゃにかき回す。

そして、俺もイってる最中のクエレに精液を注ぎ込む。

腰を浮かせて最奥に押しつけるようにすると、彼女も嬉しそうにキュウキュウと締めつけてきた。

俺はそのまますべて吐き出すと、全力を出し切って倒れそうなふたりをベッドに寝かせる。

「はぁはぁ、うぅぅ……ひどい目にあったよ」

「ごめんな、ちょっとやりすぎたかもしれない」

「ほんとだよ、次に調子に乗ったら晩御飯をパンだけにするからね！」

そう言って怒るレベッカに俺は苦笑いした。

そして、この言葉をすでに疲れて寝てしまっているクエレが聞かなくてよかったと思う。

レベッカの作る食事が大好物なクエレのことだ、本気で絶望してしまいかねないからな。

窓から外を見ると雨音も少し穏やかになってきている。

俺は再び雨が激しくならないよう祈りつつ、レベッカと他愛ないピロートークを続けるのだった。

三十七話　嵐の後の来訪者

地上を洗い流すような大雨があがってから数日後。俺は召喚獣たちと一緒に復旧作業をしていた。

避難のお陰で怪我人はいなかったが、橋が流されたり、畑に水が流れ込んだりしてしまったのだ。

畑のほうは村の人たちに任せ、俺たちは橋をかけ直すことにした。

橋といっても幅が三メートルもないので、専門的な知識がなくても大丈夫だろう。

「よし、材料は揃ってるな。じゃあ始めるか」

フローズたちも頷き、すぐに作業へ取り掛かった。

クエレがクレーンのように材料を上から吊り下げ、他の者たちで固定していく。

支援要員のラウネでさえ物凄いパワーを出せるし、召喚獣たちは生身の重機みたいなものだ。

朝から始めたが、昼過ぎには新しい橋が架かってしまった。

「ふぅ、お疲れさま。この橋なら商人が馬車で来てもビクともしないだろう」

「エルンスト様、飲み物です」

「ありがとうクエレ。川で冷やしてたのか、いい具合に冷たいな」

俺は彼女から水筒を受け取ると、中身の水を飲んで一息つく。

ちょうど風も吹いてきて、噴き出た汗が冷やされて涼しい。

「後で村長さんにも橋を確認してもらって……と、フローズ、どうした？」

近くにいた彼女が急に険しい表情になったのに気づき、問いかけた。

彼女は橋の向こう、町に繋がる道を睨みながら呟く。

「……エルンスト、嫌な感じだよ。知ってる匂いがする」

「商人とかじゃなさそうだな、誰だ？」

フローズの言葉にただならぬものを感じ、俺たちは全員臨戦態勢になった。

「これは、王都で覚えた匂い……思い出したよ、トローペ公爵だ」

「なに、公爵だと？　馬鹿な、この国の宰相がこんな片田舎にまで足を運ぶか!?」

「だけどしっかり匂いがするんだよ、さっきの風に乗ってきたんだ。もうすぐ見えるはず」

フローズの主張は変わらない。数分後、川の向こう側から数台の馬車がやってきたのだった。

◆　◆

それから三十分後、トローペ公爵が乗っていた馬車を家へ招き、リビングへ案内していた。

俺の隣に座っているのはレベッカと村長。そして向かいに公爵とその側近だ。

彼らの後ろには、正体を隠すローブを着た四人の人物が控えている。

また俺たちの後ろにも召喚獣たちが控えていた。

家の周りを警護の騎士たち十数人が囲み、その外側には村人たちが何事かと集まってきていた。

騎士たちは見るからに精鋭だが、一番気になるのはローブを着たやつらだ。

しかし、完全に気配を消しているので何者かも分からない。

フローズも匂いを感じないらしく、こちらの能力を知って魔術か何かで対策しているんだろう。

沈黙が続いた中、まず口を開いたのはトローペ公爵だった。

「……久しぶりだな、エルンスト。出奔したと聞いたときは慌てたが、元気そうでなによりだ」

「おかげさまで気楽に暮らさせてもらっています。いつかはこうなると思いましたが、まさか貴方が来るとは思いませんでしたよ。宰相というのも案外暇な仕事ですね」

まずは軽く挨拶代わりの言葉の応酬。しかし、公爵のほうは全く動じる気配がない。

「まさか、宰相が暇な訳ないだろう。今日は君に会いに来たんだ」

「へえ、俺にね。退職届けを受理してくれた……とかだったら嬉しいんですけど」

「残念ながらそうではない。君にはもう一度王都で働いてほしいのだ」

そう言うと、公爵は側近から書類を受け取ってこちらに回す。

俺は受け取ると、その中身を確認した。

「ずいぶんといい条件ですね。勝手に飛び出した相手を呼び戻すにしては破格と言っていい」

書いてあることは、俺を好待遇で迎え入れるというものだった。

王都の一等地に屋敷を用意し、警備や使用人付きで安心快適。

「住居はもちろん、仕事内容にも配慮する。今までは特務機関の一員としての扱いだったが、今後は私の右腕として新しいポストを用意しよう。召喚術について飽きるまで自由に研究できるぞ。どうだ、悪い条件ではないと思うが？」

「確かにこれ以上ない条件ではありますね」

そう呟くと、横にいたレベッカが複雑な表情で俺を見る。

それに気づかないふりをしながら続けた。

「しかし、俺はこの村での生活で満足しています。研究も出来なくはないですしね」

「ほう、この村に残りたいと言うのか？」

公爵が鋭い視線で俺を見る。

直接見られたわけでもないのに、隣のレベッカと村長が硬くなるほどの鋭さだ。

「王都の生活は確かに便利ですが、どうも堅苦しい。それに引き換えここは穏やかです」

「ふむ、確かにな。言い分は分かった。ただ、私も本気で君を連れて帰りたいのだよ」

公爵がそう言うと、今まで微動だにしなかったフードの人物たちが動いた。

それぞれ頭を覆っていたフードに手をかけ、素顔を露にする。

フードの下に隠れていた顔は、俺の元同僚。特務機関の魔術師たちだった。

「……ッ!!」

彼らの顔を見た瞬間、俺の体が緊張で強張る。

四人中ふたりは面識がないが……公爵が選んだやつだ、使えない人物な訳がない。

しかも、向こうは公爵から俺についてのデータを渡されているだろう。

争いになった場合、向こうに戦いの主導権を握られる可能性がある。

そして、公爵がこの戦力を見せたということは一種の脅しだ。

あまりにも話にならなければ、こいつらを使う用意があるという意味だろう。

トローペ公爵も王国の宰相として、何の成果もなく帰るつもりはないということだ。

「……公爵様は本気で俺を連れ帰るつもりですか？」

「ああ、もちろんだとも。君は王国にとって非常に有益な人材だ。個人的にも、君には後進の召喚術師を育てるために協力してもらいたい。魔術の中で召喚術はまだまだマイナーな分類だからな」

「そういえば、公爵様は俺を見て召喚術師に可能性を感じたと言っていましたね」

聞いたのは一年ほど前のことだったか。

あれから公爵は、かなり召喚術師の教育に力を入れているらしい。

「そのとおりだ。だからこそ分野の第一人者である君に協力してほしい。召喚術の地位が向上すれば、これまでのように召喚獣が差別されるようなこともなくなるだろう」

チラッとフローズたちのほうを見てそう言う公爵。

そんなふうに誘うのはズルいじゃないか。

俺だってフローズたちが大手を振って町を歩けるようにしてやりたい。

「私は君を高く評価している。争いを起こして対立したり、他の国に出ていかれたくはないのだよ」

「お互いに穏便に済ませたいという点では一致していますね。ですが、少し考える時間を貰います」

「そうだろうな、分かった」

そう言って頷くと、公爵は懐から厚い紙袋を取り出して机に置く。

「どうやら先日の大雨で村は大変だったそうだな。村長、これは私個人からの見舞金だ、とっておいてくれたまえ」

「えっ……は、はい！　ありがとうございます！」

突然話を振られ慌てる村長をよそに、公爵は席を立つ。

側近と護衛たちもその後に続いた。

「私も長く王都を空ける訳にはいかない、三日後にまた来よう」

「分かりました。そのときまでに答えを用意しておきます」

「よい返事を期待しているぞ」

そう言うと公爵一行は家を出ていったのだった。

三十八話　二つの選択

トローペ公爵が帰ったその日の夜、俺はひとりになって考えていた。

その内容はもちろん、向こうの提案にどう答えるかだ。

だが、必死に考えてもなかなか答えは出なかった。

王都に戻れば召喚術や召喚獣の地位向上を目指せるが、この村から離れないといけない。

逆にここへ留まろうとすれば、公爵が満足するだけの対価を示さなければならないだろう。

さもなければ、昼間、俺に見せた戦力を使って強引に連れ戻そうとする可能性もある。

それに、首尾よく留まれたとしても召喚術の発展にはもう、直接協力できない。

考えている内に疲れて寝てしまい、気がつけば翌日の朝だった。

少し寝不足だったがベットから起き上がり、リビングに向かう。

そこにはいつものように家族が揃っていた。

「あっ、ご主人さまが起きてきたのです。おはようですよー！」

「おはようございます、エルンスト様」

「おはよう、エルくん。あんまり寝れなかったみたいね、あとで特製の栄養剤を作ってあげるわ」

ライムにクエレにラウネ、三人がソファーに座ってくつろいでいた。

「ああ、おはようみんな。ちょっと考えごとしてたからな」

そう言ってテーブルに座ると、向かい側ではフローズが朝食を食べてる真っ最中だった。

猪のベーコンに山羊のチーズ、レベッカ特製シチューに山盛りのパンと朝からガッツリだ。

「お前はよく食べるなぁ」

「むぐ……ごくん！　朝から被害のあった場所の様子を見てきたからね、運動すればお腹もすくよ」

その姿勢には感心するが、見ているこっちは胸やけしそうだ。

「おはようエル、食事持ってくるね」

「ああ、俺はシチューとパンだけで十分だよ」

「了解、それまでコーヒーでも飲んでて」

そう言って渡されたカップに入っていたコーヒーを飲む。

最近では植物担当のラウネや器用なライムと一緒にいろいろな物を育てていて、スライムを利用したビニールハウスのようなものまで作ってある。

何しろ、ライムは栄養さえあれば無限に分体を増やせるからな。

近々フルーツも収穫できる見通しで、ますます便利になってきたところだ。

「ふぅ、ところでフローズ、村の様子はどうだった？」

「ん？　あぁ、順調だよ。みんなで協力してるから、あと一週間もあれば回復するね」

「そうか、それはよかった」

畑はこの村の重要な収入源だからな、早く回復してほしい。

「みんなエルンストに感謝してたよ、的確に避難の指示してくれたおかげで怪我人が出ずに済んだって。村長は公爵からもらった見舞金の扱いに四苦八苦してるみたいだけどね」

「村長も臨時収入だと分かってるはずだし、上手く使ってくれるだろう」

そうこう話している内に朝食が届き、俺も食事を始める。

この生活も板についてきているし、やっぱりこの村を離れたくはないな。

そう考えていると、フローズがあることを言い出した。

「……そういえば、昨日のことも結構話題になってたよ」

「だろうな、家の周りにもかなり集まっていた」

いつも目にする商人の荷馬車より何倍も立派な馬車が連なってやって来たのだ、騒ぎにもなる。

秘密にするよう頼んだ訳ではないので、すでに話の内容は村中に広まっているだろう。

「どんな話だったか気になる？」

「あぁ、気になる。でも、いざ聞くとなると怖いな」

村の人たちのことは信頼しているが、今は精神的に疲れている。

あまり悪い印象の話をされたら、普段より落ち込みそうだ。

「大丈夫、みんな酷いことは言ってなかったよ。そうだねぇ……」

フローズは俺の踏ん切りがつかないと見ると、自分で話し始めた。

「やっぱり一番話題だったのは、王様がエルンストをスカウトしにきたってことだね」

「なんか、それは少しおかしくないか？」

俺はまだ書類上は特務機関員のままだろうし、会いにきたのは公爵だ。

「まぁ、そのくらい村の人たちからすれば王様も公爵も変わらないよ。それに、エルンストが評価されてるのは事実だしね」

「そうだな、厄介なことだ。俺のことなんて放っておいてくれれば楽なのに」

そうすればこんなに悩むこともなかった。

「ま、とにかく村の皆は凄い凄いって大騒ぎさ。エルンストが出世するならめでたいってね」

「出世と言うより、元のさやに戻る感じだけどな」

「なに笑ってんのさ、村のみんなは結構本気だよ？『寂しくなるけど、エルンストの為になるなら送り出そう』ってさ」

「だろうな、だから困ってる」

彼らは王都がどういうところかよく分かっていないんだろう。

王城の政治から商店での値下げ交渉まで、なにもかもが至るところで競い合っている修羅場だ。

少なくとも、この村の人は行かせられない。

「しかし、善意で応援されるとどうも断りにくいな……」

「じゃあ王都に戻るの？」

「うーん……」

はっきりとした答えを出せないまま、俺は食事を続ける。

ずっとこのことを考えていて、そろそろ頭が痛くなってきた。

食器を持って流し台に行き、考えながら洗っていると後ろから声をかけられた。

「エルはまだどうするか悩んでるの？」

「レベッカか。この村での暮らしは捨てたくないけど、フローズたちのことも考えるとな」

王都で十分に貢献すれば、今度こそ退職して、また村に戻ってくる選択肢も出てくるだろう。

村に留まれば召喚獣に対する偏見は今までどおり変わらない。

王都の民衆が俺の召喚獣に恐怖を抱いているのは、召喚獣といったものがどういった存在なのかよく知らないからだろう。国が大々的に宣伝し、存在が周知されないと変化は望めない。

「そう簡単に決めていい話じゃないからな」

いわば運命の分かれ道だ。慎重になるのも仕方ないことだろう。

悩む俺を見かねたのか、いつの間にか横にいたレベッカが手を握ってくれた。

「まだ時間があるんだよね？　焦らなくても大丈夫だよ。仕事も一日忘れて、ゆっくり考えよう？」

「あ、ああ、そうだな。まだ時間はあるもんな」

レベッカの言うとおり、公爵が来るのは二日後だ。まだ時間はある。

そう簡単に仕事を休めない王都と違って今は融通が利くのだ。

「ありがとうレベッカ、思った以上に考えすぎていたみたいだ」

「わたしなんかが役に立てたなら嬉しいよ」

俺は自然な笑みを浮かべる彼女に癒され、心の落ち着きを取り戻した。

それからフローズも加わって三人で食器を片付けた俺は、とくに目的もなく散歩することにした。

家の周りを歩いたり、川の近くまで行ったり。

文化的なものから切り離された空間は、ゆっくりするのに最適だった。

「うぅ……はぁ、ようやく頭痛も治まってきた」

少しだけ森の奥まで進み、近くにあった草地で横になる。

「ふぁ、眠い。ちょっと寝不足だったからなぁ……」

ちょうど日差しも木で遮られていて心地いい。

そのまま訪れた眠気に身を任せ、俺は昼寝を始めるのだった。

三十九話　悩みには見切りをつけよう

気づいたときには、俺は誰かに運ばれていた。

寝起きのぼうっとした頭で考え、ようやく背負われているのだと判断する。

そして、身じろぎしたことで運んでいる人物も俺が起きたことに気づいたようだ。

「あぁ、やっと起きたんだ」

「フローズ？」

目の前いっぱいに広がる銀色の髪と、その上にある耳で相手が誰だかようやく察した。

「いつまでも帰ってこないから見つけにきたんだ。そしたら森の中で寝てたんだから呆れるよ」

そう言って笑う彼女に俺も苦笑いする。

「悪かったな、手間かけさせて」

「気にしない気にしない。ただ、肉食動物もいるんだから気を付けなよ。見つけたときには頭がかじられてた、なんて笑い事じゃないからね」

「ああ、肝に銘じておくよ。それより、いい加減に下ろしてもらえないか？」

「了解、ちょっと待ってね」

俺はようやく下ろしてもらい、そのままふたりで家に帰った。

すでに日は暮れており、家の中は真っ暗だった。他の皆は早めに休んだらしい。

寝室へ行きベッドへ横になると、なぜかフローズがあとからついてきた。

「フローズ、どうした？」

「エルンストが悩んでるのを見てると、放っておけないし」

彼女はいつの間にか服を脱いでいたようで、ベッドに入ってきた。

そして、俺の横に寝転ぶと体を寄せてくる。

彼女の肌が触れ、その体温を感じると急に落ち着いてくる。

「な、なんで裸なんだよ!?」

「最近は暑くなってきたからね、もう寝間着なんて着てられないよ」

俺はこのまま事を始めるとばかり思っていたが、どうやらそうでもないらしい。

添い寝するような形のままフローズが話しかけてくる。

「ねえエルンスト、まだ悩んでる？」

「……そうだな、決められていない。フローズは俺がどうすると思ってるんだ？」

「ふふ、エルンストが分からないのに私が分かるわけないよ」

そう言って俺の肩に手を置くフローズ。

「でも、一つだけ言えるのはエルンストが何を選ぼうと私たちはついて行くってこと」

「……一応、俺だけ王都に行くパターンも考えていたんだが」

「馬鹿だね、ついて行かないわけがないよ。主を助けるのが召喚獣の役目なんだから！」

彼女は苦笑しながらそう言った。

召喚獣であるフローズたちだが、俺にとっては家族同然なのだ。

出来れば暮らしやすい村にいてほしいし、都会で差別されるようなこともなくしたい。

「どんな選択をしても構わないけど、私たちとエルンストは一緒にいなきゃダメだよ、わかった？」

「……はぁ、参ったな。これでまた難しくなった」

ため息を吐く俺を見てフローズはおかしそうに笑った。

「そんなに悩むことかい？　だってエルンストの好きにすればいいことだよ。戻りたいなら戻ればいいし、村で過ごしたいなら断ればいい。私はいつでも傍についてるよ」

彼女は腕を伸ばすと、俺の頭を抱え込むようにしながら抱きしめてきた。

俺も抵抗することなくそれを受け入れ、頭が豊かな胸に押しつけられる。

「なんだか、こうしてるとフローズのほうが大人みたいだな」

「ははは、何言ってんのさ、私のほうが大人だよ？　だから、たまにはお姉さんに甘えなって」

フローズが俺の頭を撫でながらそう言う。

いつもはお姉さんぶってるだけに感じていたフローズだが、今はその言葉どおりの包容力を感じた。

彼女に抱かれていると、不思議と、肩肘を張らずにいられる気がする。

「……よし、じゃあもう好きにする。誰に何を言われても関係ない」

「それがいいよ。やっぱりエルンストは私がついてないとダメだねぇ……って、どこ触ってるの？」

俺はフローズに抱きしめられているのをいいことに、その尻に手を回していた。

「好きにするって言っただろ。それに、裸でベッドに入ってくるほうが悪い」

こんなの襲ってくれって言ってるようなものだ。

数分前までのように悩んでいた状態ならまだしも、今は誘っているようにしか感じなかった。

「ちょっ、ちょっとエルンスト！　あんっ、ひゃっ！」

俺は体を回転させ、フローズを仰向けにして覆いかぶさる。

さらに愛撫を始め、彼女の興奮を高めていく。

頭から足先まで知り尽くした体だ。すぐに火をつけてやる！

「あのまま甘えたい気持ちもあったんだけど、主として従えさせておかないといけないよな」

「んっ、くふっ！　大人しく甘えとけばいいのに……っ！」

フローズが悶えて動くが、俺は上から押さえつける。

左手で胸を、右手で秘部を弄りながら的確に弱点を責めた。

そのまま数分、頃合いを見計らうと俺は一度手を放してフローズの脚を開かせる。

「えっ、ちょっと待って。まだ早いよっ！」

「大丈夫だ、中は濡れてる」

動揺するフローズに構わず、俺は膣内に肉棒を埋め込んでいった。

一見しただけではそれほど感じていないようだったが、俺が挿入した途端に愛液が溢れ出てくる。

愛液が膣内を満たし、溢れ出る寸前を狙ったんだ。

「ふっ……くぅ、フローズの中、奥までトロトロだぞ」

「ばかっ、言わないでよ……くふっ！　んっ、ああん！」

腰を進め、肉棒で膣奥を突くと、フローズが快感に耐えかねるように俺を抱きしめてくる。

そのお陰でふたりの体が密着し、より深く繋がり合う。

フローズの巨乳が俺の胸板で潰れて、覆いかぶさる形になっている俺は自然と彼女にキスした。

「はむっ!?　んっ、ちゅく、んん……」

いきなりキスされたからか驚くように目を見開いたフローズだが、次第に積極的になってくる。

俺の背中に回していた手を頭に移動させ、さらに舌を絡ませてきた。

「はふ、んむぅ！　もっと、エルンスト！」

「ああ！　隅々までたっぷり可愛がってやるからな！」

俺は激しく腰を動かし、フローズの中をかき乱していく。

「ひゃあっ、んっ、ひぅ！　エルンストの、おっきいので奥まで擦られてる！」

抱き合っているせいで、耳元でフローズの嬌声が聞こえてしまう。

その甘い声や細かい息遣いは、脳まで染み込んでくるようだった。

休まることなく性感が刺激され、無限に興奮していくようにも感じる。

「うう、奥までめり込んで……くほっ、あううううっ!!」

「気持ちいいか？　そうだろう、お前の体は隅から隅まで俺のものだもんな。中もしっかり俺の形を覚えてるし」

「い、言わないでっ！　恥ずかしい、から……はう！」

「ふたりしかいないんだ、今さら恥ずかしいもないだろう？」

俺はそう言いながら思い切り肉棒を動かす。

彼女に快感を与えるのはもちろんだが、こっちだって気持ちいいんだ。

肉体的な快感はもちろん、戦えば最強の召喚獣が俺に抱かれて気持ちよさそうに喘いでいる。

その光景を見ているとたまらないほど興奮するし、愛おしくなる。

「ああ、フローズ！　このまま受け止めてくれ！」

「いいよ、きて！　大好きなエルンストの子種、お腹の奥にたくさん注いで！」

彼女が俺の腰に足を巻きつけ、ぐっと引き寄せる。その刺激がトリガーだった。

「うくっ……フローズ、イクぞ!!」

フローズの体をベッドにめり込ませる勢いで腰を押しつけ、奥の奥で射精する。

「ひゃっ、あああああっ!!　きてる、エルンストのが奥まで……私もイク、イっちゃうっ!!」

俺の体を痛いくらい抱きしめながら絶頂するフローズ。

その間も膣内は一滴も残さないとばかりに締めつけ、精液を搾り取ってきた。

「はぁ、はぁはぁ……お腹のなかがいっぱいだよ……」

うっとりと呟くフローズと、その体の上で脱力する俺。

相手と一体になったような幸福感を味わったまま、俺たちは眠りにつくのだった。

四十話　二度目の出遅れ

翌日、俺は清々しい気分で朝食を食べていた。

さんざん悩んでいたことが、フローズと話をしたことで吹っ切れたのだ。

すでに大体の考えは頭のなかで出来上がっていた。

「……ふぅ、ごちそうさま。今日も美味しかったよ」

「ふふ、私の料理もかなり上手くなったでしょう?」

そう言ってラウネがテーブルから皿を片付ける。

「ああ、凄い美味いよ。もう家の料理じゃないと満足できないかもな」

「そう言ってもらえると嬉しいわ。それに……」

ラウネがそこで言葉を止め、台所のほうを見る。すると、奥からクエレとライムが出てきた。

「あの、本当に美味しかった……でしょうか？」

「ふふふ、実はライムたちもお手伝いしてたのです！」

不安そうにこちらを見つめるクエレと、自信満々で報告するライム。

思いもよらずふたりが出てきたことと、朝食の味の変化にはまったく気づかなかったことに驚いた。

「まさか、三人でやってたのか!?　すごいな、全然気づかなかったぞ。クエレもいつの間にか上手くなったんだな」

そう言って感心すると、ふたりは目を輝かせた。

「ほ、ほんとうですか!?　ああ、う、嬉しいです。ラウネに教えてもらった甲斐がありました」

「クエレ、火加減に手こずってたけど、今日は上手くいったみたいなのです」

「そうか、ふたりとも頑張ったみたいだな。偉いぞ」

おそらく、不器用なクエレをライムがサポートしてたんだろう。

俺は席を立ってふたりに近寄り、それぞれ頭を撫でる。

「え、エルンスト様……美味しいと言って貰えてすごく嬉しいです」

「んー、えへへ！　撫でてもらうの大好きなのです」

そう言って彼女たちは俺に笑顔を向けてくれる。

こうして触れ合っていると、やはり彼女たちは俺にとっていなくてはならない存在だと思い知る。

どちらの選択肢を選ぼうか迷っていた昨日の自分が馬鹿らしい。彼女たちと一緒ならば、王都に行こうと村に残ろうと後悔せずやっていけるだろう。

問題があるとすれば、彼女たちの他にもうひとり同じように思える存在が増えたことだ。

「なあラウネ、レベッカがどこにいるか知らないか？」

俺はひとしきりクエレとライムの頭を撫でると、振り返ってそう聞いた。

すると、彼女は何やら笑みを浮かべる。

「そう聞いてくると思ってたわ。レベッカなら、フローズと一緒に彼女の家にいるわよ」

「元々住んでいた家に？」

思わずそう聞き返した。最近ではずっとこっちの家に住んでいて、向こうにはほとんど戻っていないはずだ。しかもフローズと一緒にというのは珍しい。

「私たちと違って、普通の子はいろいろ準備が必要みたいね……ほら、噂をすれば帰ってきたわ」

玄関の開く音がして、レベッカとフローズが中に入ってくる。

しかも、フローズは大きな鞄や袋をいくつも抱えていた。

「ふぅ、疲れた……フローズさん、ありがとう」

「大丈夫よ、このくらい軽い軽い」

そう言って余裕の表情で荷物を持ち上げるフローズ。

「ちょっと待てレベッカ、これはどういうことだ？　まるで旅にでも行くみたいじゃないか」

俺は少し困惑しながらそう言った。意味がよく分からなかったからだ。

「旅ね、言いようによってはそうかも」

「そうって……まさか！」

ここまで来て、俺はレベッカが急に荷物を用意した理由に思い当たった。

そして、俺の顔を見てレベッカも俺が悟ったと気づいたようだ。

「たぶんエルの考えてるとおりだよ。わたし、エルが王都に行くならついていくから」

そう言った彼女の目は、いつになく決意に満ちていた。

こうなったレベッカはそうそう意見を変えないと、ここでの生活で身をもって知っている。

「まだエルがどんな選択をするかは分からないけど、早めに準備しておこうって思ったの」

「レベッカ、お前……」

「なーに難しい顔してるの、もしかして私がついていくのが意外だったのかな？」

「いや、そんなことはないし、すごく嬉しいけど……」

俺はそこで言葉を濁した。

頭に浮かんだのはこの村の人たちのことだ。彼らはレベッカを実の家族のように可愛がっている。

レベッカがいなくなれば悲しむのではないだろうか。

そう考えていると、彼女が俺の前に立って口を開く。

「村長たちのこと？　なら心配ないよ、もうエルのところにお嫁に行くって言ってきたから。村長もエルを捕まえなかったら次がいつになるかって……」

「ああ、そうか……え？　待ってくれ、聞き間違いじゃなければ今……」

突然の言葉に混乱した俺はレベッカの顔を見る。

すると、彼女は頬を赤く染めてじっと俺を見つめていた。

「どうやら、聞き間違いじゃないみたいだな」

「うん……な、なんだか恥ずかしくなってきちゃった！　やっぱり、ふたりきりのときに……むぐっ!?」

俺は突如湧き起こった衝動のまま、レベッカを抱き寄せた。

「ああ、もう！　また先を越された！」

「えっ、なに……どうしたのエル!?」

突然大声を上げた俺に、驚いた様子のレベッカ。

だが、ラウネやフローズは笑みを浮かべながらこっちを見ている。

「ど、どうしたのエル。わたし悪いことでも言っちゃった？」

「違う、違うよ。俺が怒ってるのは自分に、だ。いい加減鈍すぎるだろう……」

そう言いながらレベッカを力一杯抱きしめる。

今俺の心の中は、嬉しさと悔しさがごちゃ混ぜになっていた。

「エルくん、本当は自分のほうからプロポーズしたかったのよね。前に好きだって言われたときもレベッカからだったでしょう？　今度は自分からって思ってたみたいだけど、また先に言われちゃったみたいね」

「仕方ないと言えば仕方ないけど……ふふ、かなり悔しいみたいだね！」

ラウネとフローズに説明され、急に恥ずかしくなってくる。

年上のふたりにはまるっきりバレバレだったようだ。

だが、このまま終わったら余計に後悔する。俺は羞恥心を振り切り、レベッカの目を見て言う。

「俺からも。レベッカことが好きだ、俺と夫婦になってくれ。絶対に幸せにすると約束する」

言った瞬間、全身に震えが走って背中から汗が噴き出してくる。

こんなことを言うのは、二度の人生の中でも初めてだ。

レベッカはしばし呆然とした様子だったが、俺の言葉の意味を呑み込むと頷いた。

「うん、もちろんだよ！　あー、わたしも体がゾクゾクしてきちゃった！」

目に嬉し涙を浮かべながら笑うレベッカ。いつ見てもこの笑顔には心が救われる。

「……なんだか凄いことになっていますね、これは」

「さすがレベッカ、行動が早いのです。でも、いつかはこうなると思ってたのですよ」

「そうですね。お互いに好意を向け合っている者同士、番《つがい》いになるのは必然です」

「うんうん、とにかくめでたいのです！　新しく家族が増えるって幸せですね！」

クエレとライムのふたりからも祝福される。

「ありがとうみんな、今日から正式に家族がひとり増える。それと、言っておくがもう一つ」

そう言って、俺は一息置くと続けた。

「俺は公爵の誘いを断る、王都へは行かない。この村からは離れない」

俺の選択に五人は頷いてくれた。

「とうとう決めたね、エルンスト。でも、公爵にはどう話すんだい？　さすがに手ぶらじゃ納得して帰りそうにないよ」

「大丈夫だ、そこは考えてある。公爵がひとりで王都に帰っても顔が立つような手土産をな」

俺はそう言うと、最後にレベッカの額にキスしてようやく彼女を解放するのだった。

四十一話　公爵への回答

あの後、俺たちは揃って村のみんなに報告へ向かった。

俺がレベッカと一緒になることと村に残ることを伝えると、みんなが喜び祝福してくれた。

その後は村中の人たちが俺の家に集まってお祭り騒ぎだ。

食事と酒が振る舞われ、大人たちは陽気に歌い、子供たちは踊って駆け回る。幸せな時間だった。

楽しい時間はあっという間に過ぎ去り、約束の日が来た。

俺は玄関の外で来客を待つ。

家の前に田舎には不釣り合いなほど豪華な馬車が止まり、中からトローペ公爵が降りてくる。

「数日ぶりだな、エルンスト」

「公爵様もお元気のようで。まぁ、倒れられたら俺が困りますが」

そう言うと、彼は腕を組んで唸る。

「何やら顔つきが変わったようだ。これは良い返事は期待できそうにないかな？」

「さぁ、どうでしょう……お茶を用意してますので中へどうぞ」

「ふむ、そうしよう」

そのまま側近を連れた公爵と中に入り、リビングに向かう。

そこではレベッカたちが待っており、村長がいない以外は前回と同じだ。

「そちらへどうぞ。飲み物はどうします？　お茶とコーヒー、果実水くらいしかありませんが」

「なら果実水をもらおうか。今日はよく晴れているから、汗をかいてしまってな」

「わかりました」

それから俺はラウネに目配せし、公爵の反対側のソファーへ座った。隣にはレベッカだ。

席に座った俺を見て、まず公爵が切り出してくる。

「さて、では本題から入ろう。時間を与えたのだから答えは出ているのだろう？」

そう俺に問いかけてくる公爵。

見るものによっては威圧感を覚えるかもしれないが、慣れてる俺からすればどうってことない。

「ええ、たっぷり時間をいただきましたからね。結論から言いますと、俺は王都へ行きません」

俺の答えに公爵はため息を吐いた。

「やはりそうか、そんな予感はしていた。ここでの暮らしを気に入っているように見えたからな」

そう言って彼は額に手を当てる。

やり手の公爵がここまで参っている様子は見たことがない。

少し悪いことをしてしまった気分になりつつも、決定は覆さない。

「うむ、うむ、こちらも無理強いはしたくない。争えば甚大な被害が出るであろうからな」

後ろにいる召喚獣たちを見ながら言う公爵。

確かに、フローズたちの内ひとりでもいれば、公爵を捕まえて護衛の騎士を退けられるだろう。

だが、そんなことをしてしまえば全面戦争だ。お互い穏便に進めたい。

「この村に残るという意思は変わらぬか？　専用の研究施設だけで足りぬなら、官僚のポストや城が築けるだけの金貨も与えよう。軍に手を回し、将軍の階級を持ってきてもいい」

「……公爵様、分かっておられるでしょう。俺にそういった欲はありません」

きっぱり断ると、彼はもう一度ため息をついた。

「まぁ、だろうとは思ったがな。私とて陛下に職務をお預かりいただいてまで、ここに来ているのだ。手ぶら帰ることは出来ない。私はともかく、私に任せた陛下の顔に泥を塗ることになる」

「確かに、それはまずいですね」

この国の上層部は実力を最重視しているが、かといってメンツを気にしないわけではない。

権力者が集まるような場ならば、常識もあまり通用しない。

「俺も陛下から不興を買うようなことはしたくありません」

公爵も前国王時代から王国に仕えている重臣だ。

国王としても、重臣の顔に泥を塗るような輩は快く思わないだろう。

そこで、俺は用意しておいた数冊の手作りノートを机の上に置く。

突然現れた資料の山に公爵は目を丸くした。

「エルンストよ、これは？」

「どうぞ、まずは見てみてください」

公爵の質問にそう返すと、俺は一番上のノートを手に取り公爵に手渡した。

表紙に書いてあるタイトルは『召喚術の汎用化と召喚獣との契約の簡略化について』だ。

「ふむ、見てみよう……」

彼は手に取ったノートを開き、中身を読み始める。

公爵はエリートの集まる特務機関の責任者であり、使えこそしないが魔術にも知見を持つ。

十分ほど読むと、公爵の顔色が明らかに変わっていた。

「エルンスト、お前これは……」

「どうでしょう公爵様、以前から進めていた研究をまとめた資料です。気に入っていただけたでしょうか？」

俺は笑みを浮かべて問いかける。

公爵は頷いたが同時に険しい顔つきだ。

「素晴らしい研究だ、王国の軍事……いや、それ以外も大きく発展させる可能性がある。公式発表すれば陛下から勲章が授与されるであろう。だが……」

「だが、ですか？」

不思議に思って問いかけると、公爵はノートを置いて続ける。

「うむ、召喚術を汎用化しえるだろうが、君の価値はさらに跳ね上がる。誰もが放ってはおくまい」

「む、それはマズいですね。俺はこの村でゆっくり暮らしたいので」

「そうであろう。そこでなのだが、この技術は私が秘匿しておく」

そう言った公爵に俺は苦笑した。

「ははは、つまり技術を独占したいということでしょう？」

「ふふ、そのとおりだな。だが先ほどの言葉にも嘘はないぞ。公表すれば、たちどころにお前の身の危険は増す。それに王国内で争いが起きるかもしれぬ」

笑みを浮かべながらも真剣な公爵の顔を見る限り、本気だろう。なら好きにすればいい。

「では、このノートは公爵様にお預けします。ご自由にお使いください」

「分かった、慎重に取り扱おう」

そう言うと、公爵は側近が持っていた鞄を持ち上げその中に資料をしまい込む。

「完全とはいえないが、ひとまず解決だ。エルンストを王都へ呼べないのは残念だったが」

公爵もいつもの自然な態度に戻り、あとは時間の許す限り談笑した。

とくに俺がレベッカと一緒になると伝えたときには、かなり驚いていたな。

同時に、王都へ来ないわけだと笑っていた。

確かに生き馬の目を抜く王都の環境はレベッカに優しくないだろうからな、と。

その後、再び公爵を見送って、この交渉は終わったのだった。

四十二話　召喚術師のハーレム1

公爵一行が去り、村に再び穏やかさが戻ってきた。

だが、生憎と俺の家ではもうしばらく騒がしさが続くらしい。

何故なら、俺の寝室にレベッカを始め五人全員がやってきたからだった。

すでに全員がベッドの上に上がっており、俺は取り囲まれて動けない状態だ。

「くっ……さすがに多すぎるぞ」

フローズたちとの行為を見越して大きめに改装したベッドだが、さすがに六人となると少し動くだけでギシギシと音がする。

その状況でも彼女たちは器用に動いて、自分の居場所を確保していた。

「ほら、エルンストこそモゾモゾ動かない。結構ギリギリなんだから」

「そうよ、もっとお姉さんに体をくっつけないとね？」

ベッドに座る俺の左右にいるのは、フローズとラウネだ。

全員が一糸まとわぬ姿になっているので、存分にその豊満な体を押しつけてくる。

とくにその胸は片手では覆い隠せないほどの巨乳だ。

体に押しつけられると無条件で気持ちよくなってしまう。

大きな柔肉の感触と耳元から聞こえる熱い吐息に興奮がうなぎ登りだ。

「いつもならこんなことしてると押し倒されるけど、さすがに今は無理みたいだね」

「ええ、大事なところはクエレとライムに奉仕されてるんだもの、動けるはずないわ」

そう言ってラウネが視線を下に動かす。

そこでは、ラウネの言ったふたりが肉棒にフェラで奉仕していた。

「んちゅ、はむぅ！　はふっ、はふぅ、エルンスト様、気持ちいいですか？」

「れろれろ、じゅるるっ！　こんなにビンビンにしてて気持ちよくない訳がないのです！」

ふたりの美少女が足元に侍り、舌を目いっぱいに突き出しながら奉仕してくれている。

すでに限界まで大きくなっている肉棒へ舌を這わせ、ときには玉袋のほうまで刺激されていた。

そして最後に、背中からはレベッカが密着するように抱きついていた。

「エルの顔、すごく赤くなってるよ。みんなに奉仕されて気持ちいいんだね」

「当たり前だ、こんなの耐えられるわけない！」

みんな目を見張るほどの美人でスタイルも抜群だ。

全員が全員俺のことを好きでいてくれる。こんなに幸せなことはない。

「わたしもエルのこと大好きだよ。ねぇ、キスして？」

そう言われ、振り返るとレベッカのほうからキスしてきた。

桜色の唇が押しつけられ、間近に見える彼女の目は情欲に濡れている。

「私たちみんなエルンストに気持ちよくなってほしいんだよ、我慢なんて体に毒さ」

耳元でフローズにそう言われ、もう片方の耳はラウネが咥えてくすぐるように舐める。

全方位から与えられる刺激にもう限界だった。

俺はレベッカとキスしたまま、フェラしているふたりの頭に手を置いてそのまま射精した。

「あひゅっ!?　あぁ、凄いのです。顔中がご主人さまのでいっぱいぃ……」

「はむっ、じゅぷ、じゅるるるる！　残りは一滴も逃しません」

精液を顔で受け止めて恍惚とした表情のライムと、残りまで吸い出すように肉棒を咥えるクエレ。

全員に奉仕されながら、俺は最初の絶頂を迎えたのだった。

だが、一度イったくらいで解放されるはずがない。

ライムとクエレが俺の脚を解放すると、すぐにラウネが誘ってきた。

「次は私よエルくん、たっぷり楽しませてね？」

そう言うと、ラウネは四つん這いになって俺に尻を向ける。

染み一つなく張りもある尻はまるで陶磁器のようだ。

だが、誘われるように手で掴むと至極の柔らかさが感じられる。

「んはっ、あん！　エルくんはおっぱいだけじゃなくてお尻も好きだものね」

「ああ、ラウネの体はどこだって柔らかくて触っていたくなる」

五人の中でも一番肉感的な美女だ。

花が甘い蜜で虫を誘うように、ラウネは魅力的な肢体で男を誘う。

俺はフラフラとラウネに近づき、復活した肉棒を尻の谷間に擦りつける。

「さっき出したばかりなのにすっごく硬いわぁ、さすがね」

「こんな美女ばかりに囲まれて、休んでる暇なんかないからな。さっきラウネが飲ませてくれた精力剤も効いてるんだろう」

アルラウネの彼女が様々な蜜を配合して作ったセックス用の精力剤だ。

普通の人間でも疑似的な絶倫状態になれる。

「もう我慢できない、入れるぞ……！」

性欲が際限なく湧き出てきている俺は、彼女の中が濡れているのを確認すると一気に腰を進めた。

「はひっ!?　あっ、やぁん！　エルくんのがズブズブって奥まできてるわっ！」

一気に奥まで挿入され、大きく嬌声を上げるラウネ。

内部を擦られる刺激で膣が締まり、それが次々と快楽を生み出す。

とくに多肉植物かと思えるほど肉厚のヒダが俺のものに絡みつき、複雑な刺激を与えてきた。

「うっ、くぅ……こんなの長く持たないぞ！」

「が、我慢しないでいいのよ。今日はいくらでも、好きなだけセックスできるんだから」

「そうだぞ、私だって待ってるんだから」

「っ!?　あっ、ぐうっ……！」

ラウネとの会話に突如割り込んできたのはフローズだった。

彼女はラウネの体を大きく跨いで正面から俺に抱きついてくる。

「はぁ、ちゅ、ちゅる……犯しながら別の女に抱かれてキスされるなんて、贅沢な味わい方だぞ？」

「ふふ、そうだよね。後ろにはわたしもいるし」

正面からはフローズ、後ろには先ほどと同じレベッカ。

ふたりに前後から抱きつかれ、女体にサンドイッチされている状態だ。

胸と背中に潰れるほど乳房を押しつけられ、口はもちろん顔や耳にまでキスの雨が降ってくる。

もちろん、その間もラウネを犯すことは止めない。

「ヤバい、これほんとに持たないって！」

あまりの気持ちよさに、焦ってそう言ってしまう。

全身で愛されているのを感じながらのセックス、こんなの今まで体験したことがない。

俺は本能の赴くまま目の前のフローズの胸を揉み、もう片方の手で彼女の秘部を弄る。

「きゃっ、うくっ！　エ、エルンスト、ダメだって！」

「一緒に気持ちよくなってくれよフローズ。なあ、いいだろう？」

すでに終わりが見えていた俺は、重点的にフローズの性感帯を責める。

これまで何度も交わった体だ。手探りでもどこを責めればイクかなんて分かりきっていた。

「すごい、フローズさんのこんな顔見たの初めて……」

彼女の蕩けた表情を見たレベッカが驚いたように言う。

「今は手が回ってないけど、あとでレベッカも気持ちよくしてやるからな！」

「うん、期待してるね。わたしもトロトロにされちゃう前にエルをいっぱい気持ちよくしてあげる」

そう言うと、さらに激しくキスの雨が降ってきた。

熱烈な愛情のこもったそれを受け止めながら、俺も劣情を目の前のふたりにぶつける。

「イクぞふたりとも、受け止めろ！」

「イクッ、私もイクよエルンスト！　くる、きちゃうよぉ！」

「ひゃうっ、ああん！　きて、奥まで突き入れて！　エルくんの子種、溢れるほど注ぎ込んでぇ!!」

ふたりの声に引っ張られるように俺は限界を迎えた。

子種がラウネの奥深くを白く染め、絶頂した彼女がさらに搾り取るように締めつけてくる。

同じくイったフローズも全身を震わせながら舌を絡ませる深いキスをしてきた。

「うわぁ、こっちまで震えが伝わってくるよ……エルもフローズさんもキスに夢中になってて、わたしの声が聞こえないみたいだね」

苦しいほど抱きしめてくるフローズと、優しく腕を回しているレベッカ。

さらに下半身は、ラウネの体に溶むような快感で力が抜けてしまいそうだ。

ようやく絶頂の波が静まったころ、俺はレベッカに支えられてベッドに座り込むのだった。

四十三話　召喚術師のハーレム2

フローズとラウネ相手に一度力尽き、レベッカに支えられてようやく落ち着いた俺。

だが、二連戦でさすがに疲れが出てきて休憩中だった。

目の前には絶頂で腰が抜けてしまったらしいふたりが、同じように寝転んでいる。

その姿を見ていると、夢のような快感が本物だったことを認識できて、また昂ってしまう。

「ふふ、まだまだする気みたいだね」

再び硬くなった俺のものを見て、顔を赤くしながらも笑みを浮かべるレベッカ。

後ろから手を回し、その手で肉棒をしごいてくる。

気遣うような優しい手つきで刺激され、ゆっくりだが確実に興奮が高まってきた。

「もう準備万端みたいだね。ほら、横を見て、クエレちゃんとライムちゃんが待ってるよ」

言われたとおり横を向くと、ふたりが並んで今か今かと待っていた。

「ご主人さま、次はライムたちにくださいっ！」

「いつでも準備は整っていますので、どうか……」

そう言うと、ふたりは自分で脚を広げる。

成熟したラウネたちに比べてまだ幼さを残している秘部がびしょ濡れになっているのを見ると、背徳感が刺激された。

「さあエル、今度はふたりを可愛がってあげて？」

レベッカに後押しされるようにクエレたちの前に行き、そのままベッドに押し倒す。

「ご主人さま、早くくださいっ！　もう体が熱くて沸騰してしまいそうです！」

「もちろんだ。ただ、途中で止めないからな」

ふたりは頷き、互いの体を抱き寄せる。

俺はそんな彼女たちに覆いかぶさるようにしながら腰を進め、まずライムの中に侵入していった。

「んっ、あああああっ！　ひゃふっ、全部入ってお腹の中パンパンなのですっ！」

硬く熱い杭のような肉棒に貫かれ、息も絶え絶えなライム。

近くからその表情を見ていたクエレは驚いたように硬直する。

さらに俺が腰を動かすと、狭いライムの膣内がこれでもかと吸いついてくる。

ピッタリと密着された感触はまるで奥に吸い込まれるような感覚がして気持ちいい。

だが、責められているライムは俺の何倍も感じているようだ。

「ひゃ、あううっ、クエレ……」

ライムが目の前いるクエレに手を伸ばし、襲い掛かってくる快感に耐えるようにしがみつく。

「こ、こんなに気持ちよさそうな顔になって……うぅ、ダメです。抑えられませんっ！」

クエレは我慢できず自分で自分を慰め始めた。

ふたりの喘ぎ声が寝室に響き、俺の興奮も止まるところを知らない。

「せっかくふたり一緒なんだから、楽しまないとな！」

俺はいったんライムの中から肉棒を抜き、クエレのほうに挿入する。

「あうっ！　い、いきなり!?」

「油断してるほうが悪いんだぞクエレ、俺の為に解してくれてたんだろう？」

そう問いかけると、顔を赤くしながらも頷く。

可愛い反応に俺の気分も盛り上がって、発育の良い胸にも手を伸ばした。

むぎゅ、と掴みながら強めに揉み解すと、ちょうどいい刺激だったのか、大きな嬌声が上がった。

「あぐっ、くふぅぅ！　一緒にしちゃダメです、そんなのすぐにイっちゃいます！」

「我慢するな。好きなだけイっていいんだぞ」

先ほど言われた言葉を使いながら、俺は彼女の中をかき乱していく。

「ふたりとも、休ませないからな。そのまま観念しろ！」

俺はふたりへ交互に挿入し、その興奮を高めていく。

「ああん！　気持ちいいよ、ご主人さまっ！」

「め、目の前がチカチカして、これ気持ちよすぎます。壊れちゃううっ！」

ふたりはお互いの手を握りながら快感に耐えているようだ。

その姿に微笑ましいものを感じつつ、俺は容赦しなかった。

それぞれ膣内の敏感な部分を肉棒でえぐるように突き解しながら、絶頂に向けて押し上げていく。

「ひゃうっ、もう我慢できないのです、イっちゃうのですっ！」

「わ、わたしもですエルンスト様、どうか一緒に！」

ふたりに願われ、俺はそれに応えるように腰を動かす。

「出すぞ！　ふたりの子宮の中、満タンにしてやるからな！」

自分の興奮を高めていき、限界を迎えたところで堪えることなく射精した。

「ひいっ、きてます！　イクッ、熱いの注ぎ込まれてイキますっ!!」

「ああっ、イクゥゥ！　ライムの中がご主人さまの子種でいっぱいになってるよぉ！」

部屋全体に響くような声で絶頂するふたり。

俺は彼女たちの中に一滴残らず子種を注ぎ込むと、余韻を味わう暇もなく振り返った。

すると、予想どおりレベッカが抱きついてくる。

「エル！　わたしもうダメなの。さっきから、見てるだけでお腹の奥が疼いてるの！」

「ああ、レベッカの分もしっかり残してあるよ」

手を回すと彼女の腰を抱き寄せ、そのまま対面座位で挿入する。

「くっ、うぐ……」

さすがに連続でとなると負担も多い。

敏感になっている肉棒にレベッカの中が絡みついてきて、思わず声が出てしまった。

「んむ、大丈夫？　苦しかったら止まってていいよ？」

心配したのか、レベッカは優しく声をかけてくる。

俺はその言葉どおり、彼女の中に入ったまま落ち着くまで待つことにした。

「んっ、中でエルのがピクピク動いてるよ。入ってるだけで気持ちいいんだ？」

「それだけレベッカの中が居心地いいんだよ」

そう言うと彼女は苦笑しつつ、軽くキスしてくる。

俺もそれに応えていると、いつの間にか復活したラウネたち四人が近づいてきた。

「む、レベッカばかりズルいわよ。私たちにも分けてちょうだい？」

四人は俺の周りに侍《はべ》り、それぞれ順番にキスしてくる。

彼女たちの性格が表れているいろいろなキスを受け止めていると、体のほうは落ち着いてきた。

俺は再びレベッカの体に手を回すと両手で尻を掴み、上下に動かし始める。

「エル、そんな、いきなり激しく!?」

「みんなのお陰で少し休ませてもらったからな。ここからは全力だ！」

俺は残っていた体力を絞り出すように彼女を責める。

腰の位置を調節しながら肉棒で突き上げ、レベッカの感じるポイントを刺激した。

「あんっ、やぁっ！　そこダメだよぉ！　ひうっ、きゃふううっ！」

俺の腰使いに嬌声を上げながら、襲い来る快感を耐えようと抱きついてくるレベッカ。

「中が震えてきたぞ、気持ちいんだろう？　いいぞ、みんなに見られながらイっちまえ！」

「あぐっ、ひゃふっ！　イクッ、イックゥゥウウウ!!」

絶頂の快感に全身を震わせた。締めつけてくる膣内に刺激されて、俺も欲望をぶちまける。

「くっ、ふぅ……エルのがどんどん流れ込んでくるよ……」

俺に抱きつきながら、ぼうっとした表情でうわごとのように呟くレベッカ。

さすがに俺も限界だ。精力は回復できても体力が続かない。

しかし、これでようやく一巡だ。いつもより燃え上がっている彼女たちが満足するはずがない。

結局、休憩を挟みながら日が昇る直前まで淫靡な宴は続くのだった。

エピローグ

王都のとある会議場。

そこでは宰相のトローペ公爵が、エルンストに関しての報告を上げていた。

「……このように、召喚術師のエルンストと辺境の村で接触することになりました」

「公爵よ、かの魔術師と話した結果は？　ここにいない以上、聞くまでもないことかもしれぬがな」

そう言うのは彼の主である国王だ。王国の益になるよう解決すると約束した公爵がエルンストを連れて帰らなかったことで、鋭い目線を向けている。だが、公爵は毅然とした態度で答えた。

「彼は改めて退職を希望していましたので、それを受け入れました。アークデーモン討伐の功と引き換え、と言われれば受け入れぬわけにはいかぬでしょう」

そう言うと重鎮たちからも唸るような声が聞こえる。

本当は研究成果と引き換えだったが、公爵はもっともらしい理由をでっち上げていた。

富も名誉も望まない彼にとって、アークデーモン討伐の功績など必要ないものだったからだ。

しかし、会議の参加者たちにとっては違う。

これだけの功績をもってしても退職という真っ当な要求を呑まない政府だと思われれば、エルンストはもちろん他の国家機関に勤めている職員からも信用を失いかねないからだ。

「しかし、そのまま野放しにしておくのも危険かと思うが」

ひとりの男がそう言うと、公爵も頷く。

「承知している。村から一番近い街に事務所を置き、常に彼と連絡が取れる体制を敷く予定だ」

「それならばよいのですが、彼が村から逃げるということは？」

「ないと断言しよう。すでにあの村で所帯を持つつもりらしいからな」

公爵の言葉に驚きが広がる。婚姻を使ってエルンストを身内に引き込もうとしていた者は多いからだ。公爵は会議場が落ち着くのを待つと、国王のほうに向き直る。

「陛下、申し訳ございません。彼を連れ帰ることはできませんでした。責任はいかようにも……」

深々と頭を下げる公爵に対し国王はため息を吐く。

「……赦す、敵にならなかっただけよかったとしよう。それに、幸いあの村は国境に近い。万が一のことがあれば、自ら進んで戦ってくれるだろう」

「さすが陛下、柔軟な発想です。感服致しました」

「ふん、世辞はよい。それよりもだ、せっかく向こうまで行ってきたのだから土産話の一つや二つあるのではないか？　後で部屋に来て聞かせよ」

「はっ……承りました」

公爵はそのときの国王の笑みを見て、研究資料についてどう誤魔化すか頭を悩ませるのだった。

◆　◆

公爵の訪問からしばらく時間が経ち、村も通常の平穏や様子を取り戻していた。

大雨による被害も完全に復旧され、畑にも新しい野菜の種が植えられている。

そんな中、俺は自作の温室の中で果物の木の手入れに精を出していた。

「ふぅ、さすがに熱いな。まあ、これくらいじゃないとうまく育たないんだろうが」

首にかけたタオルで汗を拭き、枝を切って木の成長を調整する。

室内の気温は三十度近い。

ライムの分体スライムをビニール代わりに使って、外界との空気を隔てているからだ。

温室の中での作業は熱いことこの上ないが、その努力もあって目の前には果物が実をつけていた。

あとは、熟して収穫を待つだけだ。

そのとき、外から声がかけられた。隣の畑を使ってるおじさんだ。

「よぉエル！　調子はどうだ？」

「まあまあです、このまま無事にいけば収穫できますよ。たくさん採れたらおすそ分けしますね」

「悪いな！　代わりと言っちゃなんだが、息子が最近養鶏を始めたんだ。今度卵を持ってくよ」

「じゃあ交換ですね、楽しみにしておきます！」

こうした何気ないやりとりも、ようやく自然になってきた。

来たばかりの頃は違和感しかなかったが、損得勘定がないやりとりというのも気楽でいいものだ。

「今日はこのくらいにしておくか」

立ち上がって温室を後にすると、家庭菜園の様子を見ていたラウネと合流して自宅に帰る。

「エルくん、そっちの様子はどうかしら？」

「ああ、いい調子だよ。来月にはフルーツを振る舞えそうだな」

「それは楽しみだわ。家庭菜園のほうも順調ね、農家の人にいろいろ知恵を貸してもらったから、成長具合も良いわ」

能力を使わず、普通の環境で育てるのはやはり勝手が違うらしい。

手の空いた村の人たちにも協力してもらい、いろいろな植物を育てている。

新しい名産品ができるかもしれないとあって、みんなも協力的だ。

そのまま談笑しながら帰路を進むと、自宅が見えてきた。

玄関先にはフローズとクエレの姿が見える。

近づくと、匂いで悟ったのかフローズが振り向く。

「お帰りエルンスト、それにラウネも。調子はどんな具合だ？」

「ただいま。栽培のほうはいい調子だよ。そっちも今日は大物が獲れたみたいだな」

フローズたちの足下には、二メートルはある大きな猪が横になっていた。

額から角が生えており、普通の動物ではないことが分かる。魔物だ。

「角が一本ってことはモノホーン・ボアだな。食べて大丈夫なのか？」

その質問にはクエレが答えた。

「大丈夫です、試しに食べてみたので」

そう言って彼女が猪の腹を開くと、そこにあるべき内臓は綺麗に消えてなくなっていた。

「全部食べたのか？　たまげたな……」

「久しぶりの魔物だったから、昔の本能が騒いでさ……ねぇクエレ？」

「はい、おやつにはちょうど良かったです」

俺は若干呆れたが、まあ亜人状態のふたりが食べて問題ないなら毒は無いだろう。

「頼むから、今度からは火を通して食べてくれよ」

それから俺たちは協力して猪を解体し、肉を氷の精霊が常駐している保管庫へ入れた。

ようやくのことで家の中に入ると、出迎えてくれたのは全身からいい匂いをさせたライムだ。

「お帰りですよ、レベッカとご飯を作って待ってたのです！」

「ああ、ただいま。留守番ご苦労だったな」

「今日のメインは魚の煮物なのですよ」

「ほう、そりゃ楽しみだ」

会話しながら食卓へ向かうと、ちょうど台所からエプロン姿のレベッカが出てくるところだった。

「お帰りエル。今日もお疲れ様！」

「ただいまレベッカ」

そう言うと、彼女がやってきて頬にキスしてくれる。

唇にはなしだ。下手すると、食事どころじゃなくなる危険があるからな。

「そうだ、今度温室の隣の畑のおじさんが新鮮な卵を分けてくれるらしいぞ」

「えっ、本当？　じゃあ久しぶりに卵料理三昧にしようかな」

嬉しそうに笑うレベッカに、卵料理と聞いてテンションが上がっている様子のフローズとクエレ。

ラウネもライムも、もちろん俺も自然と笑顔になる。

王都にいたころには得られなかった、何気ない生活の中での幸せ。

それを実感しながら、俺は田舎でのスローライフを満喫するのだった。

番外編　レベッカのお願い

ある日の夜、ちょうど日付が変わろうかという時間だった。

俺の寝室の扉が開き、その音で目が覚めた。

「……いったい誰だ？」

問いかけると、目の前まで迫っていた影がビクッと震える。

さっと魔術で明かりを点けると、そこにいたのはレベッカだった。

「あ、あはは、ベッドに入る前に見つかっちゃったね……」

「こんな時間に夜這いか？　今さらコソコソする必要なんかないだろう」

俺はそう言って彼女を抱き寄せる。

この家にいる女性たちは全員俺と関係を持ってるし、文句を言うようなことはあり得ない。

「んっ……それは分かってるけど、わたしって一番新入りでしょ？　エルを想う気持ちではみんなと一緒だけど、まだ不安で……」

「つまり、フローズたちと経験の差がついてることを気にしてるのか、なるほどな」

確かに、レベッカと他の四人じゃ場数が違う。

レベッカも一緒に抱いたことはあるが、そのときに召喚獣たちとの経験の差を感じたんだろう。

「そう言うことならいくらでも付き合うよ」

「え、本当にいいの？　寝不足とか大丈夫？」

「大丈夫だ。昔は三日間連続の監視任務とかもあったからな、どうってことない」

「う……朝までは、わたしのほうが厳しいかも。腰が抜けて立てなくなっちゃうよ」

苦笑いしつつも、レベッカは俺のズボンに手を伸ばして脱がせてくる。

同時に俺も彼女の寝間着の中に手を滑り込ませ、揉み甲斐のある胸を愛撫する。

「んぅ、今日は私がしようと思ってたのに……」

「これくらいいいだろう？　俺だって手持ち無沙汰じゃつまらないし、レベッカだって動かない人形相手じゃ練習にならないはずだ」

「もう……もっともらしいこと言って、おっぱい揉むのは止めないんだから……」

ちょっと不満そうだが、その手は俺の肉棒を愛撫し始めていた。

最初はおっかなびっくり触っていたレベッカも、最近ではだいぶ上達してきている。

肉棒をある程度大きくすると、今度はしごきながら強い刺激を与えてきた。

「だんだん大きくなってきたね。どう、手でしごくの気持ちいい？」

「ああ、気持ち良いよレベッカ。ただもう少し強くてもいいかな」

「うん、分かった。こんな感じかな？」

手首を上手く使いながら大きくしごき始めるレベッカ。

だが、まだ愛撫されながらでは集中しきれないみたいだ。

俺の指が敏感な乳首に触れるとピクっと震えて動きが止まってしまう。

「あ、んっ！　エルのいじわる……せっかく上手くいってたのにっ」

「悪い悪い、目の前にあるとつい手が動いてしまってな。レベッカが魅力的だからだよ」

そう言って謝罪するが、彼女はジトっとした目で俺を睨んでくる。

それに対して苦笑いすると、ため息を吐かれてしまった。

「むぅ……まぁいいか、そろそろエルも準備できたみたいだもんね」

気を取り直してそう言ったレベッカが俺をベッドに押し倒す。

愛撫のお陰でお互いに準備万端のようだ。

彼女は横になった俺を跨ぎ、服を脱いで全裸になると腰を下ろす。

すると、素股をするように俺の肉棒が下敷きになってしまった。

「んっ、はうぅ、エルのすごく熱いよ。触れてるだけでも火傷しちゃいそうだもん！」

「レベッカの体だって温かいぞ、充分興奮してるじゃないか」

肉棒に触れている秘部からは熱い蜜が垂れ、俺の体にまで滴ってくる。

俺が胸を揉んでたこともあるだろうが、本人も自分から犯すという行為に興奮したんだろう。

そのままレベッカが軽く腰を揺すると、秘部の割れ目に沿って肉棒が擦られる。

「はぁはぁ、中に入れずにこうやって擦りつけるのも気持ちいいねっ……んぁっ、あんっ！」

気持ちよさそうに息を荒くするレベッカ。

だが、こっちとしてはいい生殺しだ。たまらず彼女に声をかける。

「レベッカ、頼むから焦らさないでくれ！」

「ん、ごめんね、ちょっと苦しかったかな……じゃ、じゃあ入れるね？」

「ああ、もう我慢できないんだ。レベッカの中に……」

俺は勝手に体が動き出しそうになるのを堪えながら、レベッカを待つ。

向こうも切羽詰まった声を聞いて、こっちの我慢が限界だと理解したらしい。

一呼吸置くと、肉棒を立てて自分の中に受け入れ始めた。

「あくっ、やっぱり大きいよ……んっ、あふぅぅっ！　ズルズルって奥まで入ってくるぅ！」

体重をかけるようにしながら腰を下ろしていくレベッカ。

直接愛撫していなかったのでいつもよりキツい感じがしたが、愛液の量は充分だったのでなんとか挿入していく。

俺のものが徐々にレベッカの中に入っていく様子はこの上のなく興奮した。

「あう、あと少し……っあん！　あっ、はぅ、全部入ったよ……」

そう言うと顔を赤らめ、俺を見下ろすレベッカ。

興奮しているからか、動かさなくても膣内が蠢いて肉棒を刺激する。

「私の中にぴったり入っちゃってるね。エルのが一番奥を押し上げてるみたい」

自分の下腹部に手を当て、少し嬉しそうに言うレベッカ。

彼女が笑顔なのを見るとこっちも嬉しくなってくる。

「じゃあ動かすからね」

「ああ、しっかり見ててやる」

「う……それはそれで恥ずかしいよ！　じっと見つめるのは禁止！」

少し怒った様子で言ったレベッカだが、腰を動かし始めるとその余裕もなくなる。

「はぁ、ふぅ、んぐっ！　あうっ、ちょっと動くだけで気持ち良くなっちゃう……んんっ！」

俺の胸に手を当てながら腰を動かす。

動きはそれほど大きくないが、十分感じているようだ。

キツい膣内にみっちりと肉棒が詰まっているんだから、上下に動くだけでも全体が擦れる。

俺だってかなり気持ちいいんだから、レベッカが激しく動かせないのも頷けた。

「はふ、ダメ、ちょっと動くだけでエルのが奥まで突くからっ！　あっ、んんっ！」

快感に体を小さくを震わせ、それでも腰の動きを止めない。

俺はその様子を見て愛おしさを感じながら、自分で動けないことをもどかしく思う。

今すぐ腰を突き上げてレベッカを鳴かせたい気持ちと、彼女の望みどおり受け役に徹しようという気持ち。与えられる快感の中で二つの気持ちがせめぎ合っていた。

「はぁはぁ、エルも気持ちいい？　わたしのセックスでちゃんと気持ち良くなってる？」

「当り前じゃないか、気持ち良すぎて勝手に腰が動き出しそうだ」

「それはダメだよ。お願い、あとで何でもしてあげるから今はわたしに付き合って？」

何でもしてあげる、の言葉で邪な欲望へ火がつきそうになる。

それを自制心で押さえながら、彼女の腰に手を当てた。

「エ、エル？　勝手に動いちゃダメって……」

腰に手を当てられ、不安そうにこっちを見てくるレベッカ。

「支えてるだけだよ、支えてるだけ」

「う、うん……エルを信じるからね？」

まだ不安をぬぐい切れないようだが、気を取り直して腰を動かすレベッカ。

先ほどより慣れてきたからか、少し大胆だ。

「はぁっ、はぁっ、はぁっ！　少し、腰の動かし方も分かってきたよ……はぁっ、んきゅううっ！」

大きく息を荒げながら前後にも動き出す。

刺激を受けた膣からは泉のように愛液が湧き出て、ふたりの繋がっている部分を濡らしていく。

腰を打ちつける乾いた音に卑猥な水音が混ざり始め、その音がより興奮を高める。

「いいぞ、だんだん激しくなってきたじゃないか」

「はぁっ、はふぅっ……うん、ちょっと慣れてきたかも。でも、まだ激しくできるよっ」

そう言って笑みを浮かべたレベッカはもっと大胆に動き始めた。

自分から肉棒を最奥に打ちつけるような激しい動き。

すぐに嬌声が部屋中に響き渡った。

「はひっ、はぁっ、あんんっ！　んきゅっ、はうっ、ひゃううぅぅっ!!」

「くっ、締まる……っ！」

刺激を受けた膣が反射的に収縮し、肉棒を締めつけたのだ。

たっぷりと濡れた膣はその状態での動きも可能とし、さらに快感が上積みされる。

「エルも気持ちいいんだねっ！　わたしもすごいよ、お腹の奥がキュンキュンしてるの！」

「ふぅ、ふぅ……レベッカも完全に楽しんでるみたいだな」

気持ちよさそうな表情を浮かべ、なおも腰を動かすレベッカ。

完全に吹っ切れたらしく、少し前まであった悩む様子は見受けられなかった。

だが、与えられた快感も拒むことなく受け入れているようだ。

「はぁ、ふぐっ！　ああイクッ、イっちゃう！」

そのまま、まったく堪《こら》えることなく絶頂に至るレベッカ。

十秒ほど全身を震わせていたが、それが治まるとまた動き始める。

「どんどん気持ちよくなって止められないよっ！」

「本当に遠慮がなくなってるな……」

少し呆れながらも、彼女の興奮が高まっているのはいいことだと思う。

しかし、このまま受け続けというのも苦しい。

「……ちょっとくらい動いてもいいよな」

俺は自分に言い訳すると、溜め込んでいた衝動を解き放つように腰を動かし始めた。

だが、さすがにこれはレベッカも反応する。

「あうっ!?　急に動かしちゃダメだよ！　勝手に動かないでって言ったのにっ！」

突如奥を突き上げられ、驚愕の声を上げるレベッカ。

だが、俺はそう簡単に止まらない。

「もう一回イったから、いいんじゃないのか？　というか、もう我慢できないぞ！」

目の前でさんざん乱れる姿を見せつけられ、大人しくしていることなど出来ない。

それまで優しく支えていた手を握り、レベッカが逃げないようにする。

同時に、下から思い切りレベッカを突き上げた。

「きゃうっ！　やっ、ああん！　ダメ、奥まで突き刺さっちゃってるの！」

「大げさだな、大丈夫だよ」

そう言いつつ、緩めることなく腰を突き上げる。

これまでのレベッカと同じか、それ以上の勢いだ。

「あっ、んんっ、気持ちいいのが昇ってきて頭までビリビリするよっ！」

「いいぞ、そのままもう一度イっちまえ！」

彼女の腰をがっしりと握り、下から思い切り突き上げる。

「ほら、いつまでダレてるんだ、レベッカも腰を動かして」

「そ、そんなこと言われても無理だよ……ひゃんっ！」

ここまでさんざん感じていたレベッカ。

思うように腰を動かす体力も残っていないらしい。

「ちょっと頑張りすぎたみたいだな。でも俺が満足するまでは付き合ってもらうぞ！」

そう言って腰を動かし、膣内をかき乱す。

ほどよく解れたヒダが絡みついてきて、たまらないほど気持ち良かった。

そして、これまでさんざん高められた興奮がいよいよ限界に達する。

「レベッカ、イクぞ……っ！」

「あぐっ、うっ、ひうぅぅ……もういいよっ、きて、全部受け止めるから！」

俺の言葉に力の入らない脚を広げ、受け入れる体制になるレベッカ。

そこに思い切り腰を打ちつけ、滾っていたものをぶちまける。

「あううっ！　あっ、ひゃうううっ！　きてるっ、中に出されちゃってるよ！」

悲鳴のような嬌声を上げ、全身を強張らせる。

俺の絶頂が終わると彼女の体からも力が抜け、そのまま倒れ込んでくる。

そのまま俺の上で横になったレベッカは、度重なる快楽と絶頂で息も絶《た》え絶《だ》えな状態だった。

「はぁ、うぅ、ふぅ……こんなの毎日してたら死んじゃいそうだよ」

「さすがにそれは俺も無理だ。それよりどうだ、少しは満足したか？」

「うん。でもフローズさんたちに追いつくにはまだまだかな」

そう言うレベッカだが、どこか満足そうだ。

「これからも時間はたっぷりあるんだ、ゆっくりすればいいさ」

「そうだね、これからずっと一緒だもんね」

俺は安心したように笑うレベッカの頭を撫で、しばらくふたりで事後の余韻に浸るのだった。


暖かな気持ちに満たされて、俺は思う。

英雄としての活躍なんて、もう結構だ……と。

フローズ、ラウネ、クエレ、そしてライム。

誰よりも大切だった、四人の召喚獣たち。

そしてレベッカという最愛のパートナーを得て、この村で俺は、人生の大切なものをすべて取り戻したのだから。

ここからが俺たちの、本当の幸せの始まりなのだった。

了

あとがき

初めまして、成田ハーレム王と申します。以前から読んでいただいている方はお久しぶりです。

『異世界転生した召喚術師は二度目の人生をのんびり過ごす　～田舎で過ごす召喚ハーレム&快適スローライフ～』を手に取っていただいて、ありがとうございます。作品の内容が分かりやすいタイトルにしようとすると、どんどん長くなってしまいますね。すみません。

さて今作ですが、異世界転生してから物語一本分くらいの活躍をした主人公のエルンストが、王都を飛び出して田舎でのんびり第二の人生を送ろうとする内容です。

これまで異世界転生・転移作品をいろいろと書かせていただきましたが、活躍を終えた主人公はいったいどうなるんだろうな、と思って書き始めました。

内容に関してネタバレにならない程度に説明しますと、王都から出奔したエルンストが、パートナーである召喚獣の女の子たちと田舎でゆっくりのんびり暮らしていこうというお話です。

実力至上主義の王都で暮らしていた彼らは、和気あいあいとした田舎の村にギャップを感じますが、そこで出会ったレベッカの協力を受けながら田舎での生活に順応していこうとします。

バトルシーンとかはなく、のんびりとした雰囲気とヒロインとのイチャイチャに内容を割いています。スキンシップも多めに意識しましたので、気に入っていただけると幸いです。

さて、最重要と言ってよいヒロインたちですが、今回は召喚獣だけで四人もいます。

まずフローズヴィトニル＝フェンリルのフローズ。明るい犬系のお姉さんで、主人公との付き合いも長いです。スキンシップ好きで、いつも主人公を撫でるか、逆に撫でられたりしています。

次にアルラウネのラウネ。フローズよりも年上のお姉さんで、見た目も中身も妖艶な大人の女性。豊満な肢体で主人公を誘惑したりしますが、実は責められるのも好きだったり……。

クエレブレのクエレは最も戦闘力の高いドラゴン娘ですが、四人の中では一番大人しく引っ込み思案です。でも、主人公とふたりきりになったりすると、積極的になって甘えだします。

スライムのライムは何処でも元気のいい明るい少女で、ムードメーカーです。可愛い見た目にも関わらずタフネスさは四人の中で一番。付き合わされるとヘトヘトになってしまいます。……今回は姿をお見せできず、すみません！　作業後から大幅に出番の増えた追加のヒロインだったので、文庫化（？）とかでぜひ……頑張ります（笑）。


では、今回も手伝っていただいた皆様への謝辞に移りたいと思います。

まずは担当様。毎回いろいろなアドバイスしていただきありがとうございました。

イラストレーターの「みこ」様。多くのイラストを描き下ろしていただき、本当にありがとうございました。どのヒロインも可愛らしくて、乱れた姿もとてもエッチでした！　描いていただいたイラストのおかげで、本作が数倍魅力的になったと確信しています。

そして今、本書を手に取ってくれた皆さま。

こうして新作を世に出せますのも皆様の応援のお陰です。ありがとうございました。

まだまだ至らない部分は多いかと思いますが、これからも宜しくお願いいたします。

二〇一九年五月　成田ハーレム王

キングノベルス

異《い》世《せ》界《かい》転《てん》生《せい》した召《しょう》喚《かん》術《じゅつ》師《し》は二《に》度《ど》目《め》の人《じん》生《せい》をのんびり過《す》ごす

～田舎《いなか》で過《す》ごす召喚《しょうかん》ハーレム＆快適《かいてき》スローライフ～

2019年 7月 1日　初版第1刷 発行

■著　　者　　成田ハーレム王
■イラスト　　みこ

発行人：久保田裕
発行元：株式会社パラダイム
〒166-0011
東京都杉並区梅里2-40-19
ワールドビル202
TEL 03-5306-6921

印 刷 所：中央精版印刷株式会社

KN067

無能扱いされていたアラサー村人、実は世界最強のヒーラーだった
魔法で繋がる関係は、深くなるほど癒やされて!
いつでも出来ます♥
アラサー村人シルヴィオの悩みは、自分に自信がないこと。唯一の特技の回復魔法もぱっとしなかったが、勇者ケイカたちに認められ、破格の能力であったことが判明する。何でも癒やせる回復魔法で、美女パーティーとの旅が始まった!
成田ハーレム王
Narita HaremKing
illust:成瀬守
KiNG novels